TEMPESTADE DE AMOR

ROMANCE DAS TERRAS BAIXAS LIVRO 5

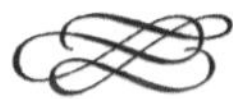

HELEN SUSAN SWIFT

Tradução por
MARIA REGINA BARBUTO

PREFÁCIO

Dundee, Escócia, maio de 1827

Nuvens em movimento rápido deslizavam pelo céu, encobrindo uma meia-lua e projetando sombras efêmeras sobre as fileiras apertadas de lápides, enquanto uma leve brisa sussurrava pelos galhos quase nus das árvores acima de nós.

— Assim. — Barbara se agachou, sob o abrigo de um anjo de mármore, segurando sua sacola de lona para evitar que o conteúdo chacoalhasse. — Mantenha a cabeça baixa.

Ela não precisava me avisar. Caminhamos de lápide em lápide, mantendo-nos nas sombras e amaldiçoando a lua vacilante. Eu esperava uma escuridão total, ou pelo menos uma noite nublada, mas então, a natureza não provou ser nossa aliada ao enviar o lampião de Deus para trair nossa missão.

— É esta. — Barbara parou ao lado de um teixo envelhecido. Em algum lugar no escuro, uma coruja piou, o som ecoou. Afastei as imagens sinistras que enchiam a minha mente.

— Tem certeza? — Olhei em volta; fazia apenas algumas

horas que havíamos assistido ao funeral; porém, no escuro, nada parecia familiar.

— Estou bem certa, Catriona. — Agachando-se ao lado da sepultura, Barbara abriu sua sacola e entregou-me uma pá de cabo curto. — Vamos, antes que os guardas de túmulos nos vejam.

Levantando minha saia, ajoelhei-me ao lado da sepultura e mergulhei a pá na terra.

— Sinto muito. — desculpei-me com o homem que estava deitado ali embaixo. — Lamento terrivelmente. — As primeiras pás cheias foram fáceis, e eu removi a terra para o lado, fazendo progresso com pouco esforço. Ao meu lado, Barbara fazia o mesmo, ofegando enquanto mergulhava na terra.

Assustei-me quando a coruja piou novamente, o som estranho naqueles arredores.

— Não pare. — pediu Barbara. — Os vigias podem começar a patrulha a qualquer momento.

Olhei para a atarracada casa de vigia de pedra, onde o brilho de uma vela era visível através da pequena janela. Alguém riu.

— Acho que estão tendo alguma celebração ali. — falei.

— Eles bebem uísque para proteção contra o frio. — Barbara removia a terra enquanto falava. — Agora, fique em silêncio.

Fizemos um progresso rápido, abrindo um buraco tão fundo que logo tivemos que deslizar para dentro. As paredes do túmulo pareciam se fechar sobre mim, desmoronando ligeiramente, de forma que estremeci, pensando na minha própria mortalidade.

— Temos sorte de não haver protetores de túmulos. — falei. Eu temia encontrar um desses protetores, um tipo de gaiola pesada que meus parentes colocavam sobre o túmulo para impedir atividades como aquela em que estávamos envolvidas.

— Fique em silêncio! Aqui. — Barbara bateu com a pá em algo de madeira. — Chegamos ao topo do caixão.

Parei por um momento quando uma nova explosão de risos e fragmentos de uma canção de bacanal chegaram da casa de vigia. Alguém saiu da construção, balançando um lampião. A luz ricocheteou nas lápides, indo em nossa direção. Espiando por cima do túmulo, vi a figura de um homem grande, com um chapéu alto, caminhando, decidido, com uma espingarda na mão.

— Estou vendo você! — rugiu ele. — Saia dessa sepultura!

— Fique parada. — sibilou Barbara. — Pelo amor de Deus, fique parada!

O que estou fazendo aqui? perguntei-me, enquanto me agachava em cima da tampa do caixão, com pequenos pedaços de terra da sepultura caindo ao meu redor. Por que estou cavando uma cova, com uma mulher de quem não gosto, no meio da noite? Suspirei e pensei no começo de todo aquele episódio lamentável e nos homens que pareciam decididos a arruinar minha vida.

CAPÍTULO 1

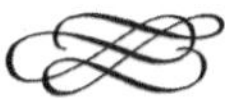

Glack of Newtyle, Escócia, primavera de 1827

Estava chovendo naquela manhã, enquanto eu caminhava para o sul, em direção a Glack of Newtyle, uma passagem estreita pelas colinas de Sidlaw, no leste da Escócia. Curvei os ombros, escorregando no caminho lamacento, e desejei que estivesse um tempo melhor. Como também desejo a lua, claro, em uma primavera escocesa, mas estava tão preocupada em seguir pela estrada e pelos quilômetros até Dundee, que quase deixei de notar o ancião que andava na minha frente, juntando gravetos e acrescentando-os o pacote nas suas costas.

— Olá. — chamei-o. — Como posso ajudá-lo?

O pobre ancião quase morreu de susto ao som da minha voz. Depois de recuperar a calma, ele se voltou para mim.

— Olá, jovem. — Sua voz era entrecortada e tão antiga quanto seu rosto, enquanto ele me olhava com olhos estreitados.

— É uma carga pesada, essa que o senhor leva. — falei, grata pela companhia, pois o Glack pode ser um lugar solitário. — O senhor vai para longe?

— Tão longe quanto preciso ir. — respondeu o homem, de modo enigmático. — A senhorita é bem-vinda para dividir a minha carga, jovem.

Equilibrei metade da trouxa do homem no meu ombro e caminhamos lado a lado pelo próximo quilômetro e meio, com ele ofegando e curvando-se sob o peso e eu tentando tornar a viagem mais fácil com uma conversa.

— Está um dia difícil. — falei, por fim, enquanto o velho respondia aos meus gracejos com nada além de grunhidos.

— Está pior do que poderia ser e melhor do que você pensa. — disse ele, por fim. — Vou levar meus gravetos agora.

Olhei em volta. Tínhamos caminhado cerca de um quilômetro e meio na estrada deserta.

— Tem certeza, vovô? Não há nenhuma casa aqui a menos que seja naquele bosque de árvores, ali na encosta.

— Eu disse, vou levar meus gravetos agora. — repetiu o velho rabugento e, não querendo ofendê-lo, gentilmente os entreguei. Ele os pegou, sem um sorriso nem agradecimento, embora algum truque da luz tenha captado um anel surpreendentemente ornamentado em seu dedo mínimo. — É uma longa estrada, atrás de você.

— É. — disse eu, olhando para trás, instintivamente. Quando voltei a olhar para a frente, o velho havia desaparecido, provavelmente no bosque. — Velho patife, tolo. — disse a mim mesma. — Por que está coletando lenha em outros lugares quando há tantas árvores ao seu redor?

Suspirando, continuei caminhando, com a chuva agora mais forte do que antes, e o vento me empurrando para a distante Dundee.

Afastei-me quando ouvi o barulho de cascos e o ranger de rodas na estrada atrás de mim. Felizmente, uma árvore próxima forneceu um abrigo bem-vindo para a chuva, enquanto eu observava a carruagem passar chiando. Pode-se saber a qualidade de uma carruagem pelo barulho que ela faz, desde o gemido e o ranger de uma carroça de fazendeiro, ao chocalho de um cabriolé decente e o zumbido de uma diligência. Aquela carruagem era diferente; ronronava, mesmo na estrada esburacada por onde passou. Mãos hábeis criaram aquela obra-prima para viagens, e pessoas ricas pagaram por sua construção.

Observei com admiração, e com certa inveja, quando aquela carruagem passou por mim. Puxada por quatro cavalos pretos iguais, a carruagem tinha dois lacaios calmos, sentados, com uniforme completo, na parte de trás e um cocheiro alto que me saudou educadamente com um gesto amplo de seu chicote. Era um poema sobre quatro rodas. Tentei reconhecer o brasão, mas fui frustrada pelos respingos de lama que escondiam a maior parte do desenho. Eu podia ver apenas a representação incomum de um elefante em pé sobre as patas traseiras. E, então, vi o rosto na janela. Ele era, sem dúvida, o homem mais belo que eu já havia visto, um rosto que adornaria graciosamente qualquer estátua de Davi ou mesmo um deus clássico, um Apolo da estrada. Não pude deixar de olhá-lo fixamente quando ele me encarou, curioso, enquanto eu permanecia parada na lateral da pista. Mesmo nesse curto espaço de tempo, notei seu sorriso brilhante. Ele ergueu uma mão elegante em reconhecimento, e então a carruagem se foi. Observei enquanto ela passava por uma poça em uma curva da estrada, espalhando água, desaparecendo além de um bosque de árvores.

Suspirando, continuei caminhando, desejando ter nascido em uma família que pudesse se dar ao luxo de ter uma carruagem. Balancei a cabeça, pensando: *Não seja tola, Catriona. Quase ninguém pode ter uma carruagem e você tem uma vida boa.* Mesmo assim, a imagem daquela esplêndida carruagem, com seu passageiro divino, fez-me companhia pelo próximo quilômetro da estrada lamacenta. Em comparação, as duas carroças de fazenda que passaram eram sem graça, mesmo quando um cachorro *collie* latiu nos meus calcanhares, buscando atenção.

Não vi a mulher até que virei uma curva fechada. Ela estava sentada do lado de fora de sua barraca, fumando um cachimbo de cabo longo e olhando diretamente para mim.

— *Aye*, bom tempo. — disse ela, levantando a haste de seu cachimbo, em reconhecimento.

— É uma chuva fina e branda. — disse eu, contorcendo-me enquanto uma gota escorregava por minha coluna, alojando-se desconfortavelmente na minha cintura.

— Deus abençoe a jornada. — A mulher parecia ter cerca de cem anos, com seu rosto enrugado e maltratado pelo tempo, e pelos trapos que vestia, mas seus olhos brilhavam, como os de um filhote de gato, enquanto me examinava. Ela colocou o cachimbo novamente na boca e deu uma baforada feliz.

— Obrigada. — Procurei uma resposta apropriada. — Deus abençoe o cachimbo. — disse eu, sabendo que era uma resposta medíocre.

A anciã gargalhou e exalou uma fumaça azul.

— Você seria Catriona Easson, então?

Assustei-me ao ouvi-la.

— Como sabe meu nome?

A mulher riu de novo.

— Eu sei.

Olhei em volta, onde as encostas verde-acinzentadas das colinas Sidlaw se misturavam à chuva à minha direita e, à minha esquerda, o solo mergulhava em uma depressão envolta em névoa antes de subir na direção da colina Kinpurnie. Tudo estava úmido e sombrio sob a chuva implacável.

— Sente-se ao meu lado, Catriona. — A mulher bateu no

chão úmido ao seu lado. — Está tudo bem; não mordo. — Seus olhos eram intensos enquanto ela me examinava.

Embora desejasse estar em outro lugar, sentei-me ao lado da mulher, posicionando minhas pernas sob meu corpo e colocando minha cesta nas proximidades.

— Você está indo para casa em Dundee. — falou a mulher, com a haste do cachimbo na boca, de forma que uma baforada de fumaça acompanhou cada palavra.

— Sim. — falei. — Como sabe? Quem é a senhora?

— Chamam-me de Mãe Faa. — disse a mulher. — Você veio de Meigle, onde levou os bolos da sua mãe para a sua avó.

— Sim. — falei de novo. — Mas como sabe disso?

— Sou a Mãe Faa. Quanto dinheiro você tem com você?

— Pouco. — respondi com cautela, perguntando-me se meia dúzia de aproveitadores estavam escondidos na tenda, apenas esperando para pular e roubar tudo o que eu tinha. Bem, eles ficariam muito desapontados, porque eu mal tinha um centavo com o qual me coçar, como diz o ditado.

— Você tem alguma prata?

— Posso ter. — Virando as costas, para que Mãe Faa não pudesse ver o que eu estava fazendo, abri minha carteira e remexi ali dentro, onde uma única moeda de prata de três centavos brilhava entre as moedas de cobre e de meio centavo.

— Dê-me a prata e eu lerei a sua sorte. — ordenou Mãe Faa, estendendo a mão como uma garra. Ela mordeu a moeda de três centavos e a escondeu em algum lugar dentro de seus trapos. Estranhamente, para alguém tão velha e malvestida, ela estava limpa e suas roupas tinham sido lavadas recentemente.

— Nunca leram minha sorte antes. — Perguntei-me o que o Sr. Grieve, o ministro da igreja, pensaria de uma prática tão supersticiosa.

— Dê-me a sua mão. — As garras da Mãe Faa agarraram meu pulso e o seguraram com força enquanto examinava minha palma. Ela a virou de um lado para o outro, enquanto uma unha longa, embora limpa, traçava as várias linhas.

— O que pode ver? — Interessada, mesmo não querendo estar, relaxei na companhia da Mãe Faa. Não pude sentir nenhum perigo vindo daquela mulher.

— Tudo. — disse Mãe Faa. — Vejo seu passado, seu presente e seu futuro.

— Meu passado não tem nada de importante. — disse eu —, Meu presente é úmido e meu futuro é uma caminhada até Dundee.

Mãe Faa não sorriu com minha tentativa de fazer graça.

— Seu passado não é segredo, Catriona Easson. Há uma tragédia nele.

— Sim. — falei. — O navio do meu pai afundou há cerca de um ano. O mar o chamou para si.

— O mar tem esse hábito. — disse Mãe Faa. — A perda de seu pai afetou sua mãe.

— Sim. — Eu não disse mais nada. O atual e frágil estado de espírito de minha mãe não era da conta daquela mulher.

— Não se preocupe, Catriona. Tempos melhores estão chegando para ela, e mais rápido do que você pensa.

As palavras de Mãe Faa não me convenceram. Ela continuou a estudar a minha palma.

— Seu presente inclui alguém com a letra K. — Ela olhou para cima, com olhos suaves. — K?

— Kenny. — Não consegui esconder meu sorriso. — Meu pretendente.

— Kenny é o seu pretendente. — Mãe Faa olhou para o meu rosto. — No entanto, você não está totalmente feliz com ele.

— Estou sim. — neguei com muita, muita veemência.

— Você acha que lhe falta algo. — Mãe Faa ignorou minha explosão enquanto afastava minha mão. — Você pode estar certa, Catriona. Talvez lhe falte, mas há outro homem em seu futuro, e próximo a seu presente.

— Não quero outro homem. — disse eu.

— Vai querer. — disse-me Mãe Faa, com o que pareceu uma sugestão de sorriso. — Este homem vai ajudá-la a ver o seu Kenny como ele realmente é.

Eu me remexi, repentinamente desconfortável na presença daquela mulher.

— É melhor eu ir embora. — disse.

— Espere. — Mãe Faa agarrou minha manga. — Você tem muita coisa boa em você, Catriona Easson, e muita incerteza. Tenha cuidado nos próximos dias, pois uma tempestade está se aproximando.

— Terei cuidado. — De repente, senti-me desesperada para escapar de Mãe Faa, com seus olhos penetrantes, que viam através de mim, para descobrir verdades que eu escondia até de mim mesma. Não fazia ideia do que ela queria dizer sobre Kenny. Era verdade que ele tinha seus defeitos, mas eu o amava, não amava? E o amor não é cego?

— Escolha com cuidado, Catriona Easson. — Mãe Faa deu seu último conselho perturbador. Só quando me afastei foi que percebi que Mãe Faa usava o mesmo tipo de anel no dedo que o velho que carregava os gravetos. Era curioso, embora pouco importante.

Não fiquei feliz enquanto me apressava para Dundee. As palavras de Mãe Faa me perturbaram, então fui menos cuidadosa ao prestar atenção onde colocava os pés e chapinhei em mais de uma das poças fundas na estrada. Suspirando, contemplei a lama que agora cobria minhas botas, a barra do meu manto e minha saia. Aquilo exigiria uma boa limpeza quando eu chegasse em casa. Ainda estava pensando na lama na minha saia, quando cruzei com a carruagem pela segunda vez naquela viagem agitada.

CAPÍTULO 2

Forfarshire, Scotland, primavera de 1827

A carruagem estava em uma posição formando um ângulo agudo com a lateral da estrada, e o cocheiro e os dois lacaios a olhavam, enquanto o tão belo passageiro permanecia parado ao lado deles, coçando a cabeça e sorrindo com muito bom humor.

— Bem, agora, — disse o sujeito bonito — Temos um problema.

Sendo de natureza naturalmente curiosa, atravessei a estrada.

— O que foi? — perguntei.

— Olá. — cumprimentou-me o belo rapaz, alegre. — Por um acaso, a senhorita não conhece nada sobre carruagens, não?

— Nem um pouco. — confessei. — O que aconteceu?

— Caímos na vala. — disse meu belo viajante.

— Bem, saia da vala. — aconselhei.

— Esse é o problema. — disse o cocheiro. — Não podemos.

Recuei, balançando a cabeça.

— Certamente, com os cavalos puxando e quatro homens fortes empurrando, vocês conseguem colocar a coisa de volta na estrada.

— Só podemos tentar.

Eu podia ver claramente, pelas roupas enlameadas, que todos os homens, exceto meu principesco passageiro, já haviam tentado empurrar a carruagem. Já suja da estrada, decidi envergonhá-lo para que entrasse em ação, pois ele parecia forte e em forma o suficiente para fazer a diferença em um assunto tão banal.

— Venha então. — disse eu. — Quatro homens fortes e uma mulher fraca podem ter sucesso onde três homens fortes tentaram e falharam.

Imaginando se minhas palavras poderiam envergonhar o elegante sujeito o suficiente para fazê-lo agir, e sem conceder-lhe um olhar, deslizei para trás da carruagem e empurrei com meu ombro magro, sabendo que pelo menos três dos homens seguiriam meu exemplo.

— Seria melhor se a senhorita conduzisse os cavalos, milady. — disse o cocheiro, tocando a testa. — A senhorita pesa pouco.

— Bobagem. — respondi. — Aquele camarada ali... — indiquei o belo rapaz com um gesto imperioso — Pode conduzir os cavalos. Afinal, ele não está fazendo mais nada.

— A senhorita está acostumada a dar ordens, não? — disse o inútil, mas, como eu esperava, minhas palavras tiveram o efeito desejado, e ele caminhou até os cavalos, delicadamente, como se temesse que a lama apodrecesse suas botas elegantes. Os homens são muito fáceis de conduzir se você os manejar da maneira certa.

O cocheiro assumiu então.

— Quando eu ordenar, rapazes e... senhor, por favor,

senhor, poderia guiar os cavalos para que puxem ao mesmo tempo em que empurramos?

Quando o belo levantou a mão lânguida em resposta, o cocheiro deu um grito e todos nós empurramos com toda a força, o que quer que isso possa significar. No meu caso, significava que coloquei minha cesta ao lado, posicionei meu ombro atrás do bagageiro da carruagem e empurrei, enquanto os homens de cada lado meu grunhiam e se esforçavam. A carruagem se moveu uma fração de polegada, estremeceu e afundou de volta para sua posição original, com as duas rodas próximas quase mergulhadas pela metade na lama, e o cavalo próximo chafurdando até os jarretes.

— Não conseguimos. — disse logo o homem bonito.

— Então, tente de novo. — respondi, imaginando a facilidade com que um sujeito tão forte desistia. Percebi que ele me olhava como se estivesse se perguntando quem poderia ser aquela mulher estranha.

— Vou contar até três. — gritou o cocheiro. — Um, dois, três!

Empurramos novamente, desta vez para ver as rodas deslizarem alguns centímetros para frente antes de voltar para trás. O cocheiro praguejou baixinho e me olhou, pronto para se desculpar por sua linguagem.

— Tive uma ideia. — disse eu. — Quando as rodas se moverem, alguém pode colocar uma pedra ou algo atrás delas.

— Esse será o seu trabalho, então — concordou o cocheiro, de imediato. — A senhorita é a mais leve aqui, então vamos segurar a carruagem enquanto a senhorita coloca a pedra.

Concordei, e um dos lacaios procurou algumas pedras adequadas, colocando-as perto das rodas. O tempo todo, o homem bonito acariciava e acalmava os cavalos enquanto olhava furtivamente para mim de vez em quando.

O cocheiro acenou para mim.

— A senhorita sabe o que fazer?

— Sim. — respondi.

— Certo, rapazes. — disse o cocheiro — Vamos tentar novamente. Está pronto, senhor?

O homem bonito respondeu com um sorriso, e empurramos novamente. Desta vez, assim que as rodas se moveram, deslizei a pedra por baixo. Era apenas da largura do meu polegar, mas qualquer ganho é melhor do que nenhum.

— Agora estamos chegando a algum lugar. — disse o homem bonito. — Encontrem mais pedras. — ele ficou parado, enquanto os lacaios corriam ao redor da área, juntando braçadas de pedras e ficando mais enlameados a cada minuto. Também observei, com meus olhos se voltando para aquele Adônis, o nome que inventei para a figura inútil, embora divina. Adônis era um nome que combinava com ele, pensei, sendo o amante mortal da deusa Afrodite. Duas vezes meu olhar encontrou o dele, e nós dois desviamos os olhos rapidamente.

— Prontos, rapazes e moça? — O cocheiro estava um pouco mais alegre quando tentamos de novo. Desta vez, levantamos a carruagem mais uma fração para que eu pudesse deslizar outra pedra sob as rodas.

Centímetro por centímetro e com muito esforço, movemos a carruagem até que, com um empurrão final, ela estava de volta à estrada e, com exceção de Adônis, todos parecíamos ter rolado na lama, o que, de certa forma, tínhamos.

— Conseguimos. — disse Adônis, cujas botas, pelo menos, estavam menos imaculadas. Quando ele limpou um pouco de sujeira imaginária de seu ombro, com as costas da mão, seu anel de ouro com sinete ostentava uma pedra tão grande quanto a unha do meu dedo mínimo.

— Nós conseguimos. — concordei, enfatizando a primeira palavra.

Adônis sorriu e abriu a porta da carruagem.

— Qual o seu destino, minha linda dama?

— Dundee. — respondi, engolindo as palavras "meu belo cavalheiro" no final da resposta.

— Mas isso é uma coincidência. — disse o belo. — Também vou para lá. Eu a levarei para onde quer que vá.

Aos vinte e cinco anos, eu não era estúpida o suficiente para acompanhar um homem estranho em uma carruagem, sem garantias de minha segurança.

— O senhor irá arruinar minha reputação. — disse eu, balançando a cabeça.

— Não irei. — negou meu belo dândi. — Vamos, a senhorita está segura comigo. Sabe quem sou, não?

— Não sei. — Estremeci quando o estrondo distante de um trovão indicou que o tempo estava prestes a piorar. O tamborilar da chuva no teto da carruagem aumentou.

O dândi bateu no brasão na porta de sua carruagem.

— Sou Baird MacGillivray, de Mysore House.

— Ah. — Eu conhecia o nome. Mysore House ficava na fronteira ocidental de Dundee, fora da estrada de Perth. Como a maioria das pessoas da região, eu nunca havia visto a casa, pois ela se encontrava protegida atrás de uma cortina de árvores, em meio a um jardim de vinte acres, que incluía algumas plantas muito exóticas que o proprietário havia importado do exterior.

— Meu pai é Donald MacGillivray, veja bem. — Baird decidiu se tornar loquaz. — Ele me deu o nome em homenagem ao general David Baird.

— Percebo. — Observei as nuvens escuras se reunindo acima da estrada para Dundee. A chuva não havia parado, mas agora as gotas estavam mais grossas, um aviso do que estava por vir. Ponderei se devia caminhar sob uma torrente, ou confiar minha reputação, e qualquer outra coisa que esperava manter até o casamento, a Baird MacGillivray. Toquei o alfinete comprido que carregava na cesta, sabendo que o usaria se necessário.

— A senhorita também tem um nome. — disse Baird, inclinando-se mais perto de mim — Embora eu suspeite que já saiba qual é.

— Sou Catriona Easson. — respondi.

Baird fez uma reverência requintada.

— Bem, Catriona Easson, que é tudo menos comum, vamos manter as cortinas fechadas. — Baird era muito persuasivo. — Ninguém saberá que aceitou uma carona de um homem, desacompanhada, e prometo, com lealdade. — jurou ele, pressionando a mão sobre o coração — Que agirei como um perfeito cavalheiro.

Quando o cocheiro me ofereceu uma leve inclinação de cabeça, encorajando-me, só pude sorrir e tocar meu alfinete.

— Ora, então, senhor. — disse eu — Aceitarei de bom grado a sua oferta.

Foi bem a tempo, pois os deuses da chuva abriram suas abóbadas e esvaziaram o conteúdo na pobre e velha Escócia. A chuva martelava no teto da carruagem e ricocheteava na superfície da estrada, fazendo os pobres cavalos seguirem de cabeça baixa. Tive pena dos dois lacaios e do cocheiro do lado de fora.

— Eles estão acostumados. — Baird fechou a porta com firmeza diante da minha ideia de convidar os lacaios para dentro de sua carruagem. Ele bateu no teto para sinalizar a partida para o cocheiro, e nós seguimos, com as rodas deslizando para um lado e para o outro.

— A senhorita gosta da minha pequena carruagem? — Baird sentou-se na minha frente, permitindo-me estudá-lo adequadamente pela primeira vez. Era realmente bonito, com uma mandíbula firme e nariz reto, mas foram seus olhos que mais chamaram minha atenção. Eles pareciam rir para mim, ou talvez de mim, eu não tinha certeza. Ele estava, sem dúvida, ciente do poder que seus olhos exerciam, pois os mantinha fixos em meu rosto e corpo, mas sem ser nem um pouco ofensivo.

— Sua pequena carruagem é magnífica. — respondi, sem qualquer exagero. Com laterais acolchoadas em couro vermelho-escuro macio e assentos do mesmo material, o interior da carruagem era mais luxuoso do que qualquer coisa que eu já vira.

Precisávamos falar alto para sermos ouvidos acima do som da chuva.

— Obrigado. — disse Baird. — Aonde você vai?

— Vivemos em Milne's Close, junto a Nethergate. — respondi.

— Oh? — Baird ergueu as sobrancelhas. — A senhorita está ali há muito tempo? Não, não me diga. A senhorita disse "vivemos". Existe um Sr. Catriona Easson?

— Ainda não. — falei. — Referia-me à minha mãe e a mim. — perguntei-me o quanto deveria dizer àquele Adônis.

— Ah. — Baird assentiu, sabiamente. — Sua *mãe*. — não sei por que ele enfatizou a última palavra e deu um pequeno sorriso. — Percebo. A senhorita não é casada.

Balancei a cabeça.

— Como disse, Sr. MacGillivray, ainda não, embora esteja comprometida.

— É uma pena. — disse Baird. — Eu a parabenizo, e parabenizo ainda mais tal homem afortunado.

Eu lhe ofereci um pequeno sorriso.

— Ele é menos afortunado do que o senhor acredita, Sr. MacGillivray, pois tenho um temperamento terrível.

Baird recostou-se em seu assento para me examinar antes de responder.

— Aposto que vale a pena assistir ao seu temperamento, Srta. Easson.

— Aposto que valeria a pena evitá-lo, Sr. MacGillivray. — respondi, um tanto secamente, com a mão firmemente fechada no alfinete em minha cesta.

— *Touche.* — disse Baird com os olhos mais intensos do que eu esperava.

Nós fomos jogados para o lado enquanto a carruagem escorregava. Baird riu, enquanto se endireitava.

— Está bem?

— É impossível se machucar aqui. — respondi. — A carruagem é muito bem acolchoada.

Baird riu de novo. Ele parecia achar tudo divertido.

— Gosto de viajar com conforto. É um dos benefícios da riqueza.

Levantei as sobrancelhas, não acostumada com as pessoas se gabando de sua situação financeira. Embora fosse um tanto vulgar, também era honesto, de uma forma revigorante. Não pude deixar de sorrir.

— É melhor ficar confortável do que o contrário. — Indiquei a forte chuva do lado de fora. — Aposto que seus lacaios preferiam estar dentro do que fora.

— Não tenho dúvidas disso. — respondeu Baird, de imediato —, Mas quatro seriam uma multidão, sabe, e prefiro tê-la só para mim.

— Não tenho nada de especial. — falei.

Baird sorriu e mudou de assunto.

— Não podemos levá-la para casa assim. — disse ele. — Sua mãe ficará muito descontente em ver a filha em tal estado. — Ele sorriu. — Ora, ela pensará que a senhorita e eu estivemos rolando na lama juntos.

Olhei para mim mesma. A lama havia secado em meu manto e saia, deixando-me mais parecida com uma cigana andarilha do que com uma respeitável paroquiana. Refleti no que Baird havia dito e perguntei-me se ele era o homem que Mãe Faa viu no meu futuro e quase no meu presente.

— Terei que me limpar no momento em que chegar em casa.

— Posso fazer melhor do que isso. — disse Baird. — Vamos para Mysore House e trataremos de limpá-la adequadamente.

— Não posso fazer isso. — A ideia de entrar na casa de um homem estranho era terrível para mim.

— Está segura comigo. — repetiu Baird a sua garantia anterior. Seu sorriso voltou. — Se a carruagem a impressionou, tenho certeza de que irá adorar Mysore House.

Virando-me, olhei pela janela com minha mente em um turbilhão. Há muito tempo queria ver como era a Mysore House, e agora recebia uma oferta para entrar nela, embora provavelmente fosse apenas para os aposentos dos criados. Se Baird queria tirar vantagem de mim, não havia dado nenhum sinal disso durante a última meia hora na carruagem. Na verdade, ele manteve uma distância respeitável e, mesmo quando o solavanco nos empurrou para o mesmo lado, ele se libertou em segundos. Por outro lado, mamãe ficaria fascinada por qualquer detalhe que eu pudesse lhe contar sobre Mysore House e, é claro, nunca hesitei em avançar para satisfazer a minha curiosidade.

— Obrigada, Sr. MacGillivray. — falei. — Ficaria feliz em aceitar uma oferta tão amável.

— Então está resolvido, Srta. Easson. — Enquanto Baird se recostava em seu assento, com expressão de um gato, que se via diante de uma leiteria repleta de creme, perguntei-me se eu havia tomado a decisão correta.

Embora eu devesse já ter caminhado pela Perth Road uma centena de vezes, era totalmente diferente viajar de carruagem, com a maior parte do tráfego abrindo caminho para nós. Na verdade, a riqueza dava uma sensação de poder. Imaginei como seria desfrutar de luxo, como um direito meu, e gostei bastante de me recostar nas almofadas macias e olhar pela janela enquanto a chuva diminuía.

O cocheiro guiou-nos até o alojamento que guardava os altos portões de ferro da Mysore House. Eu costumava ficar do lado de fora e observar, mas, agora, o dono do alojamento abriu os portões para nós e, então, estávamos subindo o caminho curvo, com as rodas guarnecidas com ferro triturando o cascalho, e o terreno se espalhando como um paraíso botânico.

A um sinal de Baird, paramos em frente a Mysore House. Baird abriu a porta da carruagem para que eu pudesse ver melhor sua casa.

— Bem — disse ele, com orgulho justificável na voz —, o que acha de *Mysore*?

— É maravilhoso. — respondi. — Nunca vi nada igual.

O nome, *Mysore*, deveria ter me dado uma pista de que aquela casa seria diferente de todas as outras que eu conhecia. Enquanto o centro de Dundee era composto de cortiços cinzentos e desgastados, e becos estreitos de casas de dois andares, os subúrbios tinham sua parcela de expressivas mansões georgianas ou regenciais com fachadas quadradas. Mysore House era diferente de qualquer uma delas. Era como eu imaginaria um palácio indiano, que tivesse sido arrancado daquela terra exótica e quente, e transportado inteiramente para nosso clima úmido. Era um lugar de torres incomuns e varandas estranhamente elaboradas, com ferragens sofisticadas e portas ogivais. O brasão acima da entrada principal era esculpido em granito e havia sido pintado recentemente, com dois elefantes sobre um escudo, no qual estava sentado um gato com a pata direita sobre a cauda.

— Não se parece com nada que já vi. — falei.

Ouvi o prazer na risada de Baird.

— Achei que gostaria. — disse ele.

Apontei para o brasão.

— Por que o gato? — perguntei. — Posso entender os elefantes por causa de suas experiências indianas, mas qual é a razão para se ter o gato?

— Estamos associados à confederação do clã Chattan. — explicou Baird. — Significa o clã do gato.

Assenti.

— É muito peculiar.

Baird sorriu.

— Vamos. Vamos limpá-la e irei mostrar-lhe a casa.

Encarei-o, espantada. O melhor que eu esperava era o empréstimo de uma escova nos aposentos dos criados.

— Está falando sério?

— Certamente que sim. — disse aquele estranho Adônis. — Vamos, Srta.... eh, Easson. Vamos deixar os criados cuidando da carruagem e dos cavalos.

O almofadinha sorridente e insípido da estrada desaparecera, e um homem enérgico tomou o seu lugar, enquanto Baird subia os sete degraus até a porta principal da Mysore House. Como num passe de mágica, um servo inexpressivo abriu a porta.

— Obrigado, Henry. — disse Baird.

Permaneci do lado de fora, segurando minha cesta quase vazia, sentindo-me um pouco hesitante, até que Baird fez um gesto para que eu avançasse.

— Entre e seja bem-vinda, Srta. Easson. — Ele ergueu a voz até um berro. — Sra. Mahoney!

Em vez de prestar atenção às palhaçadas de Baird, esgueirei-me através da porta ogival e olhei ao meu redor para o interior da Mysore House. O saguão era amplo, com grandes pilares elevando-se até um teto ornamentado em gesso, enquanto duas escadas de mármore davam acesso aos andares superiores. Arcos ogivais cobriam todas as portas, mas foram os detalhes que chamaram a minha atenção. O arquiteto havia instalado nichos nas paredes revestidas e, em cada um, ficava uma estátua. Algumas tinham apenas trinta centímetros de altura, enquanto a maior era uma figura, com vários braços, do tamanho de um homem, que só poderia ser algum deus indiano exótico. Em uma inspeção mais atenta, vi que era uma deusa, enquanto outras estátuas eram de figuras masculinas ou femininas que deixavam muito pouco para a imaginação.

— Boas, não são? — Eu não havia percebido que Baird me olhava com um largo sorriso no rosto. — Meu pai e minha mãe os trouxeram da Índia quando vieram de lá.

Afastei-me de uma escultura particularmente detalhada de um homem muito viril.

— São muito... nunca vi nada parecido com elas antes. — Eu podia sentir o sangue subindo para o meu rosto. Pessoas respeitáveis tinham esses objetos em suas casas?

— Esse é o favorito de mamãe. — Baird ergueu a estátua masculina.

Eu podia sentir o rosto queimando enquanto me perguntava o que responder.

— São diferentes das usuais estátuas clássicas da Grécia e de Roma. — falei, por fim.

— Agora, aqui está a Sra. Mahoney. — murmurou Baird enquanto recolocava a estátua.

— O que foi? — A Sra. Mahoney tinha entre quarenta e cinquenta anos, era alta, esguia e bonita, com uma tez que sugeria que ela passava muito tempo fora de casa. Ela me olhou e, depois, para Baird. — Meu Deus, Sr. Baird! Quem é essa que o senhor arrastou para dentro de casa?

— Esta, Sra. Mahoney — Baird fez um gesto na minha direção como se eu fosse algum espécime premiado de cavalos ou sua última criação artística —, é a Srta. Catriona Easson de Nethergate. Sem sua magnífica e generosa ajuda, nunca teríamos chegado em casa hoje. Na verdade, estaríamos nos debatendo na lama, assassinados por ciganos ou atingidos por um raio.

— Oh, eu poderia afirmá-lo. — A Sra. Mahoney examinou-me com olhos azuis estreitados.

— Se a Srta. Easson não tivesse nos ajudado — elaborou Baird —, ela não estaria desse jeito, então acredito que é nossa responsabilidade limpá-la.

Quando a Sra. Mahoney franziu a testa, Baird puxou-a para o lado e lhe falou, em tom baixo demais para que eu pudesse ouvir. A Sra. Mahoney se assustou, olhou-me e concordou, balançando a cabeça.

— Vou cuidar disso. — disse ela. Quando voltou-se para mim, sua atitude havia mudado por completo.

— O Sr. Baird informou-me que a senhorita se sentiria mais confortável para conhecer a mãe dele se estivesse menos enlameada. — disse, agora sorrindo. — Por favor, venha por aqui, Srta. Easson. — A Sra. Mahoney girou nos calcanhares e se afastou, seguindo a uma distância de meia dúzia de passos na minha frente, antes que eu pudesse colocar as ideias em ordem.

Corri para alcançá-la, quase escorregando no piso de mármore, liso como vidro.

— Não ficarei para ver a Sra. MacGillivray. — protestei, falando para as costas da Sra. Mahoney, que se afastavam rapidamente.

— Vá em frente. — sussurrou Baird. — A senhorita ficará feliz por isso.

Suspirando e desejando ter arriscado ficar na chuva em vez de aceitar uma carona na carruagem, corri para alcançá-la, quase escorregando no chão de mármore, liso como vidro. Descemos um único lance de escada até uma sala comprida com lajes de pedra, onde uma bomba fornecia água para uma pia e uma longa mesa de cavalete ostentava meia dúzia de escovas de vários tamanhos. Um fogo forte no canto mantinha o frio da primavera sob controle.

— Certo então, Srta. Easson. — A Sra. Mahoney era toda rispidez. — Em breve, ficará limpa, embora dificilmente apresentável, para o patrão e a patroa.

— Não tenho intenção de me encontrar com o Sr. e a Sra. MacGillivray. — disse eu, secamente. — Vim aqui apenas por insistência de Baird.

— O que andou fazendo não é da minha conta. — disse a Sra. Mahoney. — Não farei perguntas e a senhorita não precisará me contar mentiras.

— Não conto mentiras. — respondi, um pouco irritada. Eu podia sentir minha raiva aumentar.

O grunhido cínico da Sra. Mahoney me disse o que ela achava dessa declaração.

— Tire suas roupas, Srta. Easson, e, enquanto a senhorita estiver se lavando, farei com que suas roupas sejam escovadas, lavadas, secas e passadas.

— Você não pode fazer isso. — protestei.

— Oh, não vou fazer isso. — disse a Sra. Mahoney. — As criadas farão o trabalho. Vou garantir que o façam corretamente.

— Eu não ia ficar. — disse eu. — Minha mãe está me esperando.

— O Sr. Baird já mandou uma mensagem à sua mãe dizendo que a senhorita está aqui. — disse a Sra. Mahoney. — Agora, tire suas roupas, ou eu farei com que as empregadas as tirem para você.

Ouvi uma risadinha atrás de mim e vi meia dúzia de criadas, com idades entre quatorze e trinta anos, esperando por mim.

— Vamos, senhorita. — encorajou a mais velha. — Quanto mais rápido começar, mais rápido ficará pronta.

Imaginando como diabos eu havia me metido naquela situação, comecei a me despir, com as criadas agrupando-se à minha volta, oferecendo conselhos e ajuda. Eles levaram cada pedaço de roupa no instante em que as removi e imediatamente comecei a trabalhar. Eu esperava risinhos abafados enquanto permanecia como vim ao mundo, mas cinco das criadas estavam muito ocupadas lavando minhas roupas, enquanto a mais velha trazia uma bacia funda com água morna, sabão e uma seleção de panos e esponjas até mim.

— Fique perto do fogo. — encorajou-me. — A senhorita gostaria que eu a ajudasse?

— Consigo fazer sozinha. — respondi. Lavei-me e sequei-me rápido, estranhamente relaxada em meio a tanta companhia feminina, com a Sra. Mahoney de sentinela, dando uma ordem ocasional, que fazia as criadas correrem para obedecer. Também notei que ela me percorria com o olhar, de cima a baixo, ao longo do meu corpo. Bem, ela poderia fazer isso à vontade, eu pouco me importava. Não tinha nada do que me envergonhar nesse departamento. No mínimo, eu era um pouco ampla em certos lugares.

— Você tem quadris de boa parideira. — Foi a observação um tanto bizarra da Sra. Mahoney.

— É de família. — respondi, tentando não me sentir envergonhada.

O balançar afirmativo da cabeça da Sra. Mahoney poderia significar aprovação.

Quando acabei de me lavar, as criadas começaram a trazer minhas roupas em um fluxo constante, com as mais delicadas já secas ao fogo e passadas, e as demais, quase. Eu nunca havia visto tamanha eficiência, e lhes disse isso, assim que estava decentemente coberta.

A Sra. Mahoney deu um sorriso sombrio.

— Muitas coisas são diferentes em Mysore House, como a senhorita irá descobrir.

— Eu deveria realmente ir. — disse eu, enquanto aceitava meu manto de viagem de uma criada sorridente. Parecia melhor do que quando novo.

— Como disse, mandamos recado para sua mãe, então a senhorita não tem motivo para se preocupar. — disse a Sra. Mahoney. — Há um lugar preparado para a senhorita na mesa. — ela quase sorriu de novo. — Sei que a senhorita não gostaria que as criadas desperdiçassem todo esse esforço, especialmente quando o Sr. e a Sra. MacGillivray gostariam muito de conhecer a mulher que ajudou seu filho.

Fiquei parada por um momento, enquanto as criadas arrumavam todo o equipamento de lavagem e corriam para as próximas tarefas que as aguardavam. Embora minha mãe já não fosse a mesma desde que o mar levou meu pai, eu tinha certeza de que ela ficaria bem por algumas horas e, para ser sincera, há muito tempo desejava ver o interior da Mysore House. De qualquer forma, fiquei intrigada com a perspectiva de conhecer os pais de Baird.

— Obrigada. — falei. — Seria um prazer ficar, se a senhora tiver certeza de que a família não fará objeções à minha companhia não convidada. — Eu podia sentir meu coração batendo forte com a ideia de fazer uma refeição em uma casa tão grande, pois as classes sociais não se misturam bem. Cada pessoa deve ficar entre os seus.

Na ocasião, a refeição foi mais estranha do que qualquer outra que eu já havia comparecido, ou que viesse a comparecer. Onde eu esperava formalidade, porcelana *Wedgewood* e rostos rígidos, em vez disso, encontrei uma mesa comprida em uma sala, mais encantadora do que qualquer outra que já tivesse imaginado, com uma decoração leve e um lustre de cristal balançando lentamente acima. Enquanto um servo me conduzia para dentro dela, ouvi uma música estranha emanando de uma tela no canto. Um bando de criados fez reverência ou se inclinou quando entrei.

— A senhorita fica melhor sem lama. — Com roupas muito elegantes, Baird se adiantou para me cumprimentar, sorrindo e com a mão estendida. Ele olhou-me de cima a baixo por um momento. — A senhorita gosta da nossa música? É indiana. Meu pai e minha mãe trouxeram do Oriente o amor pela música indiana. No início, é bastante incomum de se ouvir, mas depois melhora, até que você a prefira a qualquer outra coisa. — Ele abriu seu sorriso característico. — Desde minha infância, conheci poucas diferentes, então é normal para mim.

Retribuí o sorriso, ainda pensando em mamãe, e muito pouco à vontade naquele ambiente incomum, mas determinada a absorver tudo o que pudesse. Sabia que nunca mais entraria naquela casa.

Com aquela música oriental enchendo minha cabeça e Baird sorrindo para mim do outro lado da mesa, esperei a chegada do Sr. e da Sra. MacGillivray. Embora sua carruagem às vezes fosse vista percorrendo Dundee, os MacGillivrays eram estranhos na cidade; na verdade, ninguém jamais havia visto a Sra. MacGillivray. Recordei alguns dos rumores que afirmavam que a dona da casa era indiana, ou que o Sr. MacGillivray tinha um bando de esposas asiáticas, em vez de apenas uma; assim, esperei com alguma apreensão que os pais de Baird aparecessem. A música chegou a um ápice, com muitos dedilhados de cordas e sopro de trompas, e então a porta ogival se abriu.

A Sra. Mahoney entrou, interrompendo completamente a dramaticidade do momento.

— Boa noite, Baird. — Ela havia mudado de roupa e então trajava um vestido longo de seda que realçava sua altura e, no mínimo, aumentava sua dignidade.

Com um olhar significativo para mim, Baird assentiu.

— Boa noite, mamãe. — Talvez tenha sido a ênfase que ele colocou na palavra final que me fez entender a mensagem. *Mamãe?*

— Boa noite, Srta. Easson.

— Boa noite. — respondi automaticamente, perguntando-me o que estava acontecendo.

O sorriso da Sra. Mahoney era uma imagem espelhada do de Baird.

— Sim, Srta. Easson, sou a Sra. MacGillivray. Peço desculpas pela farsa, mas gostaria de vê-la como realmente é, por trás de suas maneiras.

Senti-me corando e respondi secamente:

— Bem, a senhora certamente viu mais de mim do que a maioria das pessoas. — Encolhi-me mentalmente ao me lembrar de ter ficado nua ao lado da mãe de Baird.

O sorriso da Sra. Mahoney se alargou.

— Você não tem motivo para ter vergonha.

Tentei manter minha raiva sob controle, embora estivesse tentada a me virar e sair.

— Meu marido chegará em breve. — A Sra. Mahoney ainda estava me avaliando quando a porta se abriu de novo. Eu não tinha certeza do que esperar, talvez um homem vestido de rajá indiano. Mas o Sr. MacGillivray era o homem mais comum que alguém poderia esperar encontrar nas ruas de Dundee. Era de estatura e porte medianos e suas únicas características marcantes eram o bronzeado forte no rosto e a inteligência nos olhos castanhos, que pareciam ser exatamente iguais aos de Baird.

— E aqui está Barbara. — disse a Sra. MacGillivray, quando

uma jovem se juntou a nós. — Agora, estamos prontos para começar.

Barbara teria virado a cabeça dos homens em qualquer residência do país. Uma beleza alta, escultural e de cabelos ruivos, ela entrou na sala de jantar como uma rainha aproximando-se de seu trono e ocupou seu lugar à mesa. O olhar que voltou para mim foi uma combinação de desprezo e curiosidade, como se eu fosse algo que um gato se recusava a arrastar.

— Esta é minha filha, Barbara. — A Sra. MacGillivray não conseguiu disfarçar o orgulho na voz.

Fiz uma reverência meramente formal.

— Conhece Catriona Easson? — perguntou a Sra. MacGillivray.

Tive certeza de que Barbara se assustou levemente antes de responder.

— Não. — Olhamos uma para a outra com antipatia instantânea e mútua.

— A Srta. Easson ajudou quando nossa carruagem ficou presa em uma vala. — disse Baird, alegremente.

— Oh, que interessante. — comentou Barbara baixinho, embora não parecesse nem um pouco interessada. Não nos falamos de novo.

A refeição foi tão comum quanto o Sr. MacGillivray, uma procissão de sopa, peixe e doce, com vinho tinto e outros vinhos franceses, enquanto os músicos tocavam ao fundo e trocávamos uma conversa educada.

— A senhorita tem muitos cavalos? — perguntou-me o Sr. MacGillivray.

— Nem mesmo um. — respondi. — Mesmo quando meu pai estava vivo, o dinheiro era curto.

— Claro. Como seu pai morreu? — Baird olhou-me diretamente.

— O mar o levou. — respondi.

— Acho que li sobre isso. — disse a Sra. MacGillivray.

— Não sabia que o nome dele estava nos jornais. — Isso me surpreendeu. Meu pai havia sido o imediato de um brigue costeiro, navegando de Dundee para Londres e para todos os pontos intermediários. Os jornais nem sempre publicam nomes de homens honestos e trabalhadores.

Vi Baird e a Sra. MacGillivray trocarem olhares.

— Foi uma coisa terrível. — disse a Sra. MacGillivray.

— Qualquer interrupção de vida é uma tragédia. — concordei.

— Você pode se abrigar na Mysore House pelo tempo que desejar. —disse a Sra. MacGillivray. — Baird estava certo em trazê-la aqui.

— Obrigada — disse eu —, tenho certeza de que vou ficar bem. — Embora eu não tivesse certeza do motivo pelo qual aqueles MacGillivrays estavam tão atentos às minhas necessidades, ou porque eu deveria desejar me abrigar na Mysore House, comecei a gostar deles, apesar de suas peculiaridades ou talvez por causa delas. Durante o resto da refeição, falei quando solicitada, senti o olhar da Sra. MacGillivray sobre mim, como se eu estivesse sendo examinada ou testada, e observei o relógio de pêndulo no canto lentamente marcar as horas da noite.

— A senhorita parece confusa. — O Sr. MacGillivray deu uma rara contribuição para a conversa com sua voz agradável e bem modulada. — O que esperava? — Ele sorriu. — Estou ciente dos rumores que cercam a Mysore House e seus ocupantes.

— Não estou certa do que esperava. — respondi com sinceridade.

— A senhorita esperava servos de pele escura, em sáris esvoaçantes, um tigre vagando pelo terreno e um patrão usando um turbante enorme com um diamante no centro? — O Sr. MacGillivray estava zombando gentilmente.

— Talvez algo do gênero. — admiti.

Baird foi o primeiro a rir.

— Meu pai é um nababo, não um rajá. Ganhou dinheiro na Índia; não se tornou indiano.

— Você não deseja ir para a Índia? — Tentei descobrir mais sobre Baird. — Ouvi dizer que as pessoas podem viver como reis lá.

— Podem. — disse Baird. — E também podem morrer de cem doenças diferentes. — Ele balançou a cabeça. — Não. No momento, espero estender nosso comércio aqui em Dundee. — Baird surpreendeu-me com sua resposta decisiva. — Sei que estamos mais ao norte do que a maioria dos portos que comercializam com o Oriente, mas tenho certeza de que há um mercado para matérias-primas indianas na Escócia ou para nossos produtos manufaturados na Índia.

Senti a atenção de meus anfitriões se concentrar em mim e busquei palavras em minha mente.

— Não seria melhor entrar em um comércio estabelecido? Dundee tem um comércio de linho de longa data com o Báltico, ou você pode navegar para a Noruega para obter madeira, para a Espanha, para frutas ou para a França, para vinho.

Senti a atenção do Sr. MacGillivray avivar.

— A senhorita se interessa por tais assuntos? — perguntou. — Isso é incomum para uma jovem. Sei que a maioria das mulheres prefere proezas como costura ou pintura.

— Acho o mundo um lugar interessante. — respondi. — E costurar e pintar podem ser ocupações tediosas.

— Que revigorante. — A Sra. MacGillivray deu a Baird um olhar significativo. — Aprovo essa jovem, Baird.

Baird sorriu como se tivesse me treinado pessoalmente em minha lista de habilidades.

— Dificilmente cabe a uma mulher ter tais interesses. — Barbara falou para o lustre acima, e não para mim. — Isso se volta para o masculino, acho.

— Melhor do que ter a cabeça oca e vazia. — respondi, com o sorriso mais charmoso que consegui reunir.

— Estou feliz por não ser nenhuma dessas coisas. — respondeu Barbara, com os olhos sombrios de antipatia. — Você tem algum interesse feminino?

— Sou interessada em muitas coisas — respondi, mantendo minha raiva sob controle —, inclusive cuidar da minha própria vida.

Quando Barbara abriu a boca para retaliar, a Sra. MacGillivray interveio.

— Minha filha gosta de fazer joias. — Ouvi o orgulho na voz da Sra. MacGillivray. — E ela supervisiona as criadas na confecção de vestidos.

Pronta para estender uma oferta de reconciliação, balancei a cabeça afirmativamente para Barbara do outro lado da mesa, embora, em segredo, não estivesse impressionada com suas supostas realizações. Ela retribuiu meu aceno com um olhar frio e voltamos ao assunto sério de comer, com Baird parecendo inspecionar cada garfada que engoli. Por fim, a refeição terminou e, antes que começasse a bebida inevitável, lembrei aos MacGillivray que minha mãe estava me esperando.

— A carruagem vai levá-la até a sua casa. — O sorriso do Sr. MacGillivray era mais contido do que o de seu filho. — Afinal, temos que cuidar da jovem de Baird.

As palavras despertaram o que havia sido apenas suspeita. Olhei para Baird, esperando que ele esclarecesse, mas ele apenas sorriu ainda mais.

— Receio que tenha havido um mal-entendido. — falei. — Baird e eu nos conhecemos apenas hoje, por acaso.

— Oh, nós sabemos disso, Srta.... eh... Easson — disse o Sr.

MacGillivray. — O primeiro encontro é sempre o mais importante. Ora, lembro-me da primeira vez em que encontrei a Sra. MacGillivray, ou a Srta. Mahoney, como ela se chamava então.

— Agora não, MacGillivray. — falou a Sra. MacGillivray, com certa severidade. — Esta não é a hora, nem o lugar.

— Talvez mais tarde. — falou o Sr. MacGillivray diretamente para mim. — Quando a Sra. MacGillivray não estiver aqui. — Fiquei satisfeita que a Sra. MacGillivray juntou-se às risadas. Apenas Barbara não parecia divertida.

— Se o amor não despertar no início, talvez nunca aconteça. — A Sra. MacGillivray ainda estava sorrindo. — Agora, você está se preocupando em ir embora. Não se sinta uma estranha, Srta. Easson. Sempre será bem-vinda aqui.

— Nunca fui tão bem recebida. — disse eu. — Gostaria que houvesse uma maneira de retribuir sua generosidade.

— Não há necessidade. — A Sra. MacGillivray tocou meu braço. — Tudo o que peço é que trate o nosso Baird com carinho.

— Tenho o maior respeito pelo Sr. Baird MacGillivray — respondi.

— Bem, então. — disse a Sra. MacGillivray. — Tenho esperança de que seu respeito possa florescer em amor.

— Sinto muito. — falei. — Já estou comprometida.

— Tudo bem. — disse Baird, com tranquilidade. — Vou persuadi-la a reformular suas afeições. Srta. Easson, passei a nutrir uma grande afeição pela senhorita e pretendo tê-la como minha esposa.

CAPÍTULO 3

Nethergate, Dundee, outono de 1827

*D*eitei-me na cama, naquela noite, com imagens dos dias anteriores reverberando no meu cérebro. Ouvi as palavras de Baird repetidas vezes: "Pretendo tê-la como minha esposa".

Bem, meu corajoso Adônis, pensei, já estou comprometida e não tenho intenção de reformular as minhas afeições, seja por Baird MacGillivray ou por qualquer outra pessoa. No entanto, junto com os avisos da Mãe Faa sobre Kenny, eu estava mais do que apenas um pouco preocupada.

Os eventos passaram por minha mente em uma procissão constante, repetindo-se indefinidamente, enquanto eu me revirava na cama estreita. Tornei a ver o velho carregando seus gravetos, Mãe Faa com seu rosto sábio e enrugado, Baird MacGillivray e seus pais, e o luxo da Mysore House.

— Não consigo entender. — disse eu, quando minha mãe entrou para ver o que estava me incomodando.

— Não consegue entender o quê? — perguntou ela, e eu

contei toda a história, não a poupando de nenhum detalhe. Mamãe ouviu sem interromper, assentindo nas horas certas, embora não estivesse nada bem desde a morte de papai.

— Então ele a quer como esposa, não é? — O último ano havia envelhecido mamãe de tal modo, que ela parecia desgastada em comparação com a Sra. MacGillivray, embora devessem ter idades semelhantes.

— Foi o que ele disse, mamãe.

Mãe franziu os lábios.

— Aposto que Kenneth Fairweather terá algo a dizer sobre isso!

Não falei nada. Adoraria que meu Kenny cavalgasse até Mysore House, como um cavaleiro em um corcel branco, e esbofeteasse Baird com sua luva, desafiando-o para um duelo. No entanto, sabia que isso não aconteceria. Kenny não era esse tipo de homem e, além disso, eu gostava bastante de Baird, apesar de todos os seus defeitos. Refleti por um momento. Que tipo de homem era Kenny? Se Mãe Faa estivesse correta; será que não estava totalmente feliz com o meu noivo? Achava que lhe faltava algo?

Escolha com cuidado, havia dito Mãe Faa, e: *Este homem vai ajudá-la a ver o seu Kenny como ele realmente é.*

Se Baird fosse o "homem" misterioso, como ele me permitiria ver Kenny como realmente era? Eu não sabia e, quando perguntei à minha mãe, ela suspirou e se sentou ao lado da minha cama.

— Tudo bem, Catriona. — disse mamãe. — Esse tal de Baird MacGillivray pode ser cheio de conversa e declarações bombásticas. Esqueça-o, e concentre-se no que você conhece. Kenneth Fairweather é um bom homem e é provável que você nunca mais veja Baird. Afinal — continuou ela, olhando ao redor do pequeno quarto —, ele não parece ser de nosso círculo social.

Isso era verdade. Havíamos nos mudado de nossa casa de quatro cômodos para um lugar muito menor em Milne's Close quando a morte de papai diminuiu nossa renda em dois terços. Milne's Close não era nem pior nem melhor do que os lugares em que a maioria das pessoas em Dundee vivia, embora fosse muito diferente da Mysore House ou das mansões ao longo da Perth Road e da Broughty Ferry. Era improvável que Baird já tivesse ido a Milne's Close e ainda menos provável que, algum dia, viesse a visitá-la. Com esse pensamento reconfortante, virei-me de lado.

Eu poderia esquecer aquele cavalheiro bonito com sua carruagem e casa elegante. Foi um interlúdio agradável na minha vida, um olhar sobre um estilo de vida diferente e nada mais. No dia seguinte, eu poderia retornar à realidade monótona da vida como uma operária em Dundee e esperar que um dia Kenny e eu pudéssemos nos casar, ou nos enlaçar, como Kenny assim falava.

Suspirei. Mysore House era um sonho. Eu nunca poderia aspirar a tanto luxo e nunca me adaptaria a tais pessoas. Uma única visita era uma coisa, residência permanente era bem diferente. Baird MacGillivray teria que viver com a decepção de encontrar outra pessoa para compartilhar sua vida, e eu me conformaria com o monossilábico e sem graça Kenneth Fairweather.

Conformaria? Eu amava o homem. Não amava?

Claro, eu o amava; o conhecia desde a infância. Devia amá-lo. Mãe Faa estava errada.

O som do choro de minha mãe acordou-me mais tarde, na manhã seguinte, e permaneci deitada, acordada. Não era um som incomum. Ela havia chorado quase todas as noites nos últimos doze meses, e sempre dormia sobressaltada, acordando com um sorriso forçado para enfrentar o dia seguinte. Levantei-me para acender o fogo e esquentar uma chaleira; uma xícara de chá era o único bálsamo que eu conhecia para acalmar os nervos de mamãe.

Enquanto a chaleira borbulhava no fogo, olhei para o jornal que estava sobre a mesa. Anúncios enchiam a primeira página, como sempre, então folheei as páginas internas para encontrar algo de interesse. Havia os trechos usuais para atrair o leitor casual: a diligência de correspondências entre Stirling e Edimburgo havia tombado, Lady Catherine Eastwick havia desaparecido no dia em que seu pai morreu, houve uma série de assassinatos misteriosos na parte histórica de Edimburgo e o gelo no Báltico finalmente derreteu. Esta última parte interessou-me, pois afetava Kenny, então continuei lendo. O derretimento do gelo significava que os portos do Báltico estavam abertos ao comércio, e que os navios dos portos escoceses da costa leste podiam navegar para o comércio de linho ou madeira. Isso queria dizer que o navio de Kenny partiria em breve; assustei-me quando a chaleira transbordou, derramando água no fogo com um grande assobio. Usando um pano para proteger a mão, tirei a chaleira do fogo e despejei a água nas folhas de chá da panela.

Sempre acordei mamãe com uma xícara de chá forte para ajudá-la a enfrentar o dia. Ao levantar-me, decidi trocar a toalha da mesa e descobri que minha mãe tinha outro motivo para tristeza além da viuvez. Sempre mantivemos a casa impecável, por mais pobres que fôssemos, pois mamãe insistia que éramos pessoas respeitáveis, fossem quais fossem as nossas circunstâncias. Quando retirei a velha toalha de mesa, encontrei uma carta de aparência oficial escondida embaixo dela, com o selo já quebrado. Sabendo que mamãe agora estava dormindo na cama que dividira com meu pai, abri a carta e li-a à luz bruxuleante da chama de uma vela.

Aviso de despejo.

Verificamos que a senhora está há três semanas atrasada com o aluguel. A menos que o saldo seja pago integralmente até o final desta semana, será despejada da casa que ocupa atualmente.

O saldo devedor é de quinze xelins.

William Graham, representante de James Milne, senhorio.

Respirei fundo. Sabia que lutávamos por dinheiro, mas não fazia ideia de que as coisas estavam tão ruins.

Quinze xelins; esse era o meu salário de duas semanas; três semanas de salário para a mamãe. Contei o dinheiro na minha bolsa: nove *pences*. Duvidava que mamãe tivesse mais. Onde poderíamos arrecadar quinze xelins até o final da semana?

A resposta era óbvia. Não poderíamos. Por um instante, pensei sobre o luxo de Mysore House; os MacGillivray não notariam quinze xelins. Provavelmente, gastavam isso em vinho ou comida em alguns dias. Mas vivíamos na realidade e, de alguma forma, tínhamos que encontrar os quinze xelins.

Forcei um sorriso brilhante ao acordar mamãe e sabia que o sorriso que ela me deu em resposta era igualmente falso. Nenhuma de nós queria incomodar a outra e saí para o trabalho com um peso enorme pressionando meu coração. A animação do dia anterior era apenas uma lembrança.

Se há algo mais deprimente do que estar em um cais escuro antes do amanhecer, esperando para dizer adeus ao homem com quem você pretende se casar, então não sei o que é. Na minha experiência, sempre chove quando o brigue de Kenny sai para o mar, como se o próprio Deus estivesse chorando por minha tristeza. Permaneci parada nas lajes de pedra oleosa, com a água da chuva pingando da borda do capuz e batendo nos ombros do meu manto verde de viagem, enquanto Kenny fazia os preparativos finais para deixar Dundee rumo ao Báltico.

Observei os movimentos confiantes de Kenny enquanto ele subia do convés para a vela principal, mostrando a um jovem marinheiro como se certificar de que a vela estava enrolada corretamente. Com total confiança, ele se moveu ao longo da verga para verificar algo diferente, antes de retornar ao mastro e descer pelas enfrechates e pular de novo no convés. Durante todo o tempo em que observei, a embarcação rangeu e as cordas bateram com o vento que sacudia os pesados blocos de madeira e zunia através do cordame.

— *Aye.* — disse-me um ancião barbudo. — Ele está agitado.

— Sim, está. — concordei, sem ter a menor ideia do que o idoso queria dizer. Pareço atrair velhos, que se aproximam de mim e falam sem a menor das apresentações.

— Vai piorar antes de melhorar. — O ancião assentiu para a própria sagacidade.

— Não duvido. — concordei, desejando que minha companhia barbuda se afastasse e fosse incomodar outra pessoa.

— Mas o velho Almirante Duncan vai superá-lo. — Quando o velho apontou a haste de seu cachimbo para o brigue de Kenny, percebi que ele estava falando sobre o tempo turbulento e dizendo-me que o Almirante Duncan passaria por aquilo ileso.

— Sim, acho que sim. — respondi, animando-me a conversar um pouco com o homem. — O senhor conhece o navio?

— O velho Duncy é um brigue, senhorita, não um navio. — O velho recolocou o cachimbo na boca. — Um navio tem três mastros e um brigue, apenas dois. — Ele se lançou em detalhes técnicos sobre a mastreação que, com toda a franqueza, me deixaram indiferente. Eu só queria ver Kenny por alguns momentos, antes que ele partisse, e não me importava com quantos mastros, velas e cordames a embarcação tinha ou não.

— A senhorita é a dama do jovem Fairweather. — disse o velho, por fim.

— Sim. — concordei. — Sou a noiva de Kenny Fairweather.

— *Aye.* — O homem colocou bastante ênfase nessa palavra, como só os escoceses podem fazer. Na boca certa, a palavra "*aye*" pode significar qualquer coisa, desde um simples "sim" até uma grande desaprovação, sarcasmo, uma ameaça ou um grande elogio. Aquele ancião parecia misturar todos os significados ao mesmo tempo. — Ele é um homem sensato, o jovem Fairweather.

— O senhor o conhece bem? — Meu interesse crescia por qualquer coisa relacionada a Kenny, especialmente elogios.

— *Aye.* Sou Tam MacNaughton.

— É mesmo? — expressei surpresa, embora o nome não significasse nada para mim.

— Você vai se lembrar do meu nome. — Tam MacNaughton falou com perfeita segurança. — Conheci o velho Fairweather, o pai do jovem Fairweather.

— Ah. — falei. — O senhor conheceu o pai de Kenny. — Eu queria que Kenny terminasse qualquer tarefa náutica que estivesse realizando e viesse à terra para me resgatar daquele bode velho e tagarela.

— Foi o que eu disse. E nenhum homem é tão bom quanto o pai dele. Nunca foi, nunca será. — Tam MacNaughton assentiu com um gesto da cabeça, como se isso resolvesse o assunto. — O jovem Fairweather é igual. É um homem firme o suficiente, mas isso é tudo. — MacNaughton olhou-me de cima a baixo, balançando a cabeça. — Sim, a senhorita é a pessoa certa para ele, tal e qual, e se a senhorita não é um grande benefício para o mundo, também não é uma grande tristeza. — Ele se afastou para espalhar seu bom humor em outro lugar.

Bem, obrigada pelo encorajamento, Tam MacNaughton, pensei. Não represento um grande benefício para o mundo e Kenny é apenas um homem firme o suficiente.

Foi um alívio quando Kenny desembarcou do Almirante Duncan. Vestido com suas vestes de marinheiro, com calças largas brancas e um casaco de lona manchado, ele parecia um tanto como qualquer outro membro da tripulação, exceto que era um pouco mais alto.

— Catriona. — Ele abriu os braços sujos de alcatrão, sem sorrir.

— Kenny. — Aceitei o seu abraço, sabendo que teria que esfregar com força para remover as manchas de alcatrão mais tarde. Honestamente... as coisas que tive que fazer por amor! — Quando você vai partir?

— Na próxima maré. — Kenny me soltou e olhou para o céu. — O clima está ficando mais ameno. Haverá uma brisa para a costa que nos ajudará a sair do Tay.

Eu sabia o suficiente sobre navegação para entender isso. O vento viria da terra, empurrando o Almirante Duncan para o mar. Junto com a maré vazante, isso significava que Kenny seria capaz de partir mais rápido. Seria bom para sua viagem, embora menos alegre para mim.

— Entrar e sair do Tay é sempre complicado. — Kenny continuou sua conversa tão romântica. — O capitão Jackman negociou uma taxa para um timoneiro nos levar além de Abertay Sands e Buddon Ness.

— Sentirei sua falta. — disse eu, esperando que minha declaração pudesse ser retribuída.

— Devemos levar apenas algumas semanas. — disse Kenny, como se isso melhorasse ainda mais as coisas. — Uma rápida viagem pelo Mar do Norte, pelos estreitos de Escagerraque e Categate, pelo Báltico, então pegar uma carga de linho e voltar para casa.

Os nomes pouco significavam para mim, embora eu os reconhecesse como canais de toda a Dinamarca. Como a maioria das pessoas em Dundee, cresci considerando as docas como cruciais para a cidade. Enquanto outras cidades tinham pombos, Dundee tinha gaivotas, e, enquanto Edimburgo tinha seu castelo e Glasgow seu rio, Dundee tinha as docas e o Firth of Tay, ou seja, o que os ingleses chamariam de estuário do rio Tay. Até a nossa Câmara do Conselho tinha duas fachadas, com uma porta abrindo para a High Street e a outra voltada para o mar.

— Quando será a maré alta? — perguntei.

— Em cerca de uma hora. — Kenny olhou por cima do ombro para seu primeiro amor, seu navio. Eu estava ciente de que, em qualquer disputa, não poderia competir com o Almirante Duncan. Sabia bem disso, antes até do que tentar. Se alguém da família Fairweather sofresse um corte, sangraria água salgada e alcatrão.

— Você gosta do Almirante Nelson? — Kenny moveu a cabeça na direção a um navio muito maior, de três mastros, que estava no cais. — Ela é a mais recente embarcação da empresa, totalmente nova, construída em Dundee e destinada a ser a mais rápida e melhor embarcação da frota da empresa.

Fiz os sons apropriados de admiração. O Almirante Nelson era maior que o Almirante Duncan pelo menos metade do tamanho deste último, com seus três mastros se elevando acima da maioria na doca. Em comum com a maioria dos navios britânicos, era preto, com um acabamento branco.

— Tam Galbraith é o capitão dele. — disse Kenny. — É um bom homem.

Kenny não gostava de conversa fiada. Honestamente, às vezes pergunto-me o que vi nele. Não era conversador, e tão romântico quanto um barril de alcatrão.

— Parece uma bela embarcação. — disse eu, desejando poder fazer Kenny falar sobre outra coisa que não o mar.

— Adoraria navegar nele. — disse Kenny, entusiasmado.

— Talvez navegue, na próxima viagem.

— Talvez. — Kenny parecia em dúvida. — Tio Jim gostaria de vê-lo. — A expressão de Kenny mudou com a menção de seu tio, que estava morrendo em sua cama enquanto conversávamos.

— Ele pode sobreviver. — falei. — Seu tio Jim é um lutador.

— Ninguém pode lutar contra o que ele tem. — disse Kenny. — Duvido que o veja novamente. Ele é um bom homem. — Por um momento, vi a dignidade por trás do exterior rijo que o mar burilou em Kenny, o verdadeiro homem por quem eu havia me apaixonado anos antes, mas que raramente aparecia. — Tio Jim foi meu primeiro capitão, um marinheiro de primeira ordem, que viajou o mundo inteiro, e quem me ensinou tudo o que sei. Gostaria de estar ao lado dele quando ele se for.

— Ele sabe que você o ama. — falei.

Kenny recompensou-me com um olhar fulminante. As companheiras dos comerciantes do Báltico não se enfraqueciam com tais pensamentos. Eles amavam apenas seus navios, com o ocasional, muito ocasional mesmo, fragmento de emoção guardado para suas mulheres. Talvez Mãe Faa estivesse certa; eu não estava totalmente feliz com aquele homem que não sentia paixão por mim. Comparei-o mentalmente com Baird, odiei-me por isso e rapidamente afastei o pensamento.

— É melhor você voltar ao trabalho, Kenny. — Doeu-me

dizer tais palavras; doeu-me afastar-me de Kenny, com seu rosto franco e bem barbeado, e olhos cinza-claros. Forcei um sorriso.

— Seu brigue precisa de você.

— Precisa. — Kenny parecia feliz por voltar ao trabalho.

Eu o vi saltar para o Almirante Duncan, gritando ordens para a tripulação, enquanto verificava o cordame e espiava nos porões. O cais estava cheio, como sempre, com brigues do Báltico, grandes navios espanhóis de três mastros, prontos para navegar meio mundo, navios carvoeiros sujos e navios costeiros castigados pelo tempo, balsas abertas que carregavam pedras da pedreira de Kingoodie para reconstruir a cidade, um navio baleeiro com marcas de gelo e a onipresente embarcação de pesca.

Ouvi a voz de Kenny dando ordens quando um rebocador a vapor sujo soltou fumaça e prendeu um reboque ao Almirante Duncan. O capitão Jackman, alto e imperioso, ficou ao lado do timoneiro, dando ordens para que Kenny traduzisse para a tripulação. Quando o Almirante Duncan partiu, observei sua silhueta longe do cais, com um timoneiro de aparência serviçal ao leme e um rebocador o levando.

Esse é o meu homem partindo de novo, pensei. Este é Kenny, e ele mal tinha uma palavra para me dizer.

Assisti ao rebocador manobrar o Almirante Duncan até as ondas, onde a forte brisa lançava uma espiral nos bancos de areia que tornavam a entrada do Firth tão perigosa. Kenny se virou então, e eu acenei de onde estava na cabeceira do cais, permitindo que meu lenço branco tremulasse como despedida. Por um segundo, pensei que ele me viu. Ele levantou a mão e voltou ao trabalho, e meu coração pareceu que ia se partir. Por aquele único gesto, aquele único segundo que ele poderia dispensar, Kenny reafirmou seu compromisso comigo. Emoções agridoces passaram por mim; o prazer de ser reconhecida e a dolorosa sensação de perda que sempre experimentava quando Kenny partia.

Permaneci ali, até o Almirante Duncan entrar no Firth, provocando borrifos na sua passagem e o vento turbulento jogando ondas verde-acinzentadas em seu casco, e fiquei ali, até ele desaparecer de vista. Depois disso, continuei parada, segurando meu lenço inútil no ar. Desejava desesperadamente por alguma virada da sorte, para ver meu Kenny retornar mais rápido, e para que pudéssemos ficar juntos por mais do que alguns minutos roubados. Eu esperava alguma demonstração recíproca de afeto do homem de rosto impassível, a quem havia prometido meu amor. Gostaria que ele me desse algum símbolo de seu amor, como um anel ou um broche. Gostaria... não sabia do que eu gostaria, exceto que queria que o mundo mudasse para melhor, e eu não sabia como fazer isso acontecer.

Por fim, quando estava congelada até os ossos pelo vento e pela chuva, afastei-me, com a chuva disfarçando as lágrimas no meu rosto e minhas pernas rígidas de tanto ficar parada.

CAPÍTULO 4

Docas de Dundee, primavera de 1827

A carruagem estava do lado de fora dos portões do cais, com o sol da manhã refletindo na estrutura recém-lavada e os cavalos iguais, pisando em seus tirantes. Não precisei do característico brasão na porta para me dizer quem era o dono.

— Srta. Easson. — Baird estava sentado na porta, fumando um longo charuto. — Que bom vê-la de novo. — Levantando-se, ele fez uma reverência elaborada.

Retribuí com outra reverência, esperando que ele não pudesse ver as lágrimas no meu rosto e a vermelhidão dos meus olhos.

— Sr. MacGillivray, estou surpresa em vê-lo aqui.

Baird fez um aceno vago com o charuto.

— Não precisa se surpreender, Srta. Easson. Afinal, estou pensando em me mudar para o negócio de comércio. Para tanto, devo inspecionar as docas para ver o que está acontecendo. Por favor, o que a traz a esta parte?

— Estava despedindo-me do meu noivo. — respondi, secretamente enxugando uma lágrima com a mão enluvada.

— Ah, claro. O bom Sr. Fairweather que navegou no Almirante Duncan. — Baird revelou mais conhecimento do que eu lhe daria crédito. — Rumo ao Categate e todos os pontos a nordeste.

— Esse é o meu homem. — falei.

— Bem, como ele está fora, e a senhorita sabe que pode confiar em mim, talvez não se oponha em me mostrar este cais? Doca King William IV, não é? — O sorriso de Baird envolveu-me.

— Sr. MacGillivray — disse eu —, deixei claro que estou noiva do Sr. Fairweather.

— Sim, deixou. — concordou Baird.

— E, embora você tenha declarado que me queira como esposa e não tenha me mostrado nada além de gentileza, não tenho intenção de alterar minhas afeições. — Fiz uma reverência de novo. — Além disso, Sr. MacGillivray, tenho que trabalhar.

— Claro. — Baird fez uma reverência. — Posso ter a ousadia de perguntar onde trabalha?

Respirei fundo.

— Blackwood's Mill. — informei-o.

— Ah.

Eu duvidava que Baird já tivesse estado dentro de uma fábrica, quanto mais falado com um operário. Era um trabalho honesto, embora mal pago, mas os operários pertenciam às camadas mais baixas na ordem social, muitas vezes considerados pessoas inferiores aos criados que homens como Baird MacGillivray tinham em abundância.

— Nesse caso — disse Baird, fazendo uma breve, possivelmente zombeteira, reverência —, eu a deixarei com seus deveres e terei de continuar sem o prazer de sua companhia.

Eu não sabia que prazer a companhia de uma operária poderia proporcionar a um cavalheiro, exceto o óbvio, e ele certamente não estava entendendo isso, então, corri para a fábrica para outro turno exaustivo, com minha mente cheia de preocupação pelo nosso despejo iminente, e tristeza pela partida de Kenneth.

— A senhorita convencida está quieta hoje. — Anne, uma de minhas colegas, fez um gesto na minha direção. Eu não me adequava àquelas mulheres rudes, trabalhadoras e, principalmente, de bom coração, e Anne fazia o possível para tirar proveito de meu isolamento.

— Ela está sempre quieta. — disse Isabel, sua amiga do peito. — Nunca fala com gente como nós.

Eu não disse nada, com minha mente freneticamente preocupada em como pagar o aluguel, assim como pensando nas palavras de Mãe Faa sobre Kenny e na chegada inesperada de Baird às docas.

— Olhe para ela, parada ali como se a manteiga não fosse derreter na boca. — Anne falou nos tons agudos e rápidos necessários para ser ouvida acima do barulho constante das máquinas.

Fiquei quieta, tentando ignorar Anne, enquanto permanecia doente de preocupação com dinheiro. Quando tiramos nossa meia hora para o almoço, juntei coragem e aproximei-me do inspetor, o Sr. Greer, um homem de meia-idade e rosto acinzentado com olhos como pedras de sílex.

— Sim? — retrucou o Sr. Greer, olhando para mim.

— Estava me perguntando se poderia trabalhar algumas horas extras — disse eu —, ou ter um adiantamento de salário.

Os olhos de sílex se transformaram em pontas de flechas enquanto percorriam meu corpo inteiro, como se os dedos de sua mente estivessem me explorando. Sempre ficava desconfortável na presença do Sr. Greer.

— Por quê? — exigiu ele.

— Preciso do dinheiro. — Não me sentia inclinada a informar o Sr. Greer sobre meus problemas financeiros.

Quando o Sr. Green deu um sorriso malicioso, a expressão em seus olhos mudou para algo de que gostei ainda menos.

— Acho que podemos chegar a um acordo.

— O senhor poderia me adiantar os salários? — Eu sabia que, se usasse salários futuros para pagar dívidas existentes, estaria atrasando o problema em vez de resolvê-lo. No entanto, aprendi a viver para o presente e permitir que o futuro cuidasse de si mesmo.

— Posso arranjar horas extras — disse o Sr. Greer —, só com a senhorita e eu juntos, Srta. Easson.

Recuei rapidamente.

— Esse não é o tipo de arranjo que eu tinha em mente. — disse eu.

— Está com o aluguel atrasado? É isso? — O Sr. Greer estava bem ciente dos problemas que afligem muitas famílias em Dundee. — Bem, você poderá não ficar tão altiva e poderosa quando estiver nas ruas, Srta. Easson.

Eu sabia que isso era verdade. Não seria a primeira, nem a última, mulher a aceitar os avanços de algum homem repulsivo simplesmente para manter um teto sobre a cabeça. A prostituição era generalizada, e, às vezes, até a mais respeitável das mulheres caía em desgraça para alimentar a família ou para não dormir na sarjeta.

— Terei que estar desesperada para aceitá-lo, Sr. Greer. — respondi, sabendo que estava colocando minha posição em risco. Eu havia sido estúpida até mesmo em abordar um canalha daquele tipo, e voltei ao meu trabalho sentindo-me pior do que nunca.

~

Prestei pouca atenção à carruagem parada do lado de fora da fábrica quando saí do trabalho às sete daquela noite, até que o cocheiro gritou o meu nome.

— Srta. Easson!

Olhei em volta, totalmente ciente de que metade das fiandeiras estava fazendo o mesmo, com Anne cutucando Isabel e apontando para mim com algum comentário rude nos lábios. Virei-me, ignorando-as.

Baird abriu a porta para mim.

— Boa noite, Srta. Easson. — Seu sorriso estava mais aberto do que nunca, com a luz do fim da tarde refletida no anel de sinete em seu dedo mínimo.

— Boa noite, Sr. MacGillivray. — Fiz uma pequena reverência educada, desejando que ele me deixasse em paz, quando tudo que eu queria fazer era correr para casa e discutir nossa situação financeira com minha mãe.

— Está com pressa de novo, Srta. Easson?

— Estou indo para casa, Sr. MacGillivray.

— Então, permita-me levá-la. — Baird abriu a porta da carruagem.

Hesitei, sem saber o que fazer, até que as vozes roucas das minhas colegas de trabalho me incentivaram a entrar.

— Vá em frente, Catty. — gritaram elas. — Dê um passeio com o cavalheiro! — Havia outras sugestões, mas nada que eu possa colocar no papel sem um rubor intenso.

Incentivada por tal conselho, entrei na carruagem e, com minhas companheiras de trabalho gritando, nos afastamos da fábrica. Seria apenas uma curta viagem até Milne's Close.

— Aqui estamos. — Eu havia viajado em silêncio, muito subjugada por preocupações financeiras para responder à conversa de Baird.

Agora eu tinha uma decisão a tomar. Poderia agradecer a Baird pelo uso de sua carruagem e ir embora, ou poderia convidá-lo a entrar. A primeira opção seria indelicada após sua hospitalidade no dia anterior, enquanto a segunda o apresentaria à nossa pobreza e, provavelmente, o chocaria com a realidade de nossa situação. Algum demônio se apoderou de mim e decidi seguir o segundo caminho. Não esperava ver o homem de novo, então o que importava o que ele pensava?

— Gostaria de entrar? — convidei, esperando que minha mãe não se importasse.

— É muito gentil da sua parte. — aceitou Baird, imediatamente.

Saindo da carruagem no Nethergate, guiei Baird pelo beco estreito e escuro, e subi as escadas para nossa casa. Nossos passos ecoaram nos prédios altos de pedra enquanto um vizinho espiava de sua porta para ver quem estava passando. Eu meio que esperava que Baird se afastasse na escuridão ou zombasse da pobreza, mas em vez disso ele me seguiu, deu uma saudação alegre ao nosso vizinho curioso e me seguiu.

— Espero não arruinar sua reputação. — disse Baird.

— Oh, não, mamãe estará em casa. — disse-lhe, mais na esperança do que qualquer outra coisa. — Ela termina o trabalho uma hora antes de mim.

Minha mãe estava realmente dentro de casa. Eu a ouvi soluçar quando abri a porta.

— Mamãe! — Deixando o pobre Baird atrás de mim, ajoelhei-me ao lado de mamãe, que estava sentada à mesa com a cabeça nos braços.

— Qual é o problema? — Baird era todo preocupação.

— Dinheiro. — Mamãe parecia desesperada. Seus olhos estavam vermelhos de tanto chorar. — O Sr. Milne está nos despejando. Eu o procurei hoje para tentar fazer com que ele nos desse mais tempo, mas ele não quis ouvir.

— Mamãe! — exclamei, horrorizada. Não gostava de discutir nossos assuntos financeiros com outras pessoas. Nem tinha contado a Kenny sobre os nossos problemas. Se minha mãe estivesse menos transtornada, não teria mencionado nossa situação.

— Por que ele faria isso? — Baird olhou à sua volta, para a nossa casa. Achei que ele poderia fazer pouco caso de nossa pobreza, mas em vez disso, ele disse: — Tudo parece limpo e arrumado para mim.

Suspirei.

— Está tudo bem, Sr. MacGillivray. Nós vamos sobreviver.

Baird não queria saber disso. Levantando a carta do Sr. Milne, agora amarrotada, da mesa, ele a examinou com um único olhar.

— Percebo. Posso ficar com isso?

— Está tudo bem, Sr. MacGillivray. — insisti. — Nós vamos resolver isso.

Baird deu um pequeno sorriso.

— Acontece que conheço o Sr. Milne. — disse ele. — Talvez eu possa ajudar.

Quando comecei a protestar, mamãe ergueu os olhos, o rosto inchado de lágrimas e as mãos transformando um lenço de bolso úmido em uma longa cobra.

— Poderia fazer isso, senhor?

— Poderia, certamente. — Baird interrompeu quaisquer argumentos que eu pudesse ter, embolsando a carta.

— Sr. MacGillivray. — disse eu. — Isso não está certo.

— Ontem — disse Baird —, a senhorita me ajudou. Hoje, irei ajudá-la. Ou prefere que sua mãe continue aflita?

Balancei a cabeça, sabendo que Baird havia atingido o meu ponto mais fraco.

— Não deveria. — admiti.

— Está resolvido então. — disse Baird.

Minha mãe se levantou, parecendo mais velha e cansada do que eu jamais a havia visto.

— Nem mesmo lhe dei as boas-vindas, senhor.

— Sua filha o fez da maneira mais adequada. — Baird, sempre o cavalheiro perfeito, fez uma reverência. — Estou honrado em conhecê-la. Sra. Easson, não é?

— Está certo. — Mamãe parecia desconcertada. — Obrigada, senhor.

— Agora. — Baird deu um passo atrás. — Sei que as duas tiveram um longo dia de trabalho e desejam ficar em paz, então não vou perturbá-las mais.

Perguntei-me por que Baird havia me levado até a Milne's Close.

— Você acabou de chegar. — protestei. — Vou preparar um chá. — O chá era minha panaceia para todas as situações.

— Seria muito bem-vindo, se não for muito problema. — Baird fez outra reverência.

Verifiquei nosso suprimento de água, pois a compramos aos baldes dos carregadores de água, descobri que ainda nos restava bastante, de modo que foi um trabalho de cinco minutos encher a chaleira e acender o fogo.

— Não vai demorar muito. — falei.

— Catriona faz um excelente chá forte. — disse mamãe. Eu podia vê-la observando Baird com curiosidade, claramente perguntando-se quem ele era. Desde que o mar tomara a vida de papai, ela tinha dias bons, quando estava tão saudável como sempre havia sido, e dias ruins, quando parecia apenas existir em um torpor de incerteza. A ameaça de despejo a havia empurrado para um destes últimos, e eu silenciosamente amaldiçoei o Sr. Milne.

— Também prefiro chá forte. — disse Baird.

O sorriso da mamãe era bom de se ver.

Vi os olhos de Baird se estreitarem enquanto ele se concentrava nas prateleiras de livros que se alinhavam em uma das paredes da sala. Ele me olhou, e depois para mamãe.

— Creio que a senhora trabalha em uma loja, Sra. Easson, e a Srta. Easson trabalha em uma fábrica.

— Correto. — concordou mamãe.

Baird assentiu.

— É comum que as mulheres com essas ocupações tenham estantes de livros e leiam o jornal? Desculpem a minha curiosidade. — Levantando-se, ele examinou os nossos livros, lendo os autores. — Walter Scott, Byron, Wordsworth, Tácito? — Ele olhou em volta, com as sobrancelhas levantadas. — Seu material de leitura é interessante.

Eu não disse nada. Sempre li; meu pai nos encorajava a ler.

— Tais livros são normais para trabalhadores de fábrica? — repetiu Baird a sua pergunta. — E poderiam muitos trabalhadores de fábrica conversar com sensatez em companhia educada, como a Srta. Easson fez ontem? — Seu olhar vagou mais ao redor da sala até que parou em nosso jogo de xadrez. — Ou jogar xadrez?

— Não sei o que é normal. — respondi. — Somos todos indivíduos.

Baird anuiu com a cabeça, sorrindo.

— Não é da minha conta, então. — Ele me olhou antes de se dirigir à minha mãe. — Sra. Easson, gostaria de convidar sua filha para um baile na casa do prefeito.

— Oh, senhor. — Minha mãe olhou de Baird para mim e de novo para ele.

Eu não disse nada ao ouvir esta notícia surpreendente. Nunca havia pensado em ver Baird de novo, apesar de sua declarada intenção de se casar comigo. Certamente, nunca havia esperado que ele me convidasse para um baile, e o baile do prefeito era um dos destaques da temporada social de Dundee, uma ocasião à qual uma operária jamais poderia esperar comparecer.

— A senhorita irá ao baile comigo, Srta. Easson? Suspeito

que já foi a um baile antes e terá as roupas apropriadas escondidas.

Enrijeci, perguntando-me o que mais aquele homem perspicaz sabia sobre nós, ou adivinhou sobre nós, ou pensou que sabia sobre nós.

— Receio não poder ir. — disse eu. Eu sabia que parecia grosseiro depois de Baird se oferecer para falar com o Sr. Milne. — Não estou sendo ingrata pela oferta, Sr. MacGillivray, e estou ciente da grande honra que me concede, mas estou noiva do Sr. Fairweather e não abusaria da amizade dele.

— Claro, entendo suas razões. — Baird fez outra reverência graciosa. — No entanto, vou sentir falta da sua companhia.

— Não, Catriona. — Mamãe soava então mais como sempre foi, de novo. — O Sr. MacGillivray se ofereceu para nos ajudar a sair de nossa atual situação financeira. O mínimo que você pode fazer é aceitar o pedido gentil dele e acompanhá-lo ao baile.

— Kenneth pode não concordar. — protestei.

— Kenneth pode nunca vir a saber. — Mamãe deu um pequeno sorriso. — Não consigo imaginar nenhum dos marinheiros participando do baile do prefeito, e você merece um pouco de distração, Catriona. A vida tem sido difícil nos últimos tempos.

— A senhora é uma mulher sábia, Sra. Easson. — disse Baird, com perfeita solenidade.

— Sei que o senhor será um perfeito cavalheiro. — acrescentou mamãe, com um tom de voz mais do que firme.

— Posso lhe garantir isso. — disse Baird.

Então, foi assim que eu me vi, uma fiandeira da Blackwood's Mill, indo ao baile do prefeito com o Sr. Baird MacGillivray da Mysore House.

～

O baile, descobri, demoraria cerca de quatro semanas para acontecer, dando-me tempo suficiente para me preparar. Naturalmente, todas as minhas colegas de trabalho na fábrica estavam ansiosas para saber quem era o cavalheiro da carruagem.

— Era o seu jovem prometido? — perguntaram. — Era Kenneth Fairweather?

Anne olhou-me com olhos venenosos.

— Aquele não era um marinheiro, não com aquela carruagem e cavalos.

— Era o Sr. Baird MacGillivray. — disse eu. — Ele não é um amigo, apenas um conhecido.

— Ele deve gostar de você. — falou Anne. — E é rico por ter uma carruagem como aquela. — Ela deu o que deveria ser um sorriso tímido. — Talvez você devesse largar seu amigo marinheiro e ficar com ele. — Seu rosto, outrora bonito, se enrugou em uma cara feia. — Baird MacGillivray? Não é o sujeito da Mysore House?

— Ele mesmo. — respondi, desejando que elas tirassem seus narizes compridos da minha vida. Mas os falatórios eram a alma das fábricas, embora trabalhássemos sem parar, nossas vozes agudas se elevavam acima do barulho das máquinas.

— Ele é rico. — enfatizou Anne. — A família ganhou dinheiro no Hindustão. — Ela levantou a voz para que todas por perto pudessem ouvir. — Eles têm cem empregados em sua casa e adoram um deus indiano. Têm cobras de estimação e leões para manter seus servos sob controle.

— Têm? — respondi, colocando toda a inocência nos olhos arregalados. Não disse a Anne que já estivera na Mysore House. Anne não era o tipo de pessoa a quem se confidenciasse.

— Ouvi dizer que o velho MacGillivray se casou com uma negra. — disse Anne. — O patrão a comprou em um mercado na China e a trouxe como escrava, o que significa que seu namorado tem sangue indiano. — Ela balançou a cabeça, assentindo para si mesma. — Sim, foi o que pensei quando o vi do lado de fora da fábrica. É um estrangeiro, pensei, vindo para nos sequestrar e nos levar para o Hindustão.

— Ele pode me pegar a qualquer hora, com uma carruagem daquelas. — comentou Mag Dodds. Mag era uma mulher de meia-idade e prematuramente grisalha, com um olhar gentil. — Na verdade, ele pode me pegar a qualquer hora, mesmo sem carruagem. — Ela liderou a risada rouca de todas.

— Ele já pegou Catriona, aposto. — disse Anne. — Não é verdade, Catty? Ele a pegou da maneira que os homens gostam de pegar as mulheres!

— Não pegou! — neguei com tanta veemência, que as mulheres se cutucaram divertidas.

— É o que você diz. — Anne olhou ao redor, procurando apoio. — O que vocês acham, meninas?

Alguns riram, alguns se concentraram em seu trabalho. Mag Dodds piscou para mim, do outro lado da máquina barulhenta, mas alguns comentários cruéis foram acrescentados às palavras de Anne. Eu não era a trabalhadora mais popular naquela fábrica, com minha formação e gostos diferentes.

— Pergunto-me o que o seu marinheiro vai dizer quando souber de suas travessuras com aquele príncipe indiano. — Anne continuou com seu ataque.

— Não houve travessuras. — disse eu. — E ele não é um príncipe indiano.

— Assim você diz. — escarneceu Anne, cutucando a colega ao lado. — Assim ela diz, hein? — Ela olhou para mim, com suspeita. — Sei que você se acha superior a nós, moças comuns, falando como se tivesse uma bola na boca.

— *Aye.* — concordou uma mulher de rosto magro. — Eu a vi lendo o jornal também, como se quisesse ser uma grã-fina.

Eu não disse nada. Não me sentia superior a nenhuma das

moças da fábrica. Sabia que não era melhor do que elas, mesmo que lesse jornal e jogasse xadrez. Não gostava dos meus dias de trabalho na fábrica antes de conhecer Baird, e gostei menos ainda quando me tornei o objeto do humor ácido de Anne. Às vezes, eu permanecia em silêncio soturno, outras vezes minha reação irritada deixava Anne saber que seus ataques haviam sido bem-sucedidos e chamava a atenção do supervisor sobre mim. O Sr. Greer não me perdoou por ter repelido os avanços dele e começou a me observar com atenção, verificando tudo o que eu fazia e procurando por falhas.

Com Kenny no mar e provocações no trabalho, não me senti feliz nas semanas seguintes, à medida que os dias avançavam para o baile. No entanto, uma grande fonte de descontentamento terminou quando o Sr. Milne enviou seu representante à nossa casa.

A forte batida na porta soou como a morte chegando para visitar.

Mamãe estava em um de seus dias ruins e ergueu os olhos, com medo.

— Vá e atenda. — disse ela, curvada na cadeira que raramente deixava quando estava em casa. — Pode ser o reverendo. — As visitas irregulares do Sr. Grieve, o reverendo, eram os únicos pontos altos da vida de mamãe, possivelmente porque ambos haviam recentemente perdido seus cônjuges e entendiam a tristeza um do outro.

Não era o Sr. Grieve. Em vez disso, era o Sr. Graham, o representante do Sr. Milne, parado ali, com a expressão azeda usual em seu rosto de caveira e seus olhos cinza-gelo tão amigáveis quanto os do irmão de Bonaparte.

— Sim, Sr. Graham? — falei, parada na porta, com meu coração martelando de nervosismo, mas determinada a bloquear seu acesso. De qualquer forma, desde a morte de meu pai, minha mãe era incapaz de lidar com a burocracia. Eu temia uma visita do Sr. Graham desde o dia em que recebemos a notificação de despejo.

— Estava esperando despejar vocês duas. — afirmou o Sr. Graham, tentando olhar além de mim para ver o interior da casa.

— Oh? — Mantive minha voz neutra.

— Vejo que não será mais necessário. — disse o Sr. Graham. — Seu aluguel foi pago integralmente.

Obrigada, Baird MacGillivray, pensei. Perguntei-me se ele manteria sua palavra. Agora, eu tinha que ir ao baile do prefeito e esperava que Kenny entendesse. Não posso expressar o alívio que aquela única declaração do Sr. Graham me deu. Foi como se um grande peso fosse removido das minhas costas.

— A senhorita parece ter feito um amigo influente. — O Sr. Graham inclinou para a frente o chapéu de aba baixa e bateu com a ponta da bengala nas lajes de pedra do beco. — O Sr. Snodgrass disse-me que a senhorita estava com um homem em casa. — Snodgrass era o nosso vizinho curioso.

Eu não disse nada, esperando que Graham fosse embora logo. Homens como Graham sempre me deixavam com uma sensação de sujeira, como se eu tivesse me associado com o diabo ou um de seus asseclas. Eu precisava visitar a igreja, pois a sujeira era mais do espírito do que do corpo.

— Seu amigo influente pagou seu aluguel pelos próximos três meses. — continuou Graham, tentando olhar para dentro da casa enquanto falava. — Agora, por que ele faria isso?

Permaneci estática, determinada a não lhe dar um centímetro de liberdade de ação. *Obrigada mais ainda, Baird MacGillivray.* Com três meses de aluguel, pagos de forma adiantada, tínhamos espaço para respirar e colocar nossas finanças em ordem. Decidi ser o mais gentil que pudesse com Baird no baile. Poderia até começar a gostar daquele homem enigmático e encantador. As palavras da Mãe Faa vieram até a mim de novo: *"Este homem vai ajudá-la a ver o seu Kenny como ele realmente é"* e *"Escolha com cuidado"*.

— Nesse caso, Sr. Graham — disse eu —, não vejo razão para o senhor estar aqui. Não temos atrasos nem dívidas. Obrigada por me contar. — Eu teria fechado a porta na cara dele se ele não tivesse enfiado o pé na porta.

— Ainda não, Srta. Easson. — O rosto do Sr. Graham teria esfriado o fogo de Hades e feito com que o próprio diabo gritasse pedindo ajuda. — É uma condição do seu contrato que vocês não façam nada de natureza não respeitável. — Graham bateu com a bengala no batente da porta. — Desejo entrar em sua casa.

— Por quê? — perguntei, embora estivesse começando a entender o que Graham quis dizer.

— Mulheres que podem pagar de repente um aluguel adiantado, quando estão apenas ganhando o salário de uma fiandeira, devem ter outra fonte de renda.

Embora eu tenha permanecido imóvel, minha raiva aumentou.

— O que está insinuando, Sr. Graham?

— Acredito que esteja administrando uma casa ilegal, Srta. Easson. — Pela primeira vez, Graham sorriu, um sorriso que espero nunca mais ver. Não tinha a intenção de esbofeteá-lo, realmente não, mas raramente senti tanta satisfação como quando o fiz cambalear.

— Saia! — disse eu, enquanto minha raiva controlava meu bom senso. Avancei, pronta para esbofeteá-lo de novo, enquanto ele segurava sua bengala, endireitava o chapéu e me olhava com raiva.

— O Sr. Milne vai saber disso.

— Ótimo. — disse eu. — O senhor pode contar ao Sr. Milne que não gosto de ser insultada pelos asseclas dele. — Fechei a porta com um estrondo, tremendo, com uma mistura de raiva e apreensão, pois o Sr. Graham era um homem desagradável. Mesmo com o aluguel pago adiantado, Graham poderia criar problemas ou persuadir o Sr. Milne a nos despejar. Quando minha raiva esfriou, comecei a me arrepender daquela bofetada, por mais deliciosa que tenha sido.

Mamãe ergueu os olhos com aquele olhar horrível e vago nos olhos.

— Do que se tratou tudo isso?

— Nada para a senhora se preocupar. — disse eu. — O Sr. Baird MacGillivray pagou nosso aluguel pelos próximos meses.

— Ah, tão gentil da parte dele. — disse mamãe. — Por que ele fez isso?

— Não tenho certeza. — respondi com sinceridade.

— Pergunto-me se ele não está cortejando você. — disse mamãe.

— Ele sabe que estou comprometida. — Desejei nunca ter conhecido Baird, embora ele tivesse aliviado nosso fardo financeiro. Não, disse a mim mesma, aquilo era algo tolo de se pensar. Se Baird não tivesse pagado nosso aluguel, estaríamos morando nas ruas naquela hora ou, se tivéssemos sorte, dividindo um quarto com uma dúzia de homens e mulheres em alguma pensão em ruínas em Couttie's Wynd ou algum outro lugar de má reputação.

O sorriso de mamãe lembrou-me de tempos mais felizes, quando meu pai estava em casa, após vir das viagens no mar.

— Kenneth Fairweather é um jovem bom, Catriona, mas você ainda não se casou. Mesmo uma pessoa de baixa posição social tem seus direitos, lembre-se, e uma mulher solteira pode alterar sua afeição se um homem melhor aparecer.

— Baird não é um homem melhor do que Kenny. — disse eu.

— Você vai acompanhar o Sr. MacGillivray ao baile do prefeito? — perguntou mamãe, com docilidade.

— Sim. — Havia tomado minha decisão final. — Sim, vou.

O sorriso de mamãe me envolveu.

— Fico feliz em ouvir isso, Catriona. Baird será um excelente partido para você.

— Não o quero como partido. — insisti. — Já tenho Kenny na minha vida.

— Escolha com cuidado. — Estremeci quando as palavras da Mãe ecoaram as de Mãe Faa.

— Já escolhi. — disse eu. Ou pensei que já havia escolhido. Naquele momento, já não tinha tanta certeza.

Passaram-se três dias até que alguém batesse à nossa porta. Respirando fundo, abri-a, encontrando o próprio Sr. Milne parado ali. Ele tirou o chapéu alto.

— Srta. Easson. — cumprimentou-me, fazendo uma pequena reverência.

— Sr. Milne. — Esperei por seu pronunciamento de condenação. Esbofetear seu representante não me parecia mais uma boa ideia.

— Posso entrar?

Embora eu não tivesse nenhum escrúpulo em enfrentar o representante dele, o Sr. Milne era dono de nossa casa e, na verdade, do resto do beco. Afastei-me com o máximo de graça que pude demonstrar e conduzi-o para dentro.

— Sente-se, Sr. Milne. — Mamãe estava mais senhora de si naquele dia. Ela puxou uma cadeira para o Sr. Milne. Encostei-me nas estantes, imaginando onde passaríamos a noite.

— Ah, isso é um pouco estranho. — O Sr. Milne era de meia-idade, com mais fios brancos do que pretos nos bigodes e tendia a ter uma figura corpulenta. — Acredito que a Srta. Easson discutiu recentemente com o Sr. Graham.

— Discuti. — Esperei que o machado caísse. Tive uma visão instantânea do futuro: despejo imediato e uma casa nas ruas, com noites passadas encolhidas nas portas das lojas e o desprezo dos cidadãos mais afortunados de Dundee. — Eu o esbofeteei.

Milne segurou o chapéu no colo.

— Só posso pedir desculpas pelo comportamento do meu representante. — disse ele.

Quase desmaiei de alívio e surpresa, abaixando-me para levantar três livros que desalojei das prateleiras.

— O Sr. Graham nos acusou de administrar uma casa de má reputação. — falei.

O Sr. Milne fechou os olhos.

— É ainda pior do que eu pensava. — falou. — Vou conversar com o Sr. Graham e garantir que isso nunca aconteça de novo.

— Obrigada. — falei, com a mente em completa confusão.

— Deseja uma xícara de chá, Sr. Milne? — perguntou mamãe.

— Não, não, obrigado. Não vou retê-las mais. — disse Milne. — Só queria me desculpar. — Sua hesitação era atípica. — Ficaria grato se a notícia desta lamentável ocorrência não chegasse aos ouvidos do Sr. MacGillivray.

— A ocorrência está encerrada. — assegurei-lhe solenemente, apreciando o desapontamento do Sr. Milne. — No que nos diz respeito, o Sr. MacGillivray não ouvirá nada sobre isso.

— Obrigado. — O Sr. Milne levantou-se, ainda segurando o chapéu com as duas mãos. — Gostaria de ter testemunhado o seu encontro com o Sr. Graham — disse ele. — Ele é um sujeito muito intrometido, embora um representante muito eficiente.

— Ele é um canalha insuportável. — falei, alegremente.

Quando o Sr. Milne recolocou o chapéu na cabeça, tive certeza de que havia um brilho de humor em seus olhos.

— Exatamente, Srta. Easson, exatamente. Bem, não vou ocupar mais o seu tempo.

— Que diabos foi isso? — perguntou mamãe, quando fechei a porta nas costas do Sr. Milne.

— Não tenho certeza. — disse eu. — Acho que Baird MacGillivray pode ter algo a ver com isso.

— Que gentil. — disse mamãe. — É melhor encontrarmos algo adequado para você usar no baile do prefeito.

— É um baile de máscaras. — respondi. — Temos que ir com alguma fantasia do passado, usando uma máscara para disfarçar nossas identidades.

Mamãe sorriu.

— Bem, agora, Catriona, isso é bom. Podemos não ter muito dinheiro ou nenhuma posição, mas somos ambas boas costureiras e conheço outras pessoas que podem ajudar. Agora, tudo o que temos que decidir é qual fantasia você deseja usar. — Ela me olhou de soslaio. — Algo um pouco revelador, acho, para o Sr. Baird MacGillivray. Suspeito que ele seja o tipo de homem que pode ser influenciado por algo um pouco ousado!

— Mamãe! — Fiquei sinceramente chocada. — Não vou me exibir para a excitação de Baird.

— Oh, não, Catriona. — respondeu mamãe. — Você não vai se exibir para Baird MacGillivray. Você vai se exibir para Catriona Easson. É preciso aproveitar todas as vantagens que temos. — Seu sorriso era tão calculista quanto o de qualquer empresário que fecha um negócio. — A beleza de uma mulher não dura para sempre, Catriona. Pense em você como uma maçã; a polpa de uma maçã é atraente, mas são as sementes que importam. Nas mulheres, o que importa é a alma e o coração, mas nossa aparência externa atrai os homens. Temos que pegar o melhor que pudermos enquanto somos jovens, e, se não tivermos dinheiro e terras, devemos usar nossos outros bens: nossa aparência.

Balancei a cabeça.

— Nunca a ouvi falar assim, mamãe.

— Você não é tão jovem, Catriona. Tem vinte e cinco anos agora. A menos que se case logo, ficará muito velha e solteirona. Achei que Kenneth Fairweather já teria se casado com você a essa altura, mas parece que ele está muito hesitante. Deus lhe ofereceu uma segunda chance com Baird MacGillivray, e, quando Deus abre uma porta, você não deve batê-la na cara dele.

Assenti, pois podia entender o ponto de vista de mamãe. Mais uma vez, a imagem da Mãe Faa veio diante de mim.

— Agora, tudo o que temos que fazer é criar um traje que realce suas curvas sem destruir sua reputação. — Mamãe deu um tapinha no meu quadril, sorrindo.

CAPÍTULO 5

Eu não sabia o que esperar naquela noite. O prefeito Thomas Bell realizou seu baile em uma casa isolada na parte oeste mais rica de Nethergate, com metade dos grandes e importantes de Dundee, e dos arredores, presentes. Baird foi me buscar em sua carruagem e nos dirigimos até a entrada em grande estilo, com os lacaios em elegantes uniformes verde-escuros e dourados, e a parelha de cavalos tão reluzente quanto a carroceria da carruagem.

Respirei fundo quando a carruagem parou em frente à casa do prefeito.

— Não fique nervosa. — disse Baird. — Você está comigo. Se alguém disser algo desagradável, terá que responder por isso. — Seu sorriso não o deixou.

— Por que está fazendo isso? — perguntei. — Por que está sendo tão gentil comigo?

Baird balançou a cabeça.

— Porque gosto de você. — disse ele.

Não entendi. Sem dúvida, eu não era desagradável de se ver, mas também não era uma grande beleza que alguém pudesse imaginar, e não tinha nada em comum com um cavalheiro e comerciante como Baird MacGillivray.

— Você está fazendo demasiado por mim somente porque deparei-me com você quando sua carruagem caiu em uma vala. — respondi.

— Nós dois sabemos que há muito mais em você do que apenas isso, Srta. Easson. — Baird balançou a cabeça. — Quando estiver pronta, podemos deixar de lado o fingimento. — Ele olhou-me de cima a baixo, demorando-se nos lugares onde mamãe havia habilmente enfatizado minha forma natural. — Você está encantadora.

— Eu deveria ser a Senhora do Lago. — Eu deveria ter feito uma representação de meu papel para ele, naquele momento, mas a timidez natural impediu tal movimento. — A feiticeira que deu Excalibur ao Rei Arthur.

— Ah. — sorriu Baird. Minha fantasia era tão simples quanto poderia ser, uma única túnica branca que mostrava o suficiente dos meus seios, de modo tentador sem ser indecente. Mamãe levou horas para conseguir o equilíbrio certo. — Você está encantadora, de fato. Venha, Srta. Easson. — Baird curvou-se e ofereceu-me o braço. Ele estava vestido com uma fantasia antiquada de Scarlet Pimpernel, um personagem fictício que ajudou a libertar prisioneiros aristocráticos dos revolucionários franceses. Apesar de tudo, não pude deixar de admirá-lo, com calças justas que enfatizavam suas pernas elegantes e a camisa de seda imaculada que revelava o peito largo. Desviei o olhar rapidamente quando percebi que estávamos um admirando o outro de uma maneira que não era muito respeitável.

— Já vou. — respondi, desejando estar em qualquer lugar,

menos ali. Resolvi que, o que quer que Baird tivesse feito por mamãe e por mim no passado, eu romperia nossa amizade assim que o baile acabasse. Sentia-me uma fraude por agir como uma companhia para Baird, quando sabia que não era. Kenny estava no mar, enfrentando tempestades e gelo, e ali estava eu, brincando com um homem que eu mal conhecia.

— Você irá encantar mais esta noite do que eu irei, Srta. Easson. — disse Baird. Ele olhou para a multidão que esperava para entrar na casa. — Você é mais bela do que qualquer uma das mulheres aqui.

— Oh! — Eu não estava acostumada a elogios. Kenny não era um homem que elogiava facilmente, se é que o fazia. — Obrigada. — Lutei para encontrar uma resposta adequada. — Você é muito exagerado em seus elogios, senhor, e também está muito bonito. — Eu deveria ter dito isso? Oh, Senhor, eu estava seguindo o caminho da virtude fácil? Oh, por favor, ajude-me a fazer o que é certo!

A reverência de Baird foi uma resposta suficiente.

— Por favor, segure o meu braço. — disse ele.

Coloquei minha mão levemente na curva de seu cotovelo e permiti que ele me guiasse até a porta da frente, onde um lacaio alto, em um traje elaborado do século XVIII, nos anunciou.

— Sr. Baird MacGillivray de Mysore House e Srta. Catriona Easson de Nethergate.

Cabeças se voltaram para nos olhar, com mulheres e homens concentrados em Baird, pois Mysore House era um mistério para os bons cidadãos de Dundee. Algumas mulheres me examinaram de modo crítico, sem dúvida notando que meu traje havia sido feito em casa e que minha forma era mais simples do que elegante.

— Coloque a máscara. — murmurou Baird, e felizmente protegi o rosto. — Aí vem o prefeito.

O prefeito Bell estava no final da casa dos cinquenta anos, era um homem de cabelos curtos, rosto redondo, uma boca rígida e o olho direito maior do que o esquerdo. Em comum com muitos homens da elite da cidade, ele era um comerciante e fiador de linho, mais acostumado a buscar lucro do que se divertir em um baile. Vestido como um Napoleão Bonaparte escocês, ele me olhou e fez uma reverência sem interesse.

— Srta. Easson.

— Prefeito Bell. — Fiz uma reverência superficial.

— Sr. MacGillivray. — Bell encarou Baird diretamente. — Acredito que pretende investir no comércio de Dundee.

— Isso mesmo. — disse Baird.

— Posso ajudá-lo a tomar decisões. — disse Bell.

— Ouvi dizer que o senhor é um empresário esperto — concordou Baird —, e certamente irei consultá-lo em uma ocasião futura. — Tirando um cartão de algum lugar de sua fantasia, Baird o entregou. — Meu cartão, senhor.

— E o meu. — Bonaparte-Bell curvou-se novamente, dirigindo-se a mim: — Seu criado, senhora. — E afastou-se rigidamente.

— Como vê — murmurou Baird —, essas ocasiões não são só para o prazer. Elas permitem que alguém socialize com outros empresários, em um ambiente mais ameno, e veja quem está fazendo negócios com quem. — Ele sorriu para mim. — Também permite que as pessoas reúnam fofocas suficientes para animar a vida. Vão passar a próxima semana sorrindo docemente, enquanto destroem o caráter de seus amigos mais queridos.

Forcei um sorriso, embora não tivesse nenhum desejo de me colocar em uma posição que permitisse às mulheres cruéis afiarem suas garras em meu caráter.

— Você saberá tudo sobre essas coisas, é claro. — disse Baird, casualmente. — Este não será o primeiro baile no qual você comparecerá.

— Já estive em reuniões semelhantes. — Pensei nas comemorações nas quais papai me levava quando a temporada do Báltico terminava, e os armadores e comandantes se reuniam. — Não exatamente assim, no entanto.

— Não. — Baird fez uma reverência para uma mulher que passava vestida de Maria Antonieta. Perguntei-me o motivo de tantas pessoas interessadas naquele período amargo da história e rejeitei o pensamento. — Não, você se acostumará a se misturar com uma camada superior da sociedade.

— Dificilmente! — Minha risada foi sincera, quando comparei os marinheiros rudes com aqueles cavalheiros e damas de maneiras elegantes.

— Você é realmente uma dama intrigante. — disse Baird. — Você e eu teremos conversas das mais interessantes.

— Ora, obrigada, senhor. — Fiz uma reverência simulada. — Sou apenas eu mesma e dificilmente de interesse para alguém. — Enquanto falava, pensei no meu Kenny monossilábico e perguntei-me se algum dia conseguiria manter uma conversa interessante com ele, ou mesmo qualquer discussão que durasse mais de dois minutos.

O sorriso de Baird diminuiu enquanto ele me examinava.

— Acho isso difícil de acreditar, Srta. Easson. Acho que uma mulher como a senhorita interessaria a qualquer homem, seja qual for sua posição social. — Seus olhos ficaram sérios por um momento e depois se iluminaram em um sorriso de novo. — Venha, Srta. Easson, o baile torna-se pior com a nossa ausência.

Olhei para dentro da casa, onde uma multidão de pessoas, em todos os tipos de vestidos e fantasias, estava curiosa para ver o indescritível Pimpernel da Mysore House. Minha presença, eu sabia, era apenas um detalhe a mais. As mulheres, em particular, pareciam interessadas em Baird, e algumas delas o olhavam abertamente, de cima a baixo, e retiravam-se para uma conversa educada com as amigas. Como companhia de Baird, chamei um pouco de atenção, mas quando as pessoas perceberam que eu não era da classe delas, evitaram-me com ombros rígidos e olhares congelados.

— Baird MacGillivray trouxe uma de suas criadas com ele, pelo que vejo. — Uma ruiva alta vestida de Afrodite olhou por cima do ombro para mim.

— Oh, não, Jennifer; é uma operária, acredito. — Uma loira que ameaçava se livrar de seu traje apertado da donzela Marian, lançou um olhar venenoso na minha direção. Eu não disse nada, mas perguntei-me o que lhe dera a ideia de que Marian enfeitava suas roupas com uma infinidade de fitas.

— Oh, que encantador da parte do Sr. MacGillivray. — Afrodite recolocou sua máscara. — Ele deve ser o mais condescendente dos homens. Tem muito dinheiro, sabe?

— Oh, pilhas dele. — disse a donzela Marian. Fiquei imaginando o que minhas colegas, as trabalhadoras da fábrica, pensariam dela, com sua saia tão curta que apenas as fitas a mantinham decente.

Este sistema de classes que possuímos é uma coisa terrível, onde as pessoas se recusam a se misturar com qualquer pessoa de uma origem social diferente. Se não fosse por Baird, eu estaria sozinha naquela casa, entre todas aquelas pessoas. No entanto, eu sabia que mamãe seria uma fonte de perguntas, então observei tudo que pude, ignorei as rejeições mais pontuais e contive a minha raiva.

— Vamos dançar? — convidou Baird, quando a pequena banda começou a tocar uma valsa.

Eu conhecia os rudimentos da dança, não mais do que isso, pois as reuniões anuais dos navios costeiros não preparam ninguém para se misturar com o prefeito e a elite da sociedade de Dundee. Felizmente, Baird era tão talentoso na dança quanto parecia em tudo o mais; assim, segui seus passos e consegui terminar a valsa sem fazer papel de tola. Percebi Baird olhando para a donzela Marian enquanto a contornávamos.

— Não é aquela mulher que estava insultando-a? — perguntou ele.

— Uma delas. — respondi. — Não importa.

— Importa para mim. — A boca de Baird estava contraída. — Não a convidei para ser insultada por uma mulher mal-educada de uma família de comerciantes menores. — Ele piscou. — Observe.

Não pude ver exatamente o que Baird fez, embora suspeite que ele tenha enroscado uma das fitas de Marian em seu pé. De repente, ouvi um grito estridente e virei-me para ver Marian cambalear e cair de cara no chão, dobrando-se pela cintura, de modo que sua minúscula saia subiu acima da cintura, as fitas se partiram de cada lado e seu traseiro rechonchudo projetou-se para cima.

— A senhorita está bem? — Baird foi o primeiro a endireitar Marian.

Ouvi pequenos sons de risadas dos outros convidados, com Afrodite em evidência.

— Coitadinha. — Acrescentei minha contribuição para desconforto de Marian. — Deve ter sido terrivelmente embaraçoso para a senhorita ficar em posição tão reveladora.

— Oh. — A donzela Marian escovou suas fitas em uma tentativa tardia de restaurar sua dignidade.

Enquanto Marian se afastava, bufando, percebi Baird ao meu lado.

— Você fez isso de propósito. — sibilei.

— Eu sei. — concordou Baird de imediato. — Foi muito divertido, não foi? Voltarei em breve. — Ele me guiou até um assento. — Agora, comporte-se até eu voltar.

Permaneci sentada, em silêncio, desejando não ter ido, enquanto a multidão se aglomerava ao meu redor, falando com sotaques tão refinados que eu mal conseguia entendê-los. Cada vez que ouvia uma risada, tinha certeza de que falavam de mim até que alguém se dirigiu a mim diretamente.

— A senhorita é a mulher que está com o Sr. Baird MacGillivray?

Olhei para cima. Quem falava havia usado deliberada e explicitamente o termo "mulher" para enfatizar que eu não era uma dama.

— Estou com Baird. — respondi.

— Oh. — Ela olhou-me por cima de seu nariz comprido, uma criatura alta e elegante, extremamente confiante em sua superioridade sobre todos que por acaso conhecia. — Quem é você?

— Catriona Easson. — Mantive minha voz agradável. — Quem é você?

— Sou a Srta. Clarissa Ogilvy de Pitlunie.

Balancei a cabeça, sem saber o que dizer.

— Você é alguém? — A Srta. Clarissa Ogilvy segurava a máscara na mão.

— Só eu mesma. — Eu tinha plena consciência de que ela estava investigando para descobrir minha posição social, riqueza e antecedentes.

Clarissa Ogilvy franziu os lábios.

— Percebo. — Ela ergueu os olhos quando Baird voltou. — Oh, Sr. MacGillivray. — Ela fez uma reverência elegante que, de alguma forma, expôs seu decote bem proporcionado à vista dele. Falando com honestidade, atrás de portas fechadas, essas mulheres de uma classe supostamente superior eram de fato as prostitutas mais terríveis. — Estou tão feliz em conhecê-lo. Estava conversando aqui com sua encantadora companhia. Ela é uma mulher muito interessante.

Baird se curvou, como resposta.

— Já conhecia Srta. Catriona antes, Srta....? Sinto muito. Não sei o seu nome.

— Sou a Srta. Clarissa Ogilvy de Pitlunie.

— Oh. — Baird franziu o cenho, o que não era típico dele. — Pitlunie. Não, sinto muito, Srta. Clarissa, receio não conhecer tal lugar. — Ele se virou para mim com outra reverência. — A senhorita conhece Pitlunie, Sua Senhoria?

Assustei-me até perceber que Baird estava jogando com a Srta. Clarissa o próprio jogo dela.

— Sr. MacGillivray! — Bati suavemente em seu braço com minha máscara. — Disse-lhe para não me chamar assim!

Percebi, pelo brilho nos olhos de Baird, que ele apreciou minha réplica.

— Peço desculpas, Sua... Srta. Easson. Havia me esquecido completamente. — Sua reverência foi tão profunda que temi que suas calças rasgassem, o que teria sido interessante para mim, embora embaraçoso para ele. Embora Baird, sendo o homem que era, pudesse ter ignorado tal calamidade com um sorriso e algumas palavras suaves.

— Oh. — A Srta. Clarissa olhou para Baird e depois para mim. Poderia jurar que ela ficou branca. — Peço desculpas, Sua Senhoria. — disse ela. — Não fazia ideia.

— Você está certa. — respondi. — Não faz ideia. — Virando a cabeça com desdém, iniciei uma conversa com Baird, escolhendo a política indiana como um assunto sobre o qual a Srta. Clarissa provavelmente saberia ainda menos do que eu. Pelo canto do olho, eu a vi se afastar com uma leve inclinação dos ombros para demonstrar seu desconforto.

— Obrigada, Sr. MacGillivray. — falei, quando a Srta. Clarissa já não podia nos escutar. — Foi gentil de sua parte. Na verdade, já foram duas vezes que você interveio em meu nome.

— Você é mais importante para mim do que a Srta. Clarissa Ogilvy. — disse Baird. — Conheço o tipo dela, mulheres que pensam que são importantes porque têm dinheiro, enquanto você... — Ele deu um passo para trás e me olhou. — Você é uma verdadeira dama.

— Sou apenas uma operária. — disse eu. — A filha de um marinheiro.

Baird riu.

— Claro, havia me esquecido completamente de quem você disse que era. — Ele apresentou a sua mão. — Vamos dançar, Srta. Easson?

Dançamos de novo, com a Srta. Clarissa Ogilvy de mau humor após sua rejeição e a música circulando em minha cabeça. Aquela noite ainda vive em minha memória como um turbilhão de cores e prazer, e uma visão da vida da elite de Dundee, onde dinheiro não era problema e ninguém precisava equilibrar o pagamento do aluguel com a alimentação da família; havia dinheiro suficiente para ambos, e mais ainda sobrando. Também me lembro daquela noite como um momento em que vi a gentileza de Baird MacGillivray e a maneira como ele me defendeu de mulheres, a cujas zombarias eu não tinha experiência suficiente para responder. Após a retirada da Srta. Ogilvy, ninguém mais, mulher ou homem, se preocupou em se dirigir a mim sobre o que quer que fosse, exceto em termos favoráveis, embora eu não tenha certeza se era devido à presença de Baird ou ao boato de que eu era uma dama disfarçada, dona de um título. Afinal, era um baile de máscaras e todos nós nos escondemos atrás de alguma forma de dissimulação.

Minha cabeça girava quando saí de Nethergate House, com música e risos se chocando com toda a cor e alegria do baile. Sentei-me na carruagem, cantarolando as melodias da valsa, sorrindo com as minhas lembranças e desejando estar começando a noite inteira de novo. Depois de alguns momentos, percebi que o cocheiro não estava nos levando em direção a Milne's Close.

— Para onde estamos indo? — perguntei.

— Mysore House. — disse-me Baird. — Só por alguns instantes e depois vou levá-la para casa.

Não me opus. Estava ficando bastante acostumada a viajar com estilo e circular entre a elite da sociedade. Seria difícil voltar para nossa casinha, para a miséria mesquinha que era o nosso quinhão.

Em alguns instantes, percorremos o caminho agora familiar de Mysore House e um lacaio abriu a porta da carruagem. Baird se inclinou para mim.

— Prefere permanecer na carruagem, Srta. Easson? Ou gostaria de esperar dentro da casa?

— Oh, vou entrar. — eu disse, um pouco descuidada com minhas palavras. Permiti que o lacaio me ajudasse a descer o pequeno degrau e quase entrei dançando em Mysore House, ainda cantarolando a valsa.

— Venha para o primeiro andar. — Baird parecia feliz com minha escolha. — Devo encontrar algo para você beber?

— Não, obrigada. — disse eu, respondendo a uma reverência de uma criada, e seguindo Baird escada acima, cantando baixinho.

Esperei em uma das salas da frente, mas, incapaz de ficar quieta, valsei pelo tapete persa, manobrando ao redor da mobília e me certificando de não tocar na estante de vidro. As cortinas da janela, voltada para o leste, encontravam-se entreabertas e as venezianas ainda não estavam fechadas, então olhei para o terreno do lado de fora, perguntando-me como seria ser proprietária de um estabelecimento como aquele. Que tipo de vida eu levaria se permitisse que Baird levasse adiante sua ideia de me tornar sua esposa? O pensamento me fez sorrir, até que vi pessoas se movendo para fora da casa. Havia duas bem na orla do arco de luz lançado por Mysore House, e eu as conhecia.

Uma delas era Barbara, a linda, porém mal-humorada irmã de Baird, e a outra era meu próprio Kenny. Parei de dançar imediatamente, dei um passo para o lado e os olhei fixamente, sob o abrigo das cortinas, enquanto meu antigo e feliz humor despencava no desespero.

A bela Barbara estava tão perto de Kenny que eles quase se tocavam, e os dois conversavam. Sentindo-me enjoada, só pude assistir enquanto meu homem se perdia nos evidentes encantos de Barbara e a vida que eu havia planejado se espatifou como louça barata jogada em um chão de pedra. Depois de alguns momentos, eles se moveram ligeiramente, ainda profundamente envolvidos em tudo o que estavam discutindo. A luz refletiu em algo na mão de Kenny, algo que brilhou e cintilou.

Uma joia.

Kenny havia dado a Barbara uma joia. Devia ser um anel.

Eu conhecia Kenny desde a infância e, em todo esse tempo, ele nunca me deu mais do que um pequeno centavo. No entanto, ali estava ele, entregando joias para Barbara e, a julgar por suas roupas de marinheiro, havia acabado de sair do Almirante Duncan. Em minha experiência, havia apenas uma razão para um homem solteiro dar um anel a uma mulher solteira. Kenny, meu monossilábico Kenny, meu pretendente de longa data, também havia pedido Barbara MacGillivray em casamento.

Virei-me, engasgando com minhas lágrimas. Depois de toda a emoção que desperdicei com aquele homem, ele saiu correndo de seu navio para se encontrar com uma mulher, com um anel que devia ter comprado no exterior.

De repente, todos os bons sentimentos do baile se dissiparam. Eu estava naquela sala adorável, com a música morrendo na minha cabeça e o tique-taque constante do relógio como uma contagem regressiva para o fim dos dias.

— Srta. Easson?

Ao som da voz de Baird, recuei e permiti que a cortina voltasse ao lugar, bloqueando a visão da cena do lado de fora. Virei-me com um sorriso forçado no rosto.

— Sim, Sr. MacGillivray?

A expressão de Baird mudou.

— A senhorita está bem, Srta. Easson? Parece tão pálida como se tivesse visto um fantasma. — Ele deu um passo à frente, todo ele mostrando uma preocupação masculina quando colocou a mão no meu braço.

Eu sorri ainda mais amplamente, sabendo que deveria parecer um sorriso de caveira.

— Estou bem. — respondi.

— Foi muito exaustivo para a senhorita? — Baird parecia sinceramente preocupado. — O baile continuou até muito tarde? Eu deveria tê-la levado direto para casa em vez de vir aqui primeiro. Peço desculpas; queria pegar algo. — Ele balançou a cabeça. — Foi imperdoável da minha parte.

— Não é isso. — disse eu, comparando o pedido de desculpas de Baird com a falta de sentimentos do homem com quem eu esperava compartilhar minha vida. Respirei fundo e tentei controlar minhas emoções, fazendo uma reverência para esconder minha dor. — O senhor sempre foi um perfeito cavalheiro, Sr. MacGillivray. Não poderia ter pedido uma escolta mais perfeita.

Acho que o sorriso de Baird foi sincero.

— Obrigado, Srta. Easson.

— E agora, senhor... — esforcei-me para conter as lágrimas. — Eu ficaria agradecido se pudesse me levar para casa.

— Sua carruagem a aguarda. — anunciou Baird, abrindo a porta com um floreio.

Saí, meio na esperança de encontrar Kenny e conversar com ele, e meio na esperança de evitá-lo, até que tivesse minhas emoções sob controle. Se o tivesse encontrado, não sei como teria reagido. Eu poderia ter começado a chorar na frente de todos, ou me jogado em cima dele com fúria, o que teria sido tão ruim quanto se chorasse. Por acaso, nossa passagem para fora da Mysore House transcorreu sem incidentes, e sentei-me na carruagem imaginando o que o futuro me reservaria.

— Gostou da noite, Srta. Easson? — perguntou Baird.

— Gostei muito, Sr. MacGillivray. — Toquei seu braço. — O senhor é muito gentil comigo.

— A senhorita disse que gostou da noite, Srta. Easson — disse Baird —, mas seus olhos mentem.

— Apreciei a noite em sua companhia, Sr. MacGillivray. — redargui. — E, agora, eu gostaria de ir para casa.

— A senhorita pode me dizer por que há tanta tristeza em seus olhos?

Tive que disfarçar as lágrimas que estavam apenas a um piscar de distância, então inclinei-me para mais perto de Baird.

— Antes, vou lhe dar isso. — falei, e o beijei de leve na face. Sua pele era macia e ligeiramente perfumada.

Baird tocou seu rosto.

— Vou guardar esse beijo como o primeiro que me concedeu. — disse ele. — Posso retribuir o favor?

Pensei novamente na traição de Kenny com Barbara.

— É uma recompensa pequena para toda a sua bondade. — Apresentei meu rosto para os seus lábios.

Inclinando-se para a frente, Baird pressionou seus lábios suavemente na minha testa.

— Aí está agora. — disse ele. — Um beijo por um beijo, um sorriso por um sorriso e meu coração está aberto para você.

— Obrigada. — falei, enquanto descia da carruagem, aos

tropeços, com minhas emoções em completa confusão. —
Obrigada, Sr. MacGillivray.

Não pedi a Baird que me acompanhasse até nossa casa, pois
àquela altura eu não conseguia mais controlar as lágrimas
quentes que me cegavam, enquanto perguntava-me o que
deveria fazer com Kenny.

CAPÍTULO 6

Dundee, maio de 1827

Mamãe não estava tão insegura quanto ao meu futuro.

— Bem, agora... — disse ela, enquanto eu soluçava, contando a minha história e sentada à mesa, em sofrimento choroso e conformado. — Parece que o capitão Kenneth Fairweather tem levado uma vida falsa com você.

Balancei a cabeça, sem palavras e já sem lágrimas para chorar.

— Nunca gostei daquele homem. — disse mamãe, em completo contraste com suas declarações habituais sobre as excelentes qualidades de Kenny.

Assenti, não me importando com suas inconsistências.

— Gostaria de fazer algo em relação a ele. — disse mamãe. — Gostaria de ter uma conversa séria com aquele marinheiro.

De um modo estranho, fiquei perversamente satisfeita ao ouvir minha mãe falando assim. Desde que papai morreu, ela estivera apática, trabalhando sem entusiasmo e aceitando, sem emoção, qualquer coisa que a vida nos mandasse. Agora, com sua filha desrespeitada, ela havia recuperado um pouco de seu antigo ânimo. Eu não estava totalmente pronta para agradecer a Kenny por ser um charlatão, mas não consigo imaginar o que mais poderia ter retirado, de forma tão eficaz, a escuridão do humor de mamãe.

— Vou falar com ele depois. — disse ela. — É melhor irmos nos deitar. Tenho trabalho amanhã. Você também, Catriona. Você provou o lado mais belo da vida e soube a respeito da inconstância de seu noivo. Isso é o suficiente para uma noite, e a vida deve continuar. Apesar da gentileza do Sr. MacGillivray em pagar nossas contas, ainda temos que ganhar dinheiro.

— Sim, mamãe. — concordei.

— Vamos. — Mamãe deu um tapinha no meu ombro. — Não é tão ruim quanto poderia ser. Você descobriu a verdade antes do casamento. Pode imaginar como seria pior se Kenneth Fairweather tivesse agido dessa maneira depois que vocês tivessem se casado, e já fosse tarde demais para tomar qualquer atitude?

Balancei a cabeça afirmativamente, embora, naquele momento, o pensamento fosse de pouco consolo. Levantei a cabeça enquanto me controlava.

— É verdade, mamãe. — falei. — Não admira que Barbara e eu não tenhamos gostado uma da outra à primeira vista; ela devia saber que estava tirando Kenny de mim.

— Agora que tem isso em mente — disse mamãe —, você pode se concentrar no seu outro jovem. — Seus olhos já não estavam vagos quando ela me segurou. — Ponha Kenneth Fairweather de lado — instou mamãe —, e concentre-se no Sr. Baird MacGillivray.

Levei esse pensamento para a cama comigo, mas foi o rosto descoberto de Kenny que me insultou, enquanto minhas lágrimas umedeciam o travesseiro.

~

Naturalmente, como Dundee se parecia mais com uma grande aldeia do que com uma cidade, as notícias sobre o baile e minha presença nele logo se espalharam. Anne estava pronta para me atormentar no momento em que entrei no Blackwood's Mill.

— Lá vem ela, a pequena senhorita arrogante, boa demais para falar com gente como nós.

Greer, o supervisor, aproximou-se pisando duro, cheirando a cerveja azeda por seus excessos da noite anterior.

— Bem, é melhor ela estar preparada para trabalhar para mim. — disse ele. — Ou vai sentir meu cinto em seus ombros.

— Não há necessidade disso, Sr. Greer. — disse Mag Dodds. — Catriona é uma trabalhadora tão boa quanto qualquer outra na fábrica.

— É mesmo? — O Sr. Greer deu um tapinha na pesada tira de couro que pendia em sua cintura. — Sempre há problemas quando ela está por perto.

— Ela é uma mulher adulta, não uma criança para levar uma surra. — apoiou-me Mag Dodds.

O Sr. Greer riu-se de mim.

— Cabe a mim decidir.

Mantendo a minha cabeça baixa, trabalhei em silêncio, enquanto Anne lançava insulto após insulto para mim, tentando provocar uma resposta.

— Aquele tal de MacGillivray não pode gostar de você. — zombou Anne. — Você não tem nada para um homem como ele. Você deve estar lhe dando algo que ele deseja, em troca de levá-la ao baile do prefeito. — Ela olhou ao redor, para suas seguidoras. — Todas nós sabemos o que é, não, meninas?

Eu não disse nada, pensando na traição de Kenny, querendo descontar minha humilhação e raiva em Anne e sabendo que não poderia.

— Deixe Catty em paz, você está mexendo em um ninho de vespas, Anne. — Mag Dodds pôde ver a expressão em meu rosto. — Melhor deixá-la em paz.

— Não vou deixá-la. — Anne se deleitava com minha infelicidade. — Ela merece isso. — Inclinando-se sobre a máquina, ela colocou a boca perto da minha orelha e disparou: — Ela deve estar agindo como uma prostituta.

Eu sabia que precisávamos de qualquer dinheiro que eu pudesse levar para casa, mas já me encontrava em um estado delicado e o último insulto de Anne quebrou minha sempre frágil paciência. Deixando o tear funcionando sozinho, corri para retaliar, apenas para as colegas de Anne tomarem o partido dela. Então, em instantes, eu estava recebendo uma surra. Revidei, é claro, mas não estava ganhando quando Greer veio para dispersar o tumulto, com xingamentos e muita força muscular.

— O que está fazendo? — exigiu ele, pressionando o rosto com cheiro de cerveja contra o meu.

Eu não disse nada enquanto Anne e suas colegas davam sua versão dos acontecimentos, apresentando-me como a vilã e elas como anjos inocentes. O supervisor ouviu, sorriu e acenou para mim.

— Vou levá-la ao gerente, Srta. Encrenqueira Easson, e você será despedida antes que possa dizer adeus.

Com a mão do supervisor segurando meu ombro, fui até o escritório do gerente, fervendo de raiva frustrada. Agora eu havia perdido minha posição, assim como meu homem. O que poderia dizer à minha mãe, perguntei-me.

— Nome? — O Sr. Thoms, o gerente, era um homem grisalho de meia-idade, e olhou-me com olhos indiferentes. Ele estava interessado apenas em fazer seu trabalho e pensava em suas operárias meramente como peões, corpos necessários para o trabalho, em vez de mulheres com esperanças, sentimentos e sonhos.

— Catriona Easson. — respondi, cansada, perguntando-me como minha vida poderia ficar ainda pior. Eu não esperava compaixão ou justiça.

— O quê? — O gerente assustou-se. — Catriona Easson? — Ele me olhou como se eu fosse algo fora do comum. — Por acaso, conhece o Sr. Baird MacGillivray? — perguntou ele.

— Sim. — respondi. Aquele homem iria usar isso contra mim também?

O silêncio era palpável, enquanto o Sr. Thoms me olhava, horrorizado, como se não conseguisse decidir o que fazer, ou o que um cavalheiro como o Sr. MacGillivray poderia ver em um espécime tão pouco atraente como eu.

— Coloque a Srta. Easson em outro tear. — ordenou Thoms, por fim. — Coloque-a o mais longe possível das mulheres que causaram o problema. — Ele endureceu seu tom. — Vá, Greer! — disparou ele.

— Sim, Sr. Thoms. — Eu nunca havia visto Greer tão desanimado como quando me guiava para fora do escritório do gerente.

— Ainda estou de olho em você, Easson.

— E eu estou de olho em você, Greer! — rebati, determinada a revidar o melhor que pudesse.

A questão foi encerrada, mas era evidente para mim que minha associação com Baird salvou-me de perder minha posição. Acomodei-me em meu novo tear, ignorei os olhares das minhas colegas de trabalho e perguntei-me quais poderes a família MacGillivray tinha. Mais uma vez, Baird salvou-me de problemas e meu gosto por aquele homem sorridente, aberto e generoso aumentou de novo.

Olhando em volta da fábrica empoeirada e barulhenta na qual eu parecia estar destinada a passar o resto da minha vida profissional, pensei nas palavras de Baird: *"Quero ter você como minha esposa"*.

Gostaria que você quisesse, pensei, oh, gostaria que você quisesse. E de onde veio aquela lágrima, antes de descer pelo meu nariz e pingar no tear? Comparei o luxo de Mysore House com aquele lugar barulhento e empoeirado, e perguntei-me a que mundo eu pertencia.

CAPÍTULO 7

Dundee, maio de 1827

Ainda atordoada pela incerteza sobre Kenny, fiquei surpresa ao ver o próprio homem esperando por mim do lado de fora da fábrica. Eram sete horas de uma gloriosa noite de primavera, com pássaros cantando acima do barulho das carroças nas estradas de paralelepípedos. Sem saber como me sentia ou como agir, decidi me afastar do Sr. Fairweather.

— Catriona! — Kenny me seguiu, logo alcançando-me. — Qual é o problema? O que está errado?

Abaixando a cabeça, tentei me apressar, escondendo as lágrimas, pois meus sentimentos estavam mais turbulentos do que nunca. Kenny me alcançou, pois sempre foi um homem persistente.

— Algo está incomodando-a. — disse ele, segurando meus ombros. — Por favor, conte-me.

— Vá embora. — Eu o afastei, abaixando minha cabeça para que Kenny não pudesse ver minhas lágrimas. — Não quero falar com você.

— Qual é o problema? Sou eu, Kenny. O que está errado? — Kenny correu na minha frente para que eu não pudesse passar.

— Saia da minha frente, por favor. — Parei, mantendo a cabeça baixa enquanto minha raiva aumentava. Não queria ter uma discussão no meio da rua, especialmente porque Anne e suas amigas se reuniram para assistir, sorrindo.

— Não até que você me conte o que está errado. — insistiu Kenny, segurando meus ombros.

Não sei se nosso desentendimento teria terminado comigo esbofeteando Kenny ou com ele me jogando por cima do ombro e se afastando, se a carruagem não tivesse parado ao nosso lado. Nem Kenny e nem eu percebemos o recém-chegado. Estávamos tão concentrados em nossos próprios problemas, até que a porta se abriu e Baird saltou para fora, com a bengala na mão e indignação forte no rosto.

— Você aí! — gritou ele, colocando a mão no braço de Kenny. — Solte essa mulher!

As palavras soaram como algo saído de um romance vulgar, mas Kenny reagiu como qualquer oficial de navio sob ataque. Virando-se rapidamente, ele acertou um único soco que fez o pobre Baird girar até cair sobre a porta de sua carruagem, com sua bengala voando para um lado e o chapéu para outro.

— Kenny! — gritei seu nome. — O que está fazendo?

— Quem diabos é você? — Kenny parou perto de Baird com os punhos cerrados. — Aconselho-o a ficar longe dos meus negócios.

A essa altura, o cocheiro desmontou e ficou ao lado de Baird, segurando uma pistola pesada. Baird levantou-se, cambaleando, com um leve sorriso no rosto; ele tocou a boca, da qual um fio de sangue escorria pelo queixo. Eu sabia que, em qualquer encontro físico, Kenny, o oficial de navio, que lidava com homens rudes em todos os dias de sua vida, se livraria em segundos do Baird de mãos macias.

— Sr. MacGillivray! — Ignorando Kenny e seu mau gênio, peguei meu lenço e limpei o sangue no queixo de Baird. — Está bem?

— Você conhece este homem? — Kenny não parecia se arrepender de suas ações. Pelo contrário, parecia pronto para continuar a luta com Baird, o cocheiro e qualquer outra pessoa que por acaso aparecesse. Ouvi a risada encantada de Anne ao fundo e imaginei seu rosto enquanto ela inventava novos métodos para me atormentar.

— Este é Baird MacGillivray da Mysore House. — disse eu. — Ele tem sido muito amável com minha mãe e comigo. — Levantei os olhos das minhas atividades de limpeza. — Na verdade, ele até mesmo pagou nosso aluguel atrasado, ou estaríamos morando na sarjeta. — Achei melhor não mencionar o baile do prefeito ainda.

— O diabo que pagou. — Kenny olhou para cima quando outra carruagem parou na beira da estrada, e um grupo de jovens saiu, gritando, enquanto se reuniam para assistir à diversão.

— O que vamos fazer, menino Bairdy? — perguntou um deles. — Quem é esse patife?

— Vou lhes mostrar quem é o patife, seus preguiçosos canalhas. — respondeu Kenny, acrescentando um linguajar que eu não repetiria na igreja. Realmente, não sei por que os homens têm de recorrer a esse tipo de palavreado de sarjeta.

Os recém-chegados se amontoaram, todos de cartolas e coletes extravagantes, balançando bengalas com pontas douradas e falando em tons afetados, que não ajudava em nada para aliviar a tensão. Kenny deu um único passo para trás, os punhos cerrados e o queixo erguido em desafio.

— Bem, agora, Catriona. — disse Kenny. — É melhor você sair daqui. Este não é o lugar para uma dama.

— Uma dama! — escarneceu um dos recém-chegados. — Aquele vira-latas pensa que a operária é uma dama!

Antes mesmo de Kenny se mexer, Baird ergueu sua bengala e golpeou quem falou.

— Agradeço se cuidar da sua língua ao falar da minha garota.

— Sua garota? — Ao que parecia, Kenny ainda estava preparado para enfrentar todos os adversários. — Sua garota? Quero que saiba que a Srta. Easson e eu estamos noivos, e vamos nos casar.

— Oh, é mesmo? — Baird recolocou o chapéu na cabeça e encarou Kenny, olhando-o de cima a baixo com o sorriso ainda no rosto. — Você deve ser o muito falado Sr. Kenneth Fairweather. Quando cheguei, a Srta. Easson estava tentando se afastar, e você a impedia. Acho que ela é boa demais para qualquer Jack-coberto-de-alcatrão, com um punho preparado e as maneiras de um camponês.

— Basta! — Eu havia me recuperado o suficiente para que minha cabeça esquentasse, e apostaria que estava quente o suficiente para queimar qualquer um daqueles homens exibidos. — Vocês estão agindo como crianças no parquinho da escola — disse eu, com severidade. — Dando socos e insultando uns aos outros como meninos! Espero que todos tenham vergonha de si mesmos.

— Oh, estamos. — Baird fez uma pequena reverência. — Tenho vergonha de ter permitido que esse tipo do mar conspurque uma dama como a senhorita e tenho certeza de que ele tem vergonha de ter levantado a mão para um cavalheiro.

Corei com a risada zombeteira dos amigos de Baird.

— Acho que é hora de todos vocês irem para casa. — Tentei me colocar entre Kenny e Baird, sem saber ao certo onde estava minha lealdade ou meu amor.

— Esse sujeito sujo de alcatrão golpeou um cavalheiro. — disse um dos amigos de Baird. — Ele deve se redimir disso.

— O Sr. Fairweather acreditava que estava me defendendo. — protestei, tentando desesperadamente manter a paz. — Ele estava agindo pela melhor das razões. — Encarei Kenny. — E o Sr. MacGillivray acreditava no mesmo. Tenho certeza de que o Sr. Fairweather está preparado para se desculpar pelo golpe, e o Sr. MacGillivray é gentil o suficiente para aceitar as desculpas.

— O sujeito sujo de alcatrão golpeou um cavalheiro. — disse o outro homem.

— Golpeou, Oliver. — acrescentou outro homem, colocando lenha na fogueira. — Golpeou. Eu vi.

Oliver continuou, evidentemente gostando da situação, tanto quanto Anne, que estava no fundo, zombando.

— Se o sujeito do alcatrão fosse um cavalheiro, Baird poderia desafiá-lo para um duelo, ou eles poderiam lutar corpo a corpo. — disse Oliver. — Porém, é evidente que ele não é um cavalheiro. Pegue o chicote do seu cocheiro, Baird, e ensine algumas boas maneiras ao sujeito.

— Você não fará nada disso. — redargui. Eu poderia imaginar a reação de Kenny se Baird ou qualquer outra pessoa tentasse tal coisa.

— Deixem a dama ir. — Kenny não vacilou. — Ela não deveria estar envolvida nesta situação.

Olhei em volta. A multidão era tão numerosa que eu não conseguiria sair dali, mesmo que decidisse deixar Kenny e Baird para resolver suas disputas sem mim.

Baird olhou Kenny de cima a baixo, sem dúvida vendo o rosto duro de um marinheiro, e os músculos de ferro e a determinação de um oficial acostumado a dar ordens a homens rudes.

— Não vou me rebaixar a uma briga. — disse ele, com bastante sensatez. — Não sou dessa classe.

Senti a raiva de Kenny crescendo de novo.

— Com medo de lutar comigo?

— Não, vamos resolver isso como cavalheiros.

— O que isso significa? — exigi.

— Uma competição justa. — disse Baird, com um brilho nos olhos. — O Sr. Fairweather é um homem da água, e eu sou um homem da terra, então faremos isso de forma igual. Teremos um evento em terra e um no mar.

— Lutarei contra você em qualquer lugar que escolher, em terra ou no mar ou no ar, se você puder voar. — rosnou Kenny.

— Oh, não vamos lutar. — O sangue estava seco no queixo de Baird agora, dando-lhe uma aparência despreocupada que lhe caía muito bem. Apesar da situação, pude admirar o sangue frio com que ele assumia o controle, pois as pessoas recuavam enquanto ele se movia, e até mesmo seus amigos barulhentos o tratavam com respeito. Kenny esperou, tão imóvel quanto o farol de Bell Rock. — É ilegal duelar, como sabe, e não me rebaixarei a brigas como um bruto, por mais que você queira. Não. — Baird balançou a cabeça elegante. — Teremos uma competição esportiva com regras. — Ele sorriu. — Você entende a noção de regras, suponho?

Kenny olhou para mim, franzindo o cenho.

— Como conheceu esses arrogantes, Catriona?

— Escute-me! — Baird bateu com a bengala na porta da carruagem. — Eu perguntei, você entende a noção de regras?

— Entendo. — Se olhares matassem, o olhar de Kenny teria encerrado a competição ali mesmo.

— Ótimo. Então, proponho uma partida de equitação em terra seguida por uma corrida de remo no rio. Você pode cavalgar, presumo?

Kenny concordou, com um movimento da cabeça.

— *Aye.*

— E deve ser capaz de remar, sendo um Jack-coberto-de-alcatrão.

— Posso remar. — concordou Kenny.

— Então devemos competir de forma justa. — disse Baird. — Uma corrida de cavalos com obstáculos, seguida de uma partida de remo em um percurso no Tay. Se empatarmos, uma corrida a pé seguida por uma partida de natação deve ser o jogo decisivo.

— Jogo decisivo, para quê? — O olhar furioso de Kenny não se alterou.

— A competição vai decidir quem é o melhor homem. — disse Baird, calmamente.

— O melhor homem! O melhor homem, para quê? — Kenny ignorou as provocações e zombarias dos amigos de Baird, embora eu pudesse dizer que, pela maneira como ele se posicionava, estava preparado para se defender se alguém fosse tão tolo a ponto de atacar.

— Oh, não deixei isso suficientemente claro para você, meu caro marinheiro? Estamos competindo pela mão de uma dama. — Baird fez uma reverência na minha direção. — O vencedor da competição terá o direito de cortejar a muito amável Srta. Easson.

Olhei para Baird enquanto seus amigos gritavam, aprovando, tamborilando as mãos e bengalas no corpo de sua carruagem, enquanto Anne liderava suas companheiras nas gargalhadas.

— Você é um prêmio, Catty. Um desses homens terá você para si! — Anne deu uma gargalhada alta.

Oh, meu Deus do céu, pensei. No entanto, como tudo chegou a uma situação como aquela? Levantei minha voz.

— Não sou um prêmio! — Falei para mim mesma, pois Baird e seus comparsas haviam entrado em fila nas carruagens e os cocheiros estavam chicoteando os cavalos.

— Não sou um prêmio. — disse a Kenny, mas aquele valoroso também se afastava com passadas largas, os punhos cerrados ao lado do corpo. — Não sou um prêmio. — sussurrei para ninguém.

CAPÍTULO 8

— ão sou um prêmio. — disse eu.

Eu estava do lado de fora da porta da frente da Mysore House, com Henry, o mordomo, em pé, atento e sério, e Baird observando-me com diversão silenciosa.

— Vale a pena competir por você. — disse Baird.

— Não desejo que você entre em competições por mim. — insisti. Eu havia ficado confusa desde aquela noite fora do moinho, imaginando o que seria melhor fazer.

Tentei discutir as coisas com mamãe, mas ela apenas sorriu e disse:

— Imagine ter dois homens lutando por minha filha. Você é uma mulher de sorte por inspirar tanto interesse.

Não me sentia com sorte. Naquele momento, sentia-me como se pudesse fugir de Dundee e começar uma vida nova em outro lugar. Mas eu sabia que não podia. Não podia deixar mamãe sozinha em seu delicado estado de nervos, e, de qualquer maneira, ninguém me aceitaria, uma mulher com poucas habilidades e sem dinheiro. Não tinha escolha a não ser ficar onde estava e ver aquele negócio tolo ter um fim.

— Imagine ter dois homens preparados para correr por você. — Mamãe estava sentada à mesa, como de costume. — Você devia estar emocionada.

Eu estava tudo, menos emocionada. Como havia me aborrecido com Kenny por causa de seus negócios com Barbara, recusei-me a falar com ele e procurei Baird. Foi por isso que fiquei do lado de fora da Mysore House com Henry, o mordomo, observando, impassível, e Baird sorrindo gentilmente.

— Não sou um prêmio. — repeti.

— Você é o melhor prêmio que um homem poderia receber. — disse Baird, o que eu decidi ser mais um insulto do que um elogio. Recusei-me a permitir que fosse tratada como uma coisa a ser conquistada. Baird deu um passo para o lado. — Entre, Srta. Easson.

Entrei, sacudindo minha saia para o lado, para que ela não o tocasse.

— Precisamos conversar. — disse-lhe, invadindo a sala de estar, onde estava a Sra. MacGillivray, que deu uma olhada na expressão do meu rosto, ergueu as sobrancelhas e se afastou.

— Vejo que vocês, jovens, têm algo a discutir. — disse ela. — Essas briguinhas são melhores quando colocadas às claras. — Ela tocou o meu braço levemente e murmurou: — Estou feliz que tenha ímpeto, Srta. Easson. Não o deixe continuar. Se der a um homem um centímetro, ele pegará tudo o que você tem. — Seu sorriso era estranhamente reconfortante, embora eu achasse que seu olhar se demorou um pouco mais em meus quadris. Será que eu havia engordado nessa área nos últimos tempos? Resolvi verificar no espelho assim que voltasse para casa.

— Tudo bem, Srta. Easson. — Baird fez uma breve

reverência para a mãe ao entrar na sala. — Vamos esclarecer este assunto?

— De fato. — A raiva estava crescendo dentro de mim, então eu me encontrava pronta para discutir com qualquer pessoa e arcar com as consequências. Lancei-me em um ataque. — Foi uma forma vergonhosa de agir, Sr. MacGillivray! Não vou ser um prêmio na competição de ninguém!

— Não, claro que não. — Baird me deixou sem saber o que dizer com aquela declaração simples, acompanhada por seu sorriso habitual.

— Oh. — Eu estava sem resposta.

— Fui ao seu local de trabalho e vi um homem atacá-la. — explicou Baird. — Naturalmente, procurei intervir e o sujeito me golpeou. — Sua reverência foi ainda mais baixa e educada do que de costume. — Eu não sabia, então, que o homem que estava impedindo-a de andar era o Sr. Fairweather, seu noivo.

Eu não disse nada, lembrando-me da ligação de Kenny com Barbara. Baird parecia menos ogro do que eu pensava e sua versão do incidente combinava com a minha.

— Se ele não fosse seu noivo, eu deveria tê-lo chicoteado. — Baird falou em um tom refinado e razoável. — Tal como está, espero persuadi-la de que sou o melhor homem, em todas as maneiras possíveis.

Naquele momento, não pude contestar a declaração de Baird.

— Talvez seja. — respondi.

Baird ergueu as sobrancelhas de uma maneira que lembrava muito a mãe dele.

— Bem, agora, Srta. Easson, isso é muito gentil da sua parte. — Ele curvou-se novamente. — Irei me esforçar para provar que suas palavras são verdadeiras.

Naquele momento, Barbara entrou na sala. Ela ficou parada na porta, parecendo muito mais elegante do que eu jamais poderia ser, com seu porte perfeito e feições clássicas, e apenas olhou para mim. Lutei contra o desejo de me jogar sobre ela e arrancar seus olhos e, em vez disso, fiz uma reverência educada, odiando-a.

— Oh. A senhorita está aqui de novo, Srta. Easson. — disse Barbara, categórica, e retirou-se.

— Sim. — Falei para a porta fechada. — Estou aqui. — E Kenneth Fairweather pode ficar com você, disse a mim mesma. — Bem, Sr. MacGillivray, espero que possa provar que minhas palavras estão corretas.

Fiquei satisfeita ao ver a surpresa no rosto de Baird.

— Eu também, Srta. Easson. — Pela primeira vez, seu sorriso sumiu e não havia nada de engraçado na maneira como ele me examinou. — A senhorita é um prêmio que vale a pena ganhar.

Mais uma vez, eu não disse nada. Senti algo profundo sob as palavras de Baird; ele era mais homem do que eu pensava, a princípio. Mas por que diabos um homem em sua posição desejaria estar com uma mulher como eu? Por que um cavalheiro com dinheiro e poder iria querer sair com uma operária? Desconsiderei o óbvio; se isso era tudo que procurava, ele havia negligenciado uma série de oportunidades.

— Vim aqui para pedir-lhe que desista dessa competição. — disse eu. — Na verdade, Sr. MacGillivray, vim para lhe mostrar um pouco da minha disposição mental.

Baird sorriu para mim.

— Acho que seria uma experiência interessante, talvez disciplinadora. Ainda tem esse desejo?

— Talvez tenha. — Menti, pois à medida que o charme de Baird me envolvia, menos eu desejava repreendê-lo.

— Peço desculpas por qualquer aflição que lhe causei. — disse Baird, de imediato. — Seria o oposto de minhas intenções.

Fiz uma reverência.

— Sei disso. — falei.

— Então, ainda podemos ser amigos? — Os olhos de Baird riam enquanto ele se curvava.

— Sim. — decidi, com firmeza. — Ainda podemos ser amigos. Mas não sou um prêmio. — avisei.

— Não. — disse Baird. — A senhorita é muito melhor do que um prêmio, mas se eu tiver que competir por sua causa, então competirei para ganhar. — Ele balançou a cabeça, em sinal afirmativo. — A senhorita pode dar um beijo de despedida no Sr. Kenneth Fairweather.

— O Sr. Fairweather não será um homem fácil de derrotar — alertei —, principalmente no mar.

— Fico feliz em ouvi-la dizer isso. — disse Baird. — Não gostaria de pensar em uma dama como a senhorita, apaixonando-se por um espécime precário de homem.

Mesmo enquanto sorria, fiquei apreensiva. Por mais que odiasse pensar em Kenny com Barbara e me ressentisse de estarem juntos, não queria que ele fizesse um papel feio na disputa. Esperava que ele soubesse cuidar de si mesmo. Mais ainda, esperava que ele se desentendesse com Barbara e retribuísse seu afeto por mim. Olhei para Baird e tudo o que ele representava. Pensei que era um bom homem, mas não o amava.

Eu ainda amava Kenny Fairweather, maldito fosse aquele canalha traidor.

Dundee Law é, sem dúvida, o mirante mais excepcional nas proximidades de Dundee. Tem mais de cento e cinquenta metros de altura, uma colina gramada encimada por uma antiga fortaleza, ou forte, romano, ou ruínas druidas ou algo do tipo. De fato, não sei o que é, mas é antigo, e está lá. As vistas são incríveis, desde as Sidlaw Hills ao norte até os campos verdes do Fife ao sul e leste, ao longo do Firth of Tay, o estuário azul-prateado, até o Mar do Norte.

Porém, naquela manhã de domingo, ninguém admirava a vista. Estávamos todos concentrados na corrida que se aproximava. O amanhecer surgiu, rosa-prateado a partir do Tay, passando como um fantasma pela cidade cinzenta e lamacenta abaixo, onde a fumaça espiralava de centenas de chaminés e ouvia-se o latido de um cachorro. Reunimo-nos no cume do Law, cuja vegetação estava aparada pelas ovelhas, uma dezena de homens com chapéus altos, uma dúzia de cavalos e três mulheres, incluindo a detestável Barbara e eu. Percebi que Barbara me ignorou tão cuidadosamente quanto eu a evitei, embora eu sentisse um grande desejo de correr e empurrá-la colina abaixo.

— Regras. — Oliver havia se nomeado porta-voz do encontro. Ele estava com um casaco de um azul-claro escandaloso, acima de calças dolorosamente apertadas e um colete do amarelo mais lamentável. — Temos dois competidores para a mão da amável Srta. Catriona Easson.

Houve uma pequena onda de aplausos, uma aclamação ou duas e olhares irônicos na minha direção. Desviei o olhar, não desejando ser o centro das atenções, embora Barbara tivesse olhado para mim e para longe mais uma vez. Perguntei-me se ela estava torcendo por seu irmão ou pelo meu noivo. Respirei fundo o ar fresco, imaginando quem eu gostaria que ganhasse. Deveria torcer por Baird, que foi tão bom com minha mãe e comigo? Ou deveria gritar por Kenny, meu noivo, mas aquele eu havia visto tão perto de Barbara?

Oliver ergueu a mão para silenciar o burburinho.

— À minha esquerda, posso ter o prazer de apresentar o Sr. Baird MacGillivray, da Mysore House?

Baird saltou com leveza sobre a garupa do cavalo, um árabe

totalmente negro com manchas brancas no peito, e ergueu a mão para encorajar os aplausos da multidão. Vestido com calças brancas e uma camisa de linho cinza-claro, ele estava com a cabeça descoberta e o cabelo comprido fora da moda, e parecia atlético e totalmente à vontade na sela.

— Zeus e eu ganharemos o dia. — Ele deu um tapinha no pescoço de seu cavalo, sorriu para mim e então olhou para a frente, demarcando o percurso.

— À minha direita — continuou Oliver —, temos o Sr. Kenneth Fairweather do brigue Almirante Duncan.

Observei Kenny montar em seu cavalo, um cavalo castrado marrom e branco que eu nunca havia visto antes. Estava prestes a ir até ele, mas parei quando Barbara deu um passo à frente e segurou o freio do cavalo. Os dois pareciam muito confortáveis juntos.

Senti a dor como uma faca se retorcendo dentro de mim. Kenny! Como pôde fazer isso comigo?

Oliver estava falando de novo, e parte da multidão estava em silêncio para ouvir suas palavras de sabedoria.

— A corrida é de obstáculos, entre o Law e o observatório em Kinpurnie Hill e de volta. — Ele apontou vagamente na direção de Kinpurnie, uma das Sidlaw Hills, meio visível na penumbra da manhã, onde a torre do antigo observatório se projetava como um polegar de pedra. Afastei-me. Não fazia ideia se Kenny era um bom cavaleiro, mas pude ver que Baird montava com segurança, como seria de se esperar de alguém com a sua formação. Kenneth era um marinheiro, não um cavaleiro.

— Nunca vi uma corrida de cavalos antes. — confidenciei à Sra. MacGillivray, que apareceu ao meu lado, conduzindo seu cavalo pelas rédeas, mas ainda tão alta e elegante como se estivesse em sua própria sala de estar.

— É uma corrida de obstáculos. — lembrou-me a Sra.

MacGillivray, gentilmente. — Isso significa que eles vão cavalgar o mais rápido possível entre os dois pontos, pulando cercas ou muros, cruzando qualquer córrego e subindo colinas.

Balancei a cabeça, afirmativamente, sem saber se as habilidades de equitação de Kenny estavam à altura do desafio.

— O Sr. MacGillivray parece confortável na sela.

— Estar adequadamente sentado na sela faz toda a diferença. — explicou a Sra. MacGillivray. — Olhe para Baird agora, ele está sentado em silêncio, com as pernas paradas e os ombros, quadris e calcanhares alinhados, mas parece forte sobre a sela.

Concordei.

— Seu filho parece um centauro — falei —, como se tivesse nascido para estar sobre uma sela. — Mesmo assim, enquanto falava, estava de olho em Kenny, que estava inclinado para a frente, conversando com Barbara.

Antes que a Sra. MacGillivray pudesse responder, Oliver levantou a mão mais uma vez.

— Mantenham-se afastados dos cavaleiros. — pediu ele.

— Espere! — Ignorando o comando de Oliver, corri para Kenny e Baird. Barbara largou prontamente as rédeas de Kenny e afastou-se com as costas eretas. — Vocês dois não perceberam ainda? — exigi. — Não podem continuar com essa bobagem.

— Afaste-se, Catriona, por favor. — Com seu gorro de marinheiro na cabeça e sentado instavelmente sobre a sela, Kenny parecia tão mal preparado como eu jamais o vira. — Temos uma corrida pela frente.

— Seu amigo está certo, Srta. Easson. — disse Baird. — Quando a arma disparar, haverá um tumulto tão grande que os cavalos irão pisoteá-la. A senhorita deve manter-se afastada, para sua própria segurança.

— Pronto! — chamou Oliver, erguendo uma pistola no ar. — Vou contar até três!

— Melhor ficar longe, Catriona.

Tentei pensar que havia uma preocupação sincera no rosto de Kenny, até que vi Barbara sorrindo para ele. Saí do caminho e afastei-me de Barbara, enquanto Oliver engatilhava sua pistola, com o clique soando ligeiramente sinistro naquela encosta ventosa. A multidão ficou em silêncio, com apenas o latido daquele cachorro estúpido e minha respiração entrecortada perturbando a paz. Barbara ergueu um único dedo na direção de Kenny.

Oliver esperou, aumentando a tensão.

— Um, dois, três!

O som da pistola foi como o prenúncio da desgraça. Fumaça branca jorrou do cano e os cavaleiros foram embora.

Em pouco mais tempo do que levou para piscar, Baird havia enfiado as esporas, estalado seu chicote na garupa de Zeus e estava descendo e deslizando pela encosta íngreme do Law. Depois de olhar para mim, Kenny o seguiu, com menos habilidade e urgência, de modo que, quando estava na metade da colina, Baird já se encontrava bem à frente. Eu podia ouvir Kenny gritando para encorajar seu cavalo.

— Vamos, Jane. Vamos, minha linda!

Jane. Até o nome do cavalo parecia pouco inspirador, em comparação com o Zeus de Baird, o rei dos deuses gregos. Pobre Kenny, pensei, você não tem chance.

Eu os observei até que estivessem fora de vista, no sopé da colina, e tive um vislumbre ocasional deles na região baixa, entre o Law e a Kinpurnie Hill, e, então perguntei-me o que fazer. Não adiantava tentar seguir a pé, então eu só podia afligir-me e torcer para que eles voltassem rapidamente. Após dez minutos, eu não conseguia mais vê-los, pois eles desapareceram na névoa da manhã.

Oliver estava empoleirado nos ombros de alguém, olhando

através de um telescópio, quando fez um comentário desconexo.

— Posso ver o Observatório Kinpurnie. — disse ele. — Coloquei Peter e Nigel lá. Peter garantirá que os dois toquem na construção de pedra e Nigel fará um sinal para mim quando os dois estiverem voltando. Quando o primeiro cavaleiro chegar ao observatório, vou levantar a mão, desse modo! — Oliver demonstrou, para o interesse daquelas pessoas que nunca tinham visto uma mão antes. — Quando o segundo cavaleiro chegar ao observatório, levantarei a outra mão. — Ele demonstrou de novo e continuou a olhar pelo telescópio.

Esperei, ciente de que, de vez em quando, cabeças se voltavam para mim como a causa ostensiva daquela corrida. Os homens sorriam, enquanto as mulheres pareciam críticas ao ver minha aparência, e se perguntavam por que dois homens desejariam competir de maneira tão alucinante por alguém tão comum quanto eu. Fechei minha boca com firmeza, imaginando o que eu diria se a desagradável Barbara falasse comigo.

— Qual é a sensação de ser importante? — A Sra. MacGillivray entregou seu cavalo a um criado e aproximou-se de mim. Ela ignorou os respingos de chuva fria.

— Não me sinto importante. — disse eu. — Acho tudo isso um tanto tolo e um pouco embaraçoso.

A Sra. MacGillivray deu um sorriso triste.

— Os homens são bastante tolos, Srta. Easson. A senhorita descobrirá que eles não ficam menos tolos à medida que envelhecem. Pior ainda, pois carecem da desculpa da juventude. Acho que a melhor coisa a fazer é lhes permitir as suas bobagens e estar preparada para consertar o que quebrarem.

Consegui sorrir ao ouvir as palavras dela.

— Vou tentar me lembrar disso.

— Eles estarão se aproximando da Kinpurnie Hill agora. — disse a Sra. MacGillivray. — Diga-me, a senhorita se opõe se eu a chamar de Catriona?

— Não, de forma alguma. — respondi. Quando uma pessoa é o prêmio para dois homens idiotas correndo a cavalo pela metade da Escócia, não parecia importar que tratamento uma mulher mais velha usava.

— Ótimo. Sinto-me como se você já fosse da família.

Não comentei a respeito. Ainda não tinha certeza de quem esperava que ganhasse. Olhei para a névoa que se dissipava lentamente, esperando ver Baird e Zeus, ou Kenny e Jane. Não vi nenhum deles.

— Diga-me, Catriona — disse a Sra. MacGillivray —, do fundo de seu coração, quem você gostaria que ganhasse?

Se eu fosse uma mulher diplomática, teria respondido que era Baird, claro. Na verdade, hesitei, pensando nos meus anos de convivência com Kenny, bem como em sua traição com Barbara.

— No fundo do meu coração — disse, amargamente —, gostaria que essa tolice nunca tivesse começado. — Eu podia sentir a desaprovação da Sra. MacGillivray.

— Você deveria preferir Baird àquele marinheiro. — A voz da Sra. MacGillivray era como gelo do Ártico.

Naquele momento, avistei Barbara e preferi o cavalo de Baird àquele marinheiro, quanto mais Baird.

— Sim — disse eu, concordando, enfática. — Baird é um cavalheiro generoso e educado. Não acredito que ele quebraria a promessa feita a uma mulher.

A assustadora desaprovação da Sra. MacGillivray derreteu-se à medida que o sol se erguia acima do Tay.

— Ele tem alguns pontos positivos. — admitiu ela. — Veja!

Oliver ergueu uma das mãos no ar, um sinal de que um dos cavaleiros havia alcançado a Kinpurnie Hill e começado a viagem de volta. Eu não sabia qual cavaleiro, mas imaginei que Baird era o mais rápido dos dois. Embora estivesse com o coração partido pela traição de Kenny, uma pequena parte de mim ainda desejava que ele, pelo menos, tivesse um bom desempenho. Ainda poderia tê-lo amado, então. Não tenho certeza.

Esperei Oliver levantar a segunda mão, mas ela permaneceu ao seu lado. O que havia acontecido com Kenny?

— Você tem muitos irmãos e irmãs, Catriona? — A Sra. MacGillivray olhava-me de novo, com uma curiosidade estranha em sua expressão.

— Tenho três irmãs. — disse eu.

A Sra. MacGillivray parecia encantada com essa informação.

— Não sabia disso. Onde estão todas agora? Sei que elas não estão morando em seu endereço atual. — Ela sorriu como se fosse uma piada secreta que deveríamos compartilhar, mas não sorri.

— Todas as minhas irmãs são mais novas do que eu e casadas. — Desviei o olhar. — Sou a última da família.

— Que estranho. — disse a Sra. MacGillivray. — E você é uma mulher tão amável e bem-preparada, com muito a oferecer. — Ela desviou o olhar por um momento. — Estou surpresa que nenhum homem a tenha agarrado, Catherine.

— É Catriona. — corrigi.

— Sim, claro. Gostaria de ter filhos, Catriona?

— Sim, claro. Gostaria de ter os filhos que puder.

O sorriso da Sra. MacGillivray era tão amplo quanto qualquer coisa que seu filho pudesse demonstrar. Achei que ela fosse me abraçar, mas, em vez disso, ela deu um tapinha no meu braço.

— Assim é como deveria ser.

Nesse ponto, Oliver ergueu o braço esquerdo. O segundo

cavaleiro levou todo esse tempo para chegar a Kinpurnie Hill e começar a viagem de volta.

— Baird estará aqui em breve. — disse a Sra. MacGillivray, satisfeita. — E essa será a primeira vitória para ele. — Ela se virou para mim com outro sorriso. — Ele aprendeu a montar antes de poder andar, sabe, e jogou polo e competiu em *tent pegging*[1] na Índia, quando tinha apenas sete anos de idade.

Pobre Kenny, pensei, um marinheiro a cavalo é sempre uma coisa desajeitada, e essa aposta tola o colocou contra um especialista. Pelo menos ele teria vantagem na segunda etapa. Kenny sentia-se tão à vontade no mar quanto Baird no lombo de um cavalo. Com o canto do olho, observei Barbara, perguntando-me o que ela estava pensando, imaginando se eu poderia me aproximar dela e perguntar quais eram suas intenções com Kenny.

Ela poderia retaliar perguntando-me quais eram minhas intenções com Baird. Só então percebi que eu era o roto falando do esfarrapado. Senti como se alguém tivesse tirado um véu dos meus olhos. Como fui estúpida! Eu era tão ruim quanto Kenny.

Tivemos que esperar apenas alguns momentos antes de Baird chegar, cavalgando com arrogância quase casual, embora Zeus estivesse salpicado de espuma e suando com a corrida. Baird desmontou com um floreio, acenou para a irmã e caminhou na minha direção.

— Bem, Srta. Easson, isso foi bastante fácil. O melhor homem venceu e está a meio caminho de garantir o seu afeto.

— A Srta. Easson disse que podemos chamá-la de Catriona. — disse a Sra. MacGillivray. — Muito bem por sua vitória, Baird, mas eu não esperava nada diferente.

Baird fez uma reverência.

— Obrigado, mãe. Seu camarada marinheiro levou um tombo, eu temo, Srta. Easson.

— Ele se machucou? — perguntei, talvez rápido demais para uma mulher que havia sido traída.

— A senhorita verá quando ele finalmente chegar. — disse Baird, casualmente. — Agora, devo cuidar de Zeus. — Embora o suor umedecesse suas roupas e gotejasse de sua testa, Baird respirava tão serenamente como se tivesse apenas percorrido o caminho do seu jardim.

— Acho que o vencedor merece um beijo. — sugeriu a Sra. MacGillivray com um sorriso malicioso.

— Ainda estou comprometida com o Sr. Fairweather. — lembrei. — A competição está apenas na metade.

Devo dar crédito a Baird, pois ele aceitou as minhas palavras.

— A senhorita é uma mulher honrada. — disse ele. — Uma verdadeira dama, na verdade.

A Sra. MacGillivray trocou olhares com Baird.

— O Sr. Fairweather não merece uma mulher como você. — disse ela.

Naquele momento, concordei de novo. Homens que abusam da confiança de sua noiva não merecem qualquer consideração. Mas eu achava que ainda o amava. Apesar de seu comportamento, eu ainda nutria sentimentos por Kenny e agora me perguntava se eu também havia agido de maneira inadequada.

— Catriona estava me dizendo que tem uma família numerosa. — disse a Sra. MacGillivray a Baird.

— Oh, verdade? — Baird agraciou-me com outro de seus sorrisos brilhantes.

— Catriona tem muitas irmãs, e todas ainda vivas, creio.

— Não exatamente. — corrigi. — Mamãe perdeu dois filhos quando eram pequenos.

A Sra. MacGillivray assentiu.

— Essas coisas acontecem. — disse ela. — Sua mãe deve ser elogiada por manter tantos vivos.

Não respondi a esse comentário. Eu sabia que a perda de dois filhos ainda era muito pesada para a minha mãe. Ela não aceitaria nenhum elogio por ser mãe, e não faria nenhum elogio. Não era o jeito dela.

— Oh, veja. Acredito que o Sr. Fairweather está chegando finalmente. — disse a Sra. MacGillivray.

A multidão havia aumentado um pouco desde o início da corrida, então devia ter algumas centenas de pessoas reunidas no cume do Law. Ignorando os bons modos, empurrei-me para a frente, para ver Kenny chegar. Kenny e seu cavalo pareciam totalmente destruídos enquanto subiam a colina, com Kenny curvado na sela e Jane coberta de espuma. Como Baird havia dito, Kenny caíra em algum lugar e a lama cobria seu lado esquerdo, do tornozelo à testa. Ele havia perdido o gorro em algum lugar ao longo do caminho e sua figura era lamentável, em comparação com a elegância despreocupada de Baird. Senti pena dele, de fato, e possivelmente um pouco envergonhada por meu noivo ter se saído tão mal. No entanto, aplaudi enquanto ele cambaleava até o cume.

— Muito bem, Kenny. — Ignorando os olhares e comentários da multidão, avancei para segurar a rédea de Jane. — Vejo que caiu.

— Sim. — disse Kenny, em poucas palavras. — Perdi, também.

— O Sr. MacGillivray é um cavaleiro experiente. — Tentei aliviar a dor da derrota. — Não é nenhuma desonra perder para ele.

— E como você saberia disso? — Kenny escorregou para o chão, sujo e enlameado.

— A Sra. MacGillivray me informou que seu filho cavalgava desde a mais tenra infância.

— Informou? — murmurou Kenny, tentando limpar um pouco da lama de si mesmo, mas conseguindo apenas manchá-la ainda mais.

— É melhor você ir se limpar. — disse eu. — Você está uma visão e tanto. Espero que não tenha se machucado quando caiu.

— Não. — disse Kenny, embora eu o tenha visto protegendo o pulso esquerdo.

Como estava claro que Kenny não estava com humor para conversar, voltei para a multidão.

— Kenneth. — Barbara deve ter esperado até que eu me afastasse para avançar. Parecendo tão graciosa como sempre foi, ela se aproximou de Kenny, colocando a mão delicada em seu braço. Senti minha raiva borbulhar, quase suprimindo minha capacidade de pensamento racional. Como aquela mulher ousava tocar em Kenny?

Não. Devia controlar minha raiva. Virei-me, chamando baixinho, a atrevida Barbara de vários nomes. Ela era uma descarada, uma sirigaita, uma canalha. Esses nomes e outros, sujos demais para repetir, se embaralhavam na minha cabeça enquanto eu me afastava com minhas emoções em ebulição.

Àquela altura, a manhã estava bem avançada, a plena luz do dia iluminava o Law e a melodia de uma dúzia de sinos convocava os piedosos à igreja. A multidão começou a se dispersar, homens ajudando mulheres na trilha acidentada de volta a Dundee ou montando cavalos para a descida. Cachorros e crianças brincavam, um vigarista tentava reunir uma multidão e um policial de casaco comprido e cartola agarrou um batedor de carteiras. Todas as almas estavam no Law naquela manhã, e o meu drama era apenas um entre muitos.

— Para onde vai, Catriona? — Baird apareceu ao meu lado, com sua voz gentil.

— De volta para casa. — falei mais brevemente do que pretendia.

— Vai à igreja esta manhã?

— Vou. — disse eu. — Minha mãe e eu sempre cultuamos no sábado.

Baird me acompanhou, passo a passo, com homens e mulheres abrindo espaço, como sempre faziam com Baird.

— Zeus ficará bem sem você? — perguntei, ainda mal-humorada.

— Os criados o levarão de volta aos estábulos. — disse Baird. — Prefiro a sua companhia à de um cavalo.

Não pude evitar minha resposta.

— Outros parecem preferir a companhia de sua irmã.

— Oh? — Olhando por cima do ombro, Baird concordou. — Oh, Fairweather. Percebo o que quer dizer. Eles parecem bem confortáveis juntos, não?

— Muito. — Aumentei meu passo, sem querer falar.

— Barbara conversa com qualquer pessoa. — disse Baird, de modo negligente. — Está irritada? — Ele foi suficientemente perspicaz para ver a minha expressão fechada e o ajuste dos meus ombros.

— Estou irritada. — respondi.

Baird permaneceu ao meu lado, acompanhando o meu ritmo enquanto eu descia a colina.

— Gostaria que eu a acompanhasse até sua casa?

— No momento, gostaria de ficar sozinha. — Fui muito rude com um homem que desejava apenas ser amigável.

— Então, vou deixá-la com seus pensamentos. — respondeu Baird, recuando de imediato. — Você irá à corrida de barco?

— Devo. — respondi, sem olhar para trás. — E espero que o senhor ganhe com vantagem.

Quando a raiva controla as minhas palavras, digo coisas das quais me arrependo mais tarde. Quando disse essas palavras, realmente não fui sincera. Minha mente estava em tamanho tumulto, que não pensei no que estava dizendo.

CAPÍTULO 9

Dundee, maio de 1827

Mamãe e eu frequentávamos a St. Mary's Church, bem no centro da cidade e a apenas cinco minutos a pé de Milne's Close. Era uma igreja cheia de lembranças reconfortantes, pois mamãe se casou ali, e todos os seus filhos, inclusive eu, foram batizados naquela pia batismal. Naquela manhã, mamãe estava bastante quieta. Cantava os salmos em voz baixa e fechava os olhos com força durante as orações, como se tentasse provar seu fervor religioso pela firmeza de suas pálpebras, como crianças pequenas que tentam convencer os pais de que estão dormindo na cama.

Eu a observei, preocupada com o estado de seus nervos, e a guiei até a porta da igreja quando o ministro deu sua bênção final.

— Como está, Sra. Easson? — O reverendo Grieve sempre se despedia de seus fiéis enquanto eles saíam pelo arco de pedra.

— Estou muito bem, obrigada, ministro. — Mamãe deu um sorriso brilhante, tão falso quanto qualquer charlatão em cena.

— Fico feliz em ouvir isso. — respondeu o Sr. Grieve, solene. — Sei que a senhora tem passado por alguns momentos difíceis nos últimos tempos.

Mamãe concordou, com um movimento com a cabeça.

— Obrigada, ministro. O senhor também perdeu sua esposa.

O Sr. Grieve fez uma reverência.

— Minha Mary está com o Senhor faz quatorze meses hoje.

— Era uma boa mulher. — disse mamãe.

O ministro balançou a cabeça, afirmativamente.

— E, Srta. Easson — ele virou-se para mim —, espero que esteja cuidando de sua mãe.

— O melhor que posso. — assegurei-lhe.

— Ouvi algumas coisas inquietantes sobre a senhorita. — O olhar do ministro não se desviou dos meus olhos. — Sobre a senhorita ir ao baile do prefeito e andar de carruagem com um homem que não é o seu noivo. Um tal de Sr. Baird MacGillivray, creio eu.

Existem poucos segredos em uma pequena cidade como Dundee.

— É verdade. — respondi. — Ajudei o Sr. Baird MacGillivray quando a carruagem dele encontrou-se em dificuldades e, em troca, ele me convidou para o baile do prefeito. — Não mencionei as competições ou o prêmio pretendido.

O ministro anuiu, e seus olhos me sondaram.

— Não conheço esse Sr. MacGillivray, ele não é da minha paróquia. — disse. — Devo visitá-lo.

— Ele está em Mysore House. — Minha mãe estava ansiosa para dividir seu conhecimento. — O Sr. Baird MacGillivray é um cavalheiro da maior honra e integridade.

O Sr. Grieve assentiu de novo. Era um homem alto, no final da meia-idade, alguém que sempre achei decente e sinceramente solícito com o seu rebanho.

— Não duvido de suas palavras, Sra. Easson. No entanto, acho melhor que a Srta. Easson restrinja suas atenções ao Sr. Kenneth Fairweather.

Aceitei a crítica. Eu sabia que o ministro estava oferecendo o que considerava ser um bom conselho em meu interesse. Nunca fiquei irritada com pessoas que estão tentando ajudar sinceramente, por mais equivocadas que estejam.

— Vou visitá-la esta noite, Sra. Easson. — disse o ministro. — Não há necessidade de preparar nada. — Ele abaixou a voz. — Entre nós dois, Sra. Easson, quando eu terminar minhas visitas aos paroquianos, terei mais chá saltando dentro de mim do que água no oceano.

Mamãe deu um pequeno e acolhedor sorriso.

— Esperamos sua visita, Sr. Grieve.

O ministro dirigiu-me um olhar significativo.

— Talvez a Srta. Easson deva visitar o Sr. Fairweather e garantir que ele não interprete mal o seu encontro com o Sr. MacGillivray.

— Verei Kenny Fairweather esta noite. — prometi.

— Ótimo. — O Sr. Grieve balançou levemente a cabeça, em sinal de aprovação.

Essa decisão me agradou, pois, a competição de barcos estava marcada para aquela noite e eu não queria deixar mamãe sozinha.

As noites no Firth of Tay podem ser monótonas e tristes, com a pesada fumaça das chaminés das fábricas de Dundee pairando sobre as águas e o silêncio ligeiramente sinistro do rio. Naquela noite de domingo foi o oposto. Às nove horas, o sol estava mergulhando no oeste, enviando faixas de um tom laranja glorioso ao longo do rio, destacando as ondulações prateadas, que quebravam entre as focas que cochilavam nos bancos de areia e refletindo nas janelas das casas ao longo da margem do rio.

— Bem, então... — começou Oliver. Mais uma vez, ele estava claramente agindo como mestre de cerimônias.

Ficamos ao lado do píer Craig, com os Fifes, os escoceses barcos de pesca, atracados para passar a noite. Uma grande multidão havia se reunido e uma hoste de gaivotas circulava acima. Baird estava dentro de um círculo de admiradores, rindo e alongando os músculos, enquanto Kenny permanecia sozinho. Dois pequenos botes esperavam pelos competidores. Ambos não tinham mastros, mas eram guarnecidos com um par de remos. Embora fossem semelhantes em tamanho e desenho, com uma proa pontuda e uma popa plana, o mais próximo era, sem dúvida, o bote mais elaborado que eu já vira, roxo e azul com dois olhos na proa. Seu nome, *Nabob of Mysore*, havia sido folheado a ouro na popa. Não precisei perguntar de quem era o navio. O segundo era um bote em um insípido tom marrom, com um simples "Jane" na popa, em letras pretas simples.

Lembrei-me, tardiamente, de que a mãe de Kenny se chamava Jane. Kenny permanecia tão fiel à família Fairweather quanto Baird era aos MacGillivrays.

— Como vai, Kenny? — Mantive minha voz neutra para mostrar meu descontentamento contínuo. — Ficou com algum efeito negativo da desventura desta manhã?

— Nenhum. — Kenny parecia saudável e caloroso, apesar de um hematoma na lateral da cabeça, embora eu achasse que ele ainda estava protegendo o braço esquerdo.

— Está pronto para empatar o placar?

— Sim.

Honestamente, era difícil tentar arrancar alguma conversa daquele homem. Não sei por que me sentia incomodada. Eu já deveria ter desistido muito antes.

— Você vai se sair melhor na água. É o seu elemento.

— Sim.

Perguntei-me o que precisava fazer para conseguir arrancar mais do que um monossílabo de Kenny.

— Duvido que o Sr. MacGillivray tenha a experiência que você tem com barcos.

— Não.

— Estamos aqui para apoiá-lo, Sr. Fairweather! — Fiquei aliviada quando um bando de homens do Almirante Duncan se arrastou pelo cais. Envelhecidos na aparência, eles caminhavam com um gingado de marinheiros e se expressavam em uma linguagem que apenas os marujos podiam entender, enquanto ignoravam o refinado grupo de Baird.

— Esta é sua garota? — Os "Duncans" se aglomeraram ao meu redor, com rostos bronzeados em tom de noz-moscada, mascando tabaco, enquanto seus pés descalços batiam no chão.

— Sim. — Kenny era tão lacônico com seus companheiros de navio quanto comigo, o que já era alguma coisa, suponho.

— Ela não é nada mal. — Um homem robusto e barbudo deu sua opinião abalizada. Ele tocou seu brinco de ouro.

— Quem é seu opositor?

— Ele. — Kenny fez uma indicação com a cabeça na direção de Baird, que observava a chegada dos marinheiros do Duncan com diversão indisfarçável.

— Ele parece um verdadeiro *cavalheiro*. — O homem barbudo conseguiu fazer o termo "cavalheiro" soar como um insulto. Quando outros membros da tripulação de Kenny acrescentaram o que pensavam de Baird, decidi que era hora de me afastar antes que meus ouvidos sangrassem com a linguagem de baixo calão.

— Vou deixá-lo se aprontar. — disse eu.

Os "Duncans" ofereceram-me uma despedida estrondosa, com vivas e expressões de marinheiros que fiquei feliz por não ter compreendido. Às vezes, a ignorância pode ser uma bênção ao se misturar com os marujos de Dundee.

— Está animada? — Não vi de onde apareceu a Sra. MacGillivray. Ela usava um manto comprido e confortável para protegê-la o ar da noite e batia um chicote de equitação na perna. — Eu ficaria animada se dois homens disputassem corridas para obter a minha mão.

— Ainda não tenho certeza se desejo ser um prêmio em um jogo de meninos grandes.

— Poderia ser pior. — disse a Sra. MacGillivray. — Pelo menos Baird e aquele sujeito Fairweather estão se esforçando ativamente para obtê-la. — Quando ela me olhou, seu sorriso era enviesado. — Fui obtida em um jogo de cartas.

Assustei-me com esta confissão.

— Meu Deus. — falei o nome de Deus em vão, considerado um pecado em qualquer dia da semana, quanto mais no sábado. — Quem estava jogando?

— O Sr. MacGillivray foi um dos jogadores. — disse a Sra. MacGillivray. — Não me lembro de alguns dos outros, mas incluíam um ou dois oficiais da Companhia das Índias Orientais e um rajá indiano. — Seu sorriso se alargou. — Eu poderia ter sido uma rani se o rajá vencesse, com centenas de servos e milhares de quilômetros quadrados de terra.

Eu pisquei, não entendendo totalmente.

— Uma rani?

— O equivalente indiano a uma rainha. — explicou a Sra. MacGillivray calmamente, como se todas as esposas de Dundee encontrassem o marido na virada de uma carta. Ela sorriu. — É um pensamento e tanto, não é? O Sr. MacGillivray me obteve nas últimas cartas. Foi a rainha de copas, se bem me lembro. —

Seu sorriso era um pouco melancólico, pensei. — Agora, você é o prêmio, e dois jovens fortes estão competindo por você. — Ela deu uma risada gutural. — Eu a invejo, Catriona. Quem quer que ganhe, você ganha, embora Baird tenha muito mais a oferecer do que o Sr. Fairweather.

Tive um pequeno estremecimento de inquietação. Parecia que a Sra. MacGillivray considerava os bens materiais a coisa mais importante que um homem poderia oferecer. Sim, muitas mulheres os consideravam, claro. De certa forma, todo casamento era uma aposta, com os homens buscando uma coisa e as mulheres outra. Muitas vezes, os homens pareciam querer apenas uma parceira agradável na cama, enquanto as mulheres buscavam segurança, e o amor era visto como menos importante do que um rosto bonito ou uma conta bancária gorda.

Agora, você está sendo cínica, disse a mim mesma com severidade. Nem Kenny nem Baird pensam assim.

Parado na quilha de um barco emborcado no cais, Oliver carregou e ergueu uma pistola. O estalo do tiro chocou metade da multidão, de modo que algumas mulheres gritaram e um homem idoso colocou a mão no coração. Um grupo de gaivotas se ergueu no ar, silvando

— Damas, cavalheiros e aqueles que não merecem nenhum dos títulos. — Oliver poderia ser um páreo duro para Henry Orator Hunt[1], pensei. — Estamos aqui reunidos para testemunhar a segunda fase em uma competição fascinante, entre dois homens que esperam ganhar a mão de uma bela dama.

Parte da multidão soltou um viva alto e agitou seus chapéus no ar. Outros assobiaram, enquanto os apoiadores de Baird começaram a gritar seu nome. A tripulação do Almirante Duncan permaneceu em silêncio por alguns instantes e, então, irrompeu em um rugido de: *"Vamos Kenneth! Vamos,*

Kenneth!", que engolfou a maior parte do restante. Apesar de tudo, Kenny teve muito apoio nesta etapa da competição. Enquanto os rostos se voltavam para mim como a causa da excitação, mantive minha expressão neutra. Não desejava ser vista sorrindo como uma charlatã, enquanto homens competiam por meu afeto.

Oliver observou por um tempo enquanto recarregava a pistola, e, então, atirou para o ar novamente, criando um silêncio instantâneo.

— Os dois competidores irão remar até o Farol de Tayport High e voltar.

A maior parte da multidão olhou para a costa sul do Firth para ver o farol que se projetava na entrada do porto de Tayport; alguns continuaram a me examinar como se eu fosse um pedaço de carne exposto na vitrine de um açougue. Olhei para Kenny, depois para Baird e para Kenny novamente.

Oliver falou mais uma vez.

— Aqueles de vocês que estiveram presentes na corrida desta manhã vão se lembrar que coloquei um homem na Kinpurnie Hill para marcar a chegada de cada competidor. Desta vez, coloquei um homem no farol, para garantir que eles cumpram as regras e sinalizem quando estiverem regressando.

Novamente, a multidão aplaudiu, gritou, assobiou ou cantou, dependendo de seus desejos. Respirei fundo e exalei abruptamente, quando vi a bela Barbara mais uma vez, parada perto de Kenny. Ela disse algo, tocou no braço dele e recuou, enquanto ele descia para o bote.

— Maldita seja. — disse eu, enrolando as palavras em minha boca com perverso prazer. Eu não tinha tendências para praguejar, então senti-me um pouco chocada por não ter havido nenhum estrondo de trovão nem explosão de relâmpago para me eliminar por praguejar no sábado. Mesmo assim, talvez o bom Deus tenha feito concessões por causa do meu estado de agitação nervosa. Afinal, ele é um Pai atencioso.

Kenny e Baird estavam sentados em seus respectivos botes, segurando os remos e esperando o tiro que seria o sinal de início da competição. Os tripulantes de Kenny cantavam seu nome em um rugido contínuo, com as palavras realçadas por uma grande nuvem de fumaça de tabaco que flutuava ao longo do cais. Os camaradas de Baird eram mais altos e mais elegantes, mas não tão hábeis em gritar. Talvez eles nunca tivessem que rugir ordens acima do barulho de um vendaval no Mar do Norte. Entre esses grupos de homens, salpicos de cores vivas mostravam onde as mulheres ficavam para assistir à diversão, com um punhado de crianças e cachorros animando a cena com suas travessuras. Procurando por Barbara, eu a vi olhando fixamente para os dois homens, seu olhar mudando de um para o outro como se não tivesse certeza quem apoiar, seu irmão ou o marinheiro que ela parecia determinada a arrancar de mim.

Bem, pensei, bem, madame Barbara de clássica beleza, pode ficar com ele e alegre-se, e espero que ele a trate com tanta lealdade quanto a mim, o lobo do mar traiçoeiro. Eu havia esquecido inteiramente meus próprios padrões dúbios, em minha raiva de Barbara.

Erguendo a pistola mais uma vez, Oliver disparou, ao som agora familiar de gritos e aplausos. Não fiquei surpresa quando Kenny avançou imediatamente, atirando-se aos remos como se fossem inimigos mortais, em vez de pedaços de madeira polida. Parada no píer, observei em silêncio, sem saber por quem torcer, sem saber quem eu queria que ganhasse. A tripulação do Almirante Duncan não tinha tais dúvidas e explodiu a plenos pulmões, agitando seus chapéus no ar para encorajar seu homem. O sol estava se pondo, enviando raios alaranjados através do Tay, brilhando nos campos do Fife, dando uma beleza quase sublime à cena.

Observei enquanto os botes corriam pelo Firth, com Kenny aumentando a liderança a cada remada. Por fim, a escuridão crescente significava que eu não conseguia mais distinguir os competidores. Em pé, no casco de seu barco, Oliver observava pelo telescópio, fazendo comentários sobre o progresso da corrida.

— Fairweather está aumentando sua liderança, com MacGillivray trabalhando duro para alcançá-lo. Agora eles estão na metade do caminho ao longo do Tay, com Fairweather pelo menos cem metros à frente. Há um navio carvoeiro no meio do canal, e os dois botes estão desviando para evitá-lo, com a liderança de Fairweather aumentando o tempo todo.

Desviei o olhar e vi Barbara observando-me com olhos pensativos. Perguntei-me se deveria abordá-la e perguntar quais eram as suas intenções com Kenny. Se eu perguntasse, ela poderia retaliar, questionando-me sobre minhas intenções com Baird. Praguejei de novo, encontrando conforto nas palavras impuras. Nunca havia entendido por que os homens usavam uma linguagem tão vil, mas agora começava a entender. Tais palavras permitem dar vazão a emoções que, de outra forma, poderiam nos corroer por dentro e levar à amargura. Tendo assim me justificado, praguejei novamente, feliz desta vez, embora garantindo que ninguém mais ouvisse meu discurso desbocado. Barbara poderia esperar até que eu formulasse um plano para lidar com ela de forma adequada.

— Fairweather chegou ao farol. — relatou Oliver. Quase havia me esquecido da corrida devido à minha preocupação com a linguagem e a desprezível Barbara. — MacGillivray está muito atrás. Fairweather já virou e está retornando.

Da minha posição, os dois botes pareciam pouco mais do que pontos no escuro Firth, enquanto as velas do navio carvoeiro brilhavam sob os raios do sol que desvaneciam. Eu dependia das palavras de Oliver para ter certeza de quem estava liderando.

— Lá vão eles. — disse Oliver. — Fairweather está a um quarto do caminho de volta ao longo do Firth, e MacGillivray só agora alcançou o farol. Parece que Fairweather será o vencedor, com folga.

Procurei Barbara. Ela estava ao lado dos amigos de Baird, olhando para o rio. Enquanto eu observava, um dos elegantes falava com ela, e ela tirou a luva de pele de bezerro da mão esquerda. Senti uma pontada de ciúme intenso quando o sol brilhou de um anel em sua mão. Deve ter sido isso que Kenny havia lhe dado no lado externo da Mysore House; ela estava exibindo sua prova de noivado com Kenny, ostentando seu anel, quando devia saber, com toda a certeza, que Kenny nunca me deu o menor sinal de seu afeto.

— Fairweather está aumentando a liderança. — continuou Oliver. — Não; ele parou! Ele perdeu um remo!

— O quê? — Levantei o olhar. — Kenny perdeu um remo?

A tripulação do Almirante Duncan rugiu, descrente.

— Nosso Kenny nunca faria isso! — Eles adicionaram palavrões que fariam o cabelo de uma pessoa enrolar.

— Perdeu! — continuou Oliver. — Fairweather está atrapalhando-se. Está segurando um remo. MacGillivray está diminuindo a diferença!

Chamei a atenção de Barbara quando ela cobriu a boca com as mãos e olhou para mim. Achei que ela tentou sorrir até que a expressão em meu rosto a advertiu, pois, naquele momento, meus pensamentos eram tudo, menos educados. *Você tem algo a ver com aquele remo*, pensei. *Você quer que Kenny perca para que ele seja todo seu.*

— MacGillivray está se recuperando. — continuou Oliver com seu comentário.

Tendo subitamente perdido o interesse pelo Sr. Kenneth

Fairweather e suas travessuras amorosas com aquela outra mulher, ignorei de propósito a corrida de barco. Eu teria me virado e ido embora se a multidão não fosse tão densa; assim, em vez disso, fixei meu olhar em Barbara, que parecia decidida a mostrar seu anel para todos que estavam nas proximidades. Ela estava rindo com os amigos de Baird e batendo palmas quando seu irmão alcançou Kenneth e se dirigiu ao cais.

Chega de lealdades divididas, minha garota, pensei.

— MacGillivray assumiu a liderança. — continuou Oliver, embora, àquela altura, todos nós pudéssemos ver que ele estava se aproximando do píer, remando como se sua vida dependesse daquilo, jogando-se para trás a cada remada. Atrás dele, Kenneth lançara mão de remar seu barco com seu único remo e, apesar de todos os seus esforços, parecia estar parado, em comparação com Baird. Não pude deixar de assistir, sentindo a frustração de Kenny, mesmo estando na costa.

— Temos um vencedor. — anunciou Oliver, quando Baird parou ao lado do píer e saltou em terra para os aplausos de seus amigos e vaias altas da tripulação do Almirante Duncan. — Onde está o prêmio dele?

— Aqui está ela! — Alguém apontou para mim. Em segundos, metade da multidão parecia estar me empurrando na direção de Baird. Seu sorriso estava mais largo do que nunca, e eu podia ver a largura de seu peito enquanto ele lutava para respirar. Também vi vestígios de pelos encaracolados no peito, aparecendo sob sua camisa, onde um botão estava faltando. *Ele precisa de uma esposa para cuidar dele*, pensei distraidamente.

— Ganhei você de forma justa. — disse Baird. — Agora, reivindico pelo menos um beijo.

Senti meu coração bater mais rápido. Enquanto uma parte de mim não se encontrava relutante em beijar aquele homem altamente beijável, outra ainda tinha a vaga esperança de que estivesse enganada sobre Kenny e que ele ainda fosse fiel a mim.

— Não concordei com isso, Sr. MacGillivray. — disse eu.

— Oh, beije o rapaz. — gritou alguém. Alguns dos elementos mais rudes da multidão juntaram-se, cantando: — Beije-o, beije. — com suas vozes embriagadas e a plenos pulmões. — Vá em frente, moça; ele ganhou você como prêmio!

— Não. — discordei. — Não sou um prêmio a ser ganho em um jogo de meninos tolos.

— Não? — disse Baird, fingindo espanto, e, estendendo os braços, agarrou-me com as duas mãos, puxou-me para perto dele e deu um beijo precisamente no centro da minha testa. Enquanto a multidão aplaudia, eu lutava para fugir.

— Beije-a, beije-a. — gritava a multidão, e a Sra. MacGillivray ria.

— Oh, pelo amor de Deus, Baird, dê-lhe um beijo de verdade ou então não a beije.

— Não! — Meu protesto foi em vão quando Baird me puxou para perto novamente. Embora ele me segurasse com força, seu beijo foi surpreendentemente gentil, seus lábios salgados sobre os meus. Se a situação fosse diferente, eu poderia ter gostado daquele beijo, mas na frente de uma multidão aplaudindo, senti-me apenas constrangida.

Quando, por fim, Baird me soltou, eu estava vermelha de vergonha. Empurrando-o para longe, eu disse: *"Oh"* ou algo igualmente inútil.

A multidão se separou diante de mim, alguns rindo, alguns parecendo simpáticos, outros apenas olhando, enquanto eu corria na direção de Kenny, com a maior parte da minha raiva perdida no desejo de consolá-lo. Quando cheguei ao final do píer, vi Kenny trazendo à terra seu bote de um remo só. Ele me encarou por um momento e afastou-se, com vergonha por ter perdido ou porque havia transferido seu afeto para Barbara.

— Kenny? — Eu disse seu nome em voz alta, mas ele não olhou, embora eu tivesse certeza de que havia me ouvido. Permaneci ali, no meio de uma multidão que parecia ter algumas centenas de pessoas, sentindo-me tão sozinha como jamais estivera em minha vida. Todas aquelas pessoas deviam ter testemunhado Kenny me rejeitando. Levantando minha saia acima dos tornozelos, empurrei-me através da multidão e corri para casa, tentando esconder meu rosto ainda em chamas. Como Kenny havia conseguido perder um remo? Ele era um marinheiro; trabalhava em navios de alto-mar desde os dez anos de idade e em pequenos barcos desde que respirou pela primeira vez. Eu nunca o vira remar de forma errada, quanto mais deixar cair um remo. Eu sabia a resposta, claro. Foi de propósito. Kenny havia perdido de forma deliberada porque não estava mais interessado em mim.

— Catriona! — Ouvi a voz de Baird enquanto eu passava por ele. Balançando a cabeça, continuei correndo. Haveria muito tempo para falar com Baird mais tarde. Nesse meio tempo, eu não tinha nada a dizer e nada poderia preencher o vazio em meu coração.

CAPÍTULO 10

Extinta a minha última esperança por Kenny, corri pelas ruas de Dundee até que o bom-senso superasse minha paixão. Por que estava aborrecida? Dois homens tolos concordaram em uma competição; ninguém nunca me perguntou se eu concordava em ser um prêmio. Bem, então, que eu os deixasse fazer papel de idiota, pois eu não queria participar daquilo. Evidentemente, Kenny preferia a bela Barbara a mim, mas e Baird? Esforcei-me para encontrar algo negativo sobre Baird, exceto o fato de ele ter proposto a competição. Com certeza era o suficiente, disse a mim mesma com raiva, e então lembrei-me de como ele pagou nossas dívidas de aluguel.

Lavando o rosto em um poço público, diminuí o passo para me recompor antes de chegar em casa. Não sentia vontade de perturbar ainda mais os nervos de mamãe, parecendo infeliz. Respirando fundo, consegui me recompor, endireitei os ombros e caminhei pelo beco até nossa casa.

— Catriona! — Mamãe estava sentada em seu lugar habitual à mesa. — Como foi a corrida?

— Foi interessante. — disse eu, perfeitamente ciente da presença do ministro em frente à mamãe. Havia me esquecido de que o reverendo Grieve estaria na casa. — Embora dificilmente fosse a coisa certa a fazer em um sábado.

— Bem observado. — disse o ministro, com aprovação. — Sua mãe esteve me contando sobre suas desventuras, Srta. Easson.

Sem saber o que mais fazer, fiz uma reverência para ele. Acho que uma reverência é um recurso útil na maioria das situações. Permite-me alguns momentos para pensar em uma resposta apropriada e faz com que todos acreditem que sou respeitosa e educada.

— Foram alguns dias interessantes, ministro.

— Meu nome é Sr. Grieve — disse o ministro —, ou reverendo Grieve, se preferir. — Ele havia se levantado quando entrei, então fiz sinal para que ele voltasse a se sentar.

— Quem ganhou a corrida? — perguntou mamãe.

— O Sr. Baird MacGillivray. — respondi. — O Sr. Fairweather perdeu um remo.

— Perdeu um remo? Kenneth Fairweather perdeu um remo? — Mamãe ficou surpresa. — Como diabos ele conseguiu perder um remo?

— Eu mesma me perguntei. — Não quis expressar minhas suspeitas, para não piorar ainda mais os nervos de minha mãe.

— O Senhor trabalha de maneiras misteriosas, para mostrar sua desaprovação das ações das pessoas no sábado. — disse o Sr. Grieve.

Quando mamãe sorriu, fiquei surpresa com uma ocorrência tão rara.

— O senhor está certo, Sr. Grieve. Deve ter sido obra do Senhor. — disse mamãe. — Ele está lhe dizendo algo, Catriona.

— O que Ele está me dizendo?

— Talvez Ele esteja orientando-a para uma escolha de um homem mais adequado. — disse a mamãe. — Você não deseja se casar com um homem do mar.

— Por que não, posso saber? — perguntou o Sr. Grieve. — Acredito que você e o Sr. Kenneth Fairweather têm um acordo há algum tempo.

Tive que morder a língua então, por medo de falar demais e irritar mamãe.

— Há um acordo.

— Sempre achei o Sr. Fairweather o mais honesto dos homens e membro de uma família decente e temente a Deus. — disse o Sr. Grieve. — Acredito que ele seria o melhor dos maridos nesse aspecto. — Ele deu um pequeno sorriso. — Talvez ele não seja tão loquaz quanto outros.

— Ele é tão calado quanto uma rocha. — Eu poderia ter dito muito pior.

— Você prefere que ele fale tanto quanto um francês? — perguntou o Sr. Grieve, com um ar sorridente nos olhos. — Você pode ficar contente em ter com um marido calado, Catriona. Ele bebe?

Balancei a cabeça.

— Nunca o vi beber.

— É violento?

— Só o vi violento uma vez. — Obriguei-me a concordar com os pontos positivos de Kenny.

— Oh, quando foi isso, por gentileza? — perguntou o Sr. Grieve.

Expliquei sobre o incidente fora da fábrica. O Sr. Grieve ouviu, concordando.

— Percebo. Ele não antecipou a violência, mas agiu no que acreditava ser em sua defesa, a noiva dele. Talvez possamos perdoá-lo por suas ações, pois até mesmo Cristo perdeu a paciência para defender sua família. — O ministro sorriu. — Você deve se lembrar que ele expulsou os cambistas da casa de Seu Pai?

— Mateus, capítulo vinte e um, versículo doze. — acrescentou mamãe, prestativa.

— Lembro-me. — disse eu.

— Você acredita que o Sr. Fairweather é um homem temente a Deus?

— Creio que ele frequenta a igreja quando está em terra. — Eu não tinha certeza da regularidade de suas idas à igreja, ou do quanto sua fé era forte.

— Ele frequenta. — confirmou o Sr. Grieve. — Eu diria que o Sr. Kenneth Fairweather tem as qualidades de um bom homem. — O Sr. Grieve não mencionou fidelidade. Talvez esse ponto não fosse tão relevante para o Sr. Grieve, em sua avaliação das características essenciais de um marido. Ele se inclinou sobre a mesa. — Cabe a você aprimorar ainda mais o bom caráter dele, Catriona, e garantir que ele continue no caminho certo.

Não esperava que mamãe interviesse naquele momento.

— Já conversamos sobre o outro cavalheiro que está interessado em Catriona.

Fechei os olhos, perguntando-me o que tornava as mães tão estranhas e intrometidas. O mundo seria muito melhor se elas permitissem que suas filhas vivessem como desejassem, em vez de tentar ajudá-las.

— O Sr. Baird MacGillivray e o Sr. Fairweather estavam competindo pelo direito à mão de Catriona. — disse o Sr. Grieve, categórico.

Balancei a cabeça, afirmativamente.

— Não é um modo de fazer a corte que prefiro. — disse o Sr. Grieve.

— Nem eu. — concordei.

— O Sr. MacGillivray é um cavalheiro. — disse mamãe. — Ele é cortês, bem-educado e de boa origem.

— Pode ser. — O Sr. Grieve me olhou. — Você deseja este homem para seu marido, Catriona? A origem e vida dele são muito diferentes das suas.

— Gostaria que as pessoas me deixassem em paz. — repliquei, cáustica. — Não pedi a nenhum homem que fizesse de mim um prêmio em suas competições tolas.

Enquanto minha mãe parecia chocada com o meu desabafo, o Sr. Grieve deu um leve sorriso.

— Exatamente, Catriona. Os homens podem ser tolos no encalço de uma mulher. Às vezes, eles visam impressionar, quando conseguem exatamente o oposto. — Esticando o braço, ele tocou minha manga. — Apenas as mulheres mais sensatas conseguem penetrar através da imagem forte que os homens tentam representar, para ver o metal comum por baixo. — Ele olhou para mamãe. — Ou, às vezes, o ouro.

Eu não tinha certeza do que o Sr. Grieve queria dizer com essas palavras. Estava me dizendo que Kenny era um metal comum depois de elogiar sua retidão? Ou estava lançando dúvidas sobre Baird, que evitou que mamãe e eu fôssemos despejadas?

— Vou tentar me lembrar disso. — disse eu.

— Ótimo. — O Sr. Grieve levantou-se para sair. — Eu as verei no funeral.

— Funeral? — Devo ter parecido surpresa.

— Você não soube. — disse o Sr. Grieve. — Estava tão preocupada com a competição no sábado. O Sr. James Fairweather morreu esta tarde.

— Oh. — Quase havia me esquecido do tio Jim de Kenny. Concordei. Fosse qual fosse a minha diferença atual com Kenny, James Fairweather foi um bom homem e amigo de meu pai. Eu iria ao funeral, por respeito ao homem, e para lembrar a vida dele. Poderia ser um dia estranho, pois Kenny estaria lá, mas algumas coisas precisam ser feitas, por mais dolorosas que sejam.

Como era de seu costume, as mulheres da família Fairweather colocaram o corpo do tio Jim, em seu caixão, em um cômodo da casa para proporcionar à família e aos amigos a oportunidade de despedidas. Espalhados pelos outros aposentos, homens e mulheres se reuniam em solene convívio, falando em voz baixa sobre Jim e outros assuntos familiares. Eu não gostava dessas coisas, embora elas permitissem que as pessoas expressassem seus sentimentos, e ninguém pensava mal de quem demonstrasse suas emoções nessas ocasiões. Até mesmo a família Fairweather, que não era o grupo familiar mais afeito a essas demonstrações, teria alguns sentimentos quando a morte chegasse.

— *Aye.* — Vestindo roupas de viúva, a Sra. James Fairweather estava ao lado do caixão do marido com um copo de uísque na mão. — *Aye,* ele não era um homem tão ruim assim, considerando todas as coisas.

— *Aye.* — A Sra. Adams, a vizinha do lado, concordou. — Ele estava sempre ao seu lado, exceto quando viajava.

A Sra. Fairweather deu um gole em seu uísque.

— Isso é verdade, Effie, isso é verdade. — Ela olhou para o rosto de seu homem. — Ele podia ser um bode velho, intratável às vezes, mas não havia mal nele, nenhum mal.

Afastei-me, encontrei um canto onde pudesse ficar e observar, e não disse nada. Mamãe estava conversando com o Sr. Grieve e eu não conseguia ver Kenny, graças a Deus. Presumi que ele estava ocupado com seu navio; Kenny estava quase sempre ocupado com o Almirante Duncan, e eu esperava que isso o sufocasse. Ele podia ficar com Barbara, seu bendito brigue e suas abençoadas velas, cordames e manifestos de carga, e todas as demais e abençoadas coisas náuticas que ocupavam seu tempo e pensamentos.

James Fairweather vivera em uma casa isolada, quadrada, que ficava em um beco, uma via estreita e sinuosa fora do Seagate, a um passo do transporte maciço das docas. Assim como a maioria dos Fairweathers do sexo masculino, ele havia sido marinheiro, o que significava que a maioria das pessoas presentes também era do mar. Que riqueza de experiência há nesta sala, pensei, enquanto observava os homens sólidos, despretensiosos e capazes, e suas mulheres atenciosas e pacientes. Eram comerciantes bálticos, comandantes e companheiros de navios costeiros, capitães de baleeiros, arpoadores e timoneiros, mineiros e espanhóis do sul. A sala estava cheia de marinheiros que haviam visto o mundo e que voltaram para casa em Dundee, e se eu os arranhasse, água salgada vazaria de suas veias, misturada com alcatrão e rum. Eu os observei indo e vindo dos aposentos, conversando, bebendo, consolando uns aos outros, trocando recordações e anedotas, e perguntei-me qual era minha parte em tudo aquilo.

— Obrigada por vir, Catriona. — A Sra. James Fairweather apareceu ao meu lado, com o rosto sereno e os olhos brilhando, sob uma miríade de rugas. — Jim ficaria feliz em vê-la.

— Sempre gostei do Sr. Fairweather. — falei, com cautela.

— Você fará parte da família em breve, creio eu. — A Sra. James Fairweather me examinou, sem dúvida perguntando-se se eu era adequada para me juntar ao seu pessoal.

— Poderia acontecer. — Permaneci cautelosa.

— *Aye.* — A Sra. Fairweather deu um passo para trás, fazendo um exame completo. — Poderia.

— Lamento saber do Sr. Fairweather. — Eu não sabia o que dizer.

— Sim. Achei que o mar o levaria, como levou seu pai. Não é correto, de certa forma, um Fairweather morrer na cama. Os homens não pertencem à terra, veja bem. — Seu olhar sustentou o meu como se ela estivesse tentando transmitir uma mensagem. — Você aprenderá. — acrescentou ela, afastando-se, sólida como qualquer navio de guerra sobrevivendo às tempestades da vida.

Permaneci onde estava quando vi Kenny entrar na casa. Percebi imediatamente que ele havia se vestido às pressas, com o casaco pendurado nos ombros e os cabelos precisando de um bom pente. Algumas semanas atrás, eu o teria empurrado para um canto silencioso para consertar essas coisas, mas naquela noite, eu não disse nada, permitindo que ele parecesse um menino de ninguém. Ele olhou ao redor do grupo, mas não conseguiu me ver no meio da multidão ou escolheu me ignorar. De qualquer maneira, não nos falamos enquanto o número de pessoas naquela casa aumentava. Eu não fazia ideia de que James Fairweather havia sido tão popular, a menos que, pensei cinicamente, fosse a perspectiva de uísque de graça e rum contrabandeado, com isenção de impostos, que atraiu tantos marinheiros para aquela casa.

— Ouvi dizer que você vai voltar ao mar em breve. — gritou um Fairweather baleeiro para Kenny.

— Na próxima maré. — respondeu Kenny, e não explicou mais nada.

O Fairweather baleeiro olhou pela janela para o céu coberto de nuvens.

— Sim, o vento está bom para você.

— Sim. — concordou Kenny.

— Você vai perder o enterro, então. — disse o Fairweather baleeiro.

Kenny concordou, acenando com a cabeça.

— Sim.

Embora tenha ficado estranhamente satisfeita em saber que Kenny era tão lacônico com os outros quanto comigo, fiquei consternada por ele não ter me dito que voltaria ao mar tão cedo.

À medida que o álcool puro fluía, o nível do ruído na casa aumentava, com os homens rugindo para serem ouvidos acima de seus companheiros e as mulheres competindo em igual medida. No entanto, apesar do barulho e do álcool, ninguém parecia perder a calma. Vi o Sr. Grieve movendo-se pela multidão, cumprimentando seus paroquianos como iguais e sendo tratado com o respeito que sua posição exigia.

Levantei o olhar quando ouvi a voz elevada de Kenny.

— Perdi porque alguém serrou o maldito remo!

Franzindo o cenho, pois nunca ouvira Kenny gritar enquanto estava em terra, aproximei-me. Ele estava em um círculo de sua família extensa, com rostos de bigodes, endurecidos pelo tempo, e mulheres em roupas adequadas e resistentes, balançando a cabeça em solene concordância.

— Você quer dizer que aquele sujeito MacGillivray trapaceou? — perguntou um homem atarracado, com seus olhos como lascas de gelo e uma boca que envergonharia uma armadilha de coelhos.

— Ele ou um de seus amigos. — disse Kenny. — Eu lhe digo, o remo foi serrado pela metade, então ele quebrou na minha viagem de volta. Havia buracos no fundo do barco também, então a água começou a entrar.

Franzi a testa. Não conseguia imaginar Baird se rebaixando a tal nível, mas não fiquei impressionado com os companheiros dele. No entanto, ter um remo prejudicado explicaria por que Kenny ficou em segundo lugar em uma corrida que ele deveria ter vencido com facilidade. Respirei fundo. Agora, eu sabia que Kenny não havia perdido a corrida de propósito. Talvez eu estivesse errada? Talvez Kenny ainda me preferisse? Não posso negar a esperança que surgiu dentro de mim.

Com esse pensamento em minha cabeça, assustei-me quando vi Barbara aparecer. Não saberia dizer de onde ela surgiu. Apenas a vi atravessar o grupo dos Fairweathers, movendo-se rapidamente como uma escuna entre os brigues carvoeiros, com toda a sua superestrutura abrindo espaço à sua frente.

Que diabos ela está fazendo aqui? Perguntei-me, temendo saber a resposta. Quando a vi dirigir-se imediatamente a Kenny, meu coração afundou. Até aquele momento, eu nutria alguma esperança de que estava, de alguma forma, enganada, e que o encontro de Barbara com Kenny havia sido uma circunstância singular, uma coincidência ou um mal-entendido. Assim que vi Barbara indo até Kenny naquela casa cheia de Fairweathers, soube que minhas esperanças haviam naufragado para encontrar Davy Jones[1] no fundo do mar.

— Você está bem, Catriona? — O reverendo Grieve viu claramente a minha consternação. Sozinho, no meio de seu rebanho marítimo, ele não tinha um copo na mão ou um brilho no rosto. Parecia sóbrio e solene, como convinha à sua posição e vocação.

— Estou, obrigada. — disse eu, observando Barbara envolver Kenny em uma conversa animada, com Barbara conversando e Kenny, assentindo. Quando eles se afastaram da multidão, ofereci minhas desculpas ao ministro e os segui dissimuladamente, atravessando a multidão.

Barbara e Kenny haviam entrado no quarto onde James Fairweather estava deitado, na paz de seu caixão. Meu noivo e aquela mulher arrogante e bela estavam juntos, examinando algo em uma mesinha. Fiquei parada junto à porta, observando por um momento que pareceu durar uma eternidade, odiando Barbara com uma intensidade que eu não sabia ser capaz, odiando Kenny com uma dor extraordinária que retorcia meu coração.

— Mostre primeiro para sua mãe. — disse Barbara. — Veja o que ela pensa disso.

Kenny pareceu considerar a proposta por um longo momento antes de responder.

— Sim. — disse ele, de volta ao seu estado monossilábico. Ele ergueu o objeto da mesa.

— Não. — Barbara colocou a mão sobre a dele. — Não na frente de todos. Ainda não. Traga-a aqui e mostre-lhe.

Concordando, Kenny colocou, com cuidado, o que quer que estivesse segurando sobre a mesa e saiu do aposento, caminhando a passos largos, enquanto eu recuava rapidamente para me esconder em uma multidão de enlutados. Barbara o seguiu, mal olhando para o caixão.

No segundo em que Barbara saiu, entrei no aposento, tentando parecer solene.

— Sinto muito, tio Jim. — disse eu.

A luz das velas cintilava no objeto sobre a mesinha quando passei por ela. Estava errada — não era um anel. Era um broche de Luckenbooth, de prata, com dois corações entrelaçados sob uma coroa, incrustado com um rubi central rodeado por âmbar. Fiquei olhando-o, sabendo instintivamente que Kenny trouxera o âmbar do Báltico.

Um broche de Luckenbooth era tanto uma aliança quanto um símbolo de noivado, com a vantagem adicional de proteger as mulheres da bruxaria, se alguém acredita em tais coisas. Pensei brevemente em Mãe Faa e em seu estranho conselho. *"Escolha com cuidado"*, ela disse. Levantei o broche com meu coração doendo e o recoloquei no lugar; o toque parecia queimar um buraco em meus dedos.

Aquilo confirmava meus piores temores. Kenny dera a Barbara um broche de noivado e agora traria sua mãe para a aprovação dela. Fechei meus olhos, tentando controlar a miríade de emoções que me atravessavam. Em primeiro lugar, o desespero foi tão intenso que quase desmaiei — pude sentir-me oscilando, ao estar ao lado da mesa com aquele broche traidor sobre ela. A segunda emoção foi um mal-estar que não consegui explicar. Eu estava quase fisicamente doente. A terceira empurrou as outras duas para o lado e afastou qualquer autocontrole remanescente que eu ainda pudesse ter retido. Eu estava com raiva, não tanto com Kenny e Barbara, mas com o destino, por me pregar peça tão cruel.

A raiva fervia dentro de mim. Levantando o broche, fiquei tentada a jogar a coisa pela janela, embora soubesse que Kenny logo o encontraria no jardim; em vez disso, joguei dentro do caixão. Sei que estava errada. Sei que não tinha o direito de interferir em um arranjo, mas ainda assim eu o fiz e saí do aposento de imediato. A raiva faz dessas coisas: ela assume o controle, afasta todo o meu juízo e me faz agir sem pensar.

Eu estava parada inocentemente na porta da frente enquanto minhas emoções se estabilizavam, e comecei a me arrepender de minhas ações, quando o alto e distinto capitão Jackman entrou na casa.

— Senhor Kenneth Fairweather!

Três dos homens se viraram, incluindo Kenny.

— Capitão Jackman? — Acho que todos sabiam o que significava a chegada de Jackman.

Jackman assentiu.

— Peço desculpas por interromper esta reunião, senhoras e senhores, mas temo que devo afastar o Sr. Fairweather de vocês. A maré mudou e eu o exijo a bordo do Almirante Duncan.

Se Jackman tivesse interrompido qualquer reunião semelhante com homens da terra, ele teria se tornado imediatamente alguém impopular; porém, para um clã de marinheiros experientes, suas palavras faziam sentido. O navio devia vir primeiro.

— Estou indo, capitão. — Kenny olhou para mim como se tivesse acabado de me ver, abriu a boca para falar e a fechou novamente. Embora eu não pudesse decifrar a expressão em seus olhos, pensei que ele gostaria de se desculpar.

A voz de Barbara cortou o silêncio repentino.

— Cuidarei daquele assunto, Sr. Fairweather.

Ignorando o olhar que Barbara lançou para mim, saí de fininho e fui embora. Eu não me deleitaria. Qualquer arrependimento que pudesse ter tido ao jogar o broche de Luckenbooth ao lado de James Fairweather desapareceu. Deixe-os encontrar, se puderem.

A Dock Street estava movimentada como sempre, com navios e marinheiros, carroças e carregadores, mercadores e esposas e todos os parasitas que as docas sempre atraem. Corri para longe, desejando nunca ter ouvido falar de Kenneth Fairweather, muito menos me envolver com o homem. Era evidente que Baird MacGillivray era muito mais adequado para mim, pois era um cavalheiro nato, com muito dinheiro e maneiras impecáveis. Kenneth Fairweather, assegurei-me, era um patife, um canalha e um sem-vergonha, e eu não queria mais nada com ele. De qualquer forma, disse a mim mesma, Baird vencera as duas competições com certa facilidade.

Tendo tomado essa decisão, eu deveria estar em um estado de espírito mais feliz enquanto voltava para casa pelas ruas contaminadas pela fumaça. Porém, pelo contrário, estava pensando mais na traição de Kenny do que na riqueza e charme de Baird. O coração feminino é um órgão instável; ele cria esperança nas sombras e se apega a sonhos fantasiosos, apesar das evidências do contrário.

— Srta. Easson.

Ouvi a voz através da névoa de meus pensamentos.

— Srta. Easson.

A voz era feminina e insistente. Suspirei; não queria que ninguém me incomodasse.

— Srta. Easson.

Eu me virei, relutante em falar e vi Barbara cerca de vinte metros atrás de mim e correndo para me alcançar. Sinceramente, eu não conseguia pensar no que ela poderia querer comigo.

— Sim, Srta. MacGillivray? — Resisti ao impulso de esbofetear aquela mulher, ou pior.

— Acho que temos muito o que conversar. — disse Barbara.

— Não consigo pensar em uma única coisa que gostaria de lhe dizer. — Mantive minha voz o mais fria possível.

Barbara parou a um metro de distância. Meia cabeça mais alta que eu e extremamente escultural, ela era uma visão impressionante na atmosfera enfumaçada de uma tarde enfadonha de Dundee. Ela não se mexeu quando uma rajada de vento repentina balançou seu manto ao redor de suas pernas.

— Acho que temos um assunto bastante importante para discutir. — disse Barbara.

— O que poderia ser, Srta. MacGillivray?

— A questão de um broche. — disse Barbara.

— Poderia estar se referindo ao broche que meu antigo noivo lhe deu? — Rebati a ameaça de Barbara com meu próprio tom baixo e frio. Se aquela mulher queria que agíssemos como moleques, eu poderia atendê-la. Lidar com Anne e suas amigas na fábrica havia me tornado bastante resoluta.

Barbara pareceu confusa por um momento, e então vi um brilho repentino em seus olhos, como se ela tivesse descoberto algo.

— Sua mulher tola. — falou, baixinho, quase com uma

pitada de diversão que, no mínimo, aumentou minha raiva. — Entendeu tudo errado.

— O que quer dizer? — perguntei.

— Não posso lhe dizer no meio da rua. — Barbara parecia quase amigável. — Existe algum lugar onde possamos trocar confidências?

Incapaz de entender o que ela queria dizer, balancei a cabeça, afirmativamente.

— Moro aqui perto. — informei-a. Depois de visitar o palácio que Barbara chamava de lar, quase tive vergonha de levá-la para nossa casa de dois cômodos, mas parecia não haver escolha. Certamente não tinha dinheiro sobrando para levá-la a um café, e damas respeitáveis nunca entrariam em uma taberna.

— Leve-me para sua casa então, Srta. Easson, por favor.

Com mamãe ainda no funeral, nossa casa estava às escuras quando entramos, então risquei uma faísca de minha caixa de fósforos e acendi uma vela. A luz amarela envolveu a casa enquanto eu carregava a vela para a mesa. Sabia que Barbara estava olhando ao seu redor, divertida ou desdenhosa, ou as duas coisas.

Aye, pensei, *veja como vivem as pessoas reais, não as privilegiadas.*

— A senhorita lê muitos livros. — Barbara notou nossas estantes.

— Seu irmão observou o mesmo. — Fiquei imediatamente na defensiva.

— E joga xadrez. — disse Barbara.

— Sim. — Por que meus passatempos eram tão importantes para os MacGillivrays? — Sente-se, por favor. — Resolvi ser o mais educada possível com Barbara, pelo menos até descobrir do que ela estava falando.

Sentamo-nos ao redor da mesa com a vela adicionando seu

brilho amarelo à luz que entrava por nossa janela minúscula. Eu mal conseguia olhar para Barbara.

— A senhorita tem uma casa confortável. — disse Barbara, por fim.

— A senhorita não veio aqui para falar sobre a nossa casa. — Mais uma vez, resisti à vontade de arranhar o rosto dela e forcei o que esperava ser um sorriso.

— Não. — Mesmo sentada, Barbara era uma presença imponente. Eu não poderia criticar a dignidade dela, maldita mulher. — Vim aqui para falar sobre o seu noivo.

— Qual deles? — Permeadas de amargura, as palavras saíram antes que eu pudesse me conter. Vi o que achei ser zombaria em seus olhos.

— Aquele chamado Kenneth Fairweather. — disse Barbara. — Podemos falar de Baird mais tarde, se desejar.

— Entendo. — disse eu, embora me sentisse como se estivesse nadando na lama no meio de uma névoa. — Por favor, o que tem a me dizer sobre Kenneth?

Com a luz da vela refletida nos olhos, pude ver as semelhanças entre Barbara e Baird. Ambos tinham a mesma altura e presença, mas enquanto Baird parecia achar tudo divertido na vida, Barbara era a mulher mais séria que já havia conhecido, exceto, talvez, as professoras da escola que me ensinaram quando criança. Se, de fato, aquelas professoras eram mulheres, e não demônios em forma vagamente humana.

— Ele é o seu noivo. — afirmou Barbara.

Concordei.

— Mas a senhorita está em perigo de perdê-lo. Já pode tê-lo perdido.

— Acho que a senhorita quer dizer que o roubou de mim! — Por mais que tentasse, não consegui evitar o ardor da minha voz enquanto a minha raiva ameaçava retomar o controle.

A boca de Barbara se contraiu no que ela poderia encarar como um sorriso, enquanto balançava a cabeça perfeita.

— Não, Srta. Easson, não roubei o Sr. Fairweather da senhorita, e não tenho nenhuma intenção de tentar roubá-lo, embora deva admitir que tenho sido tentada de vez em quando.

— Eu a vi conversando com ele. — Ouvi minhas palavras saírem rapidamente, enquanto soerguia de minha cadeira. — Sei que ele lhe deu um broche de Luckenbooth.

— Você nos viu conversando — admitiu Barbara —, e trocamos um broche. — Quando seu sorriso se alargou, ela se pareceu ainda mais com o irmão. Havia o mesmo brilho quase malicioso nos olhos e a mesma brancura dos dentes, contrastando com um rosto bronzeado demais para estar na moda. — Mas fui eu quem lhe deu o broche.

— O quê? — As palavras de Barbara me deixaram mais desconfiada do que nunca. — Esse é algum hábito estrangeiro que vocês aprenderam no Hindustão? — Sentei-me com um impacto ligeiramente doloroso. — Neste país, é o homem quem dá uma demonstração de seu afeto à dama, embora ela possa lhe dar, como resposta, uma mecha de cabelo ou algo assim.

— Estou bem ciente das tradições. — disse Barbara. — O Sr. Fairweather me pediu para fazer o broche para ele.

Encarei Barbara, em total confusão.

— Por quê?

Ela estava sorrindo de novo, com a chama refletida nos olhos.

— Sou joalheira, lembre-se. Oh, não uma lojista com um grande estoque para vender ao público em geral. É uma habilidade que aprendi no Hindustão, e faço itens específicos para as pessoas.

Lembrei-me vagamente da Sra. MacGillivray contando-me sobre os passatempos de Barbara na minha primeira visita à Mysore House.

— Está começando a entender? — Barbara parecia mais relaxada agora. — O Sr. Fairweather trouxe-me algumas joias, um rubi e um pouco de âmbar que havia comprado em suas viagens e pediu-me para fazer um broche de Luckenbooth com eles. — Ela se recostou na cadeira, sorrindo agora. — O broche era para a noiva dele, um símbolo de seu amor por *você*. — Ela inclinou levemente a cabeça na palavra final.

— Oh. — Encarei Barbara, perguntando-me como pude ser tão idiota. — Oh. — Não consegui pensar em mais nada para dizer.

— Oh, de fato. — disse Barbara. — A senhorita viu quando mostrei ao Sr. Fairweather o resultado final, depois das alterações que ele pediu para torná-lo perfeito para a senhorita. Eu a vi hesitando fora da porta. Íamos mostrá-lo à mãe dele, quando o capitão Jackman o chamou para seu navio, e então a senhorita entrou no aposento.

Balancei a cabeça, mal conseguindo falar quando percebi como eu havia sido uma tola.

— Quando voltei — continuou Barbara —, o broche havia sumido, então presumo que a senhorita o pegou.

— Oh, meu Deus. — falei, quando finalmente percebi todas as implicações de minha impulsividade. — Não — disse eu —, não o peguei.

Barbara estremeceu.

— Deve ter pegado.

— Não. — respondi. — Eu o joguei no caixão.

Pela primeira vez desde que eu a havia conhecido, a calma de Barbara soçobrou.

— O quê? — Todo ar risonho desapareceu de seus olhos enquanto ela me olhava do outro lado da vela. — No caixão? Coloquei horas de trabalho naquele abençoado broche e Kenneth pagou um bom dinheiro por ele. Sabia que ele vasculhou os mercados de Riga em busca do âmbar e pagou o resgate de um rei pelo rubi? — Barbara balançou a cabeça, descrente. — Percebe o que fez?

— Sim. — respondi, sinceramente triste por minha impulsividade. — Se nos apressarmos, poderíamos recuperá-lo.

— Poderíamos. — disse Barbara. — Talvez o velho marinheiro ainda não esteja debaixo da terra. Venha, Srta. Easson e vamos reparar o que está errado.

— Sinto muito. — disse eu, com sinceridade.

— Deveria sentir mesmo. — Barbara se levantou. — Vamos, se nos apressarmos, talvez possamos chegar ao caixão antes que a tampa seja rosqueada.

Apagando a vela, conduzi Barbara para fora de casa e tranquei a porta. Não pela primeira vez, amaldiçoei meu temperamento maldoso e, não pela primeira vez, resolvi manter-me sob controle no futuro.

CAPÍTULO 11

O vento aumentou enquanto conversávamos; assim, ele nos atingiu com bastante intensidade no segundo em que saímos dos limites do Milne's Close e entramos no Nethergate. Nós duas agarramos nossos chapéus.

— Sinto muito. — falei mais uma vez.

Barbara olhou-me com frieza.

— Infelizmente, seu arrependimento não ajuda. — disse ela. Ela caminhava na minha frente, então eu tive que me apressar para acompanhar suas longas pernas. — Não é inteiramente culpa sua, Srta. Easson. Para ser sincera, eu sabia que a senhorita estava nos observando e preferi brincar com isso, temo. Sempre que a via espiando, eu me aproximava do Sr. Fairweather. — Ela parecia bastante divertida com suas artimanhas. — Gostei muito de jogar com suas emoções.

Mais uma vez, tive vontade de esbofetear aquela mulher tão inteligente.

— Gostou, de fato. — falei.

— Sim, gostei, de fato. — respondeu Barbara. — Acho que o Sr. Fairweather é um homem muito bom, Srta. Easson, e não entendo por que chegou a considerar fazê-lo competir por seu afeto com meu irmão.

— Não tive escolha, como você sabe muito bem!

Estávamos correndo ao longo do Seagate agora, falando em pequenos impulsos, enquanto esticávamos as pernas.

— Ele não é o que parece, sabe. — disse Barbara. — Existem profundezas ocultas em nosso Bairdie.

Nosso Bairdie? Que nome estranho para chamar o elegante e jovial Baird MacGillivray.

— Disseram-me que alguém cortou metade do remo de Kenny. Pode ter sido Baird?

— Não faz o tipo de Baird. — disse Barbara. — Ele não é o que parece, mas não trapacearia em uma competição justa. Quem quer que tenha cortado o remo, Baird não sabia nada a respeito.

Estávamos perto da casa de James Fairweather no Seagate agora e diminuímos a velocidade, ofegando.

— Oh, Senhor. — disse eu, desesperada.

O cortejo fúnebre passou, com dois cavalos pretos puxando a carroça funerária e os enlutados seguindo solenemente atrás.

— Chegamos tarde demais. — disse eu. — O caixão foi aparafusado.

— Talvez alguém tenha encontrado o broche. — disse Barbara.

— Se tiverem, irão lhe entregar.

Era uma esperança vã. Ninguém mencionou o broche quando nos juntamos à procissão, então vivemos a experiência agonizante de observar o caixão lacrado, na frente da igreja, enquanto o Sr. Grieve conduzia o funeral. Em seguida, tivemos que seguir o cortejo até o cemitério da igreja, onde o Sr. Grieve entoou as palavras da cerimônia de entrega, antes que o caixão fosse abaixado até a sepultura.

Permanecemos ali, rígidas, sabendo que meu broche, criação de Barbara, estava sendo enterrado com o tio Jim de Kenny. Com o resto dos enlutados, observei os coveiros jogarem terra na sepultura, enquanto as árvores ao redor se curvavam e eram açoitadas pelo vento.

— Que diabos vamos fazer agora? — perguntou Barbara. — O seu Kenneth nunca mais poderá comprar joias para o seu broche.

— Mais importante do que isso. — disse eu. — Como poderei contar a Kenny? — Eu estava mais confusa do que nunca.

O vento chicoteava nossos mantos e casacos em volta de nossas pernas e brincava com chapéus e cabelos como um macaco travesso, enquanto os coveiros faziam seu trabalho. Os Fairweathers formavam uma massa sólida, sem se mover pelo vento e pelo clima, enquanto eu ponderava na melhor ação a se tomar. A resposta veio a mim quando o ministro terminou seu serviço, e os coveiros recuaram, tendo concluído o seu trabalho.

— Ora, Srta. MacGillivray — disse eu —, nós desempenharemos o papel de ladrões de cadáveres e desencavaremos o caixão.

Apesar das circunstâncias, temo que tenha gostado do ar de incrédula consternação que cruzou o rosto de Barbara.

CAPÍTULO 12

Howff, Dundee, maio de 1827

Foi assim que nos vimos no cemitério Howff às onze horas da noite, cavando furiosamente para resgatar um broche de um caixão. Nós nos agachamos atrás de uma lápide enquanto a luz do lampião ricocheteava em nossa direção, com o vigia cantando para manter a coragem e segurando um porrete na mão esquerda.

— Se ele nos pegar — sussurrou Barbara —, vai pensar que somos ladrões de cadáveres.

— Somos ladrões de cadáveres. — falei.

— Talvez se explicarmos o que aconteceu, ele ajude.

Olhei para Barbara de soslaio.

— O que vai dizer? Está tudo bem, homem, estamos tentando cavar um túmulo para recuperar o broche que fiz para o namorado de Catriona, mas que ela jogou em um caixão? Você acha que eles vão acreditar em você?

Barbara balançou a cabeça.

— Não. — sussurrou ela.

145

O homem com o lampião parou e abriu mais a veneziana, enviando um feixe de luz mais amplo sobre as lápides. Por um segundo, a sombra do anjo de mármore passou pela grama, parecendo voar quando o homem virou o lampião.

— Estou vendo você! — gritou ele, congelando o sangue em minhas veias.

Barbara agarrou meu braço, cravando os seus nele.

— Catriona! — Essa foi a primeira vez em que ela usou meu nome de batismo.

— Fique parada. — Eu a empurrei para trás da lápide enquanto a luz passava por nós, pousando em um arbusto que balançava loucamente com o vento cada vez mais forte.

— Estou vendo você, seu canalha ladrão de túmulos! — O vigia avançou em direção ao arbusto, balançando seu porrete.

— Espere. — disse eu, quando Barbara avançou um pouco. Só quando o vigia desapareceu atrás de nós e a luz de se lampião ricocheteou longe, foi que me mexi de novo.

— Não vou fazer isso. — anunciou Barbara, olhando para o caixão parcialmente exposto. — Não vou abri-lo.

— Eu vou. — falei.

Respirando fundo, agachei-me em cima do caixão do tio Jim e perguntei-me o que fazer. Lembrei-me de ter ouvido que os ladrões de cadáveres quebravam a extremidade do caixão para remover o corpo, então puxei o carvalho polido. Mais valia se eu tentasse roê-lo.

— Terei que quebrar a madeira — disse —, ou desistiremos e daremos adeus ao broche. — Pensei na angústia que a perda causaria a Kenny, levantei minha pá e a coloquei na junta entre a extremidade e a lateral do caixão. Olhando para cima, vi a lua clara no céu, e o rangido das árvores era um acompanhamento sinistro. — Fique de olho, Barbara — disse e alavanquei para a esquerda e para direita.

Nada aconteceu no início, então aumentei a pressão e senti

um leve ceder no carvalho polido. Encorajada, tentei de novo, empurrando com mais força, de modo que a madeira na cabeceira do caixão rangeu com o esforço.

— Sshh! — sibilou Barbara. — Aquele homem está voltando.

Agachei-me no fundo da sepultura, com o solo lentamente se desintegrando ao meu redor e minha pá enfiada no caixão. Senti, mais do que ouvi, passos no chão. Oh, mamãe, pensei, se a senhora pudesse ver sua querida filha agora, teria um ataque e cairia com as pernas para cima.

— Ele já passou. — disse Barbara, e eu comecei de novo, tentando alavancar a extremidade do caixão, empurrando a língua no canto da boca e o coração batendo forte. Oh, por favor, meu Deus, não deixe os vigias nos pegarem! Apliquei mais pressão, sentindo o cabo de madeira dobrar. Esperava que minha pá fosse forte o suficiente, fechei os olhos e dei um puxão forte. A extremidade do caixão finalmente saiu, com mais um ranger do que um estalo, e eu recuei sem saber o que fazer a seguir.

Agachando-me, espiei dentro do caixão, na esperança de ver o broche. Em vez disso, vi as solas dos pés do tio Jim. Incapaz de evitar minha reação, engasguei-me e recuei.

— O que há de errado? — sibilou Barbara.

— Nada. — Preparei-me e olhei de novo. *É apenas um homem. Homens mortos não mordem!*

— Você quer uma vela?

Eu queria, é claro, e Barbara jogou uma para mim, com a caixa de fósforos logo depois. Arranhando-a para obter uma faísca, acendi o pavio e esperei até que a chama crescesse. De alguma forma, a luz bruxuleante tornava as coisas ainda mais sinistras, com sombras dançantes dando a impressão de movimento dentro do túmulo. Protegendo a chama com a mão, espiei dentro do caixão. Fiquei muito grata por uma mortalha cobrir o pobre tio Jim, pois não desejava ver seu cadáver. Fechando os olhos, coloquei a mão dentro do caixão e tateei ao redor, tentando evitar o cadáver enquanto procurava o broche. Há algo de enervante em tocar um cadáver frio, e embora eu soubesse que ele não poderia me machucar, e que James Fairweather tinha sido um homem decente, até mesmo gentil, eu preferia estar em qualquer outro lugar, menos compartilhando seu túmulo.

Oh, graças a Deus. Senti algo pequeno e metálico e puxei o broche.

— Eu o peguei. — Ouvi o alívio em meu sussurro.

— Graças a Deus! Saia daí.

— E quanto ao corpo? Não podemos deixá-lo assim! — Indiquei o caixão quebrado. — Pobre tio Jim.

— Deixe-o! Os coveiros irão consertá-lo em breve.

Era verdade, e com mais eficiência do que jamais conseguiríamos. Apagando a chama da vela e segurando o broche com a mão direita, arrastei-me para fora do túmulo e rolei para a grama úmida.

— Ei! — O chamado veio da direção da torre de vigia. — Estou vendo vocês! — A luz do lampião sondou em nossa direção, distorcida pelas loucas artimanhas das árvores torturadas pelo vento.

— Corre! — disse Barbara, levantando a saia e correndo para o muro de divisa. Eu a segui, segurando o broche com força na mão. As coisas que fazemos pelos homens! Se lhes contássemos metade, nunca acreditariam em nós.

O muro era mais alto do que eu me lembrava, com pedras arredondadas no topo e a liberdade das ruas além. Barbara estava à minha frente, arrastando-se para cima e rolando para o outro lado. Não sendo tão alta, fui mais lenta e, quando alcancei o topo do muro, ouvi um estrondo tremendo e senti a ferroada mais incrível em minhas regiões inferiores, a parte de mim que estava então mais proeminente e mais exposta ao cemitério.

O choque me empurrou por cima do muro em um instante, de forma que desabei em uma onda de saias, braços e pernas no chão.

— Você está bem? — Barbara esperou por mim. — Vamos!

— Acho que levei um tiro. — Coloquei a mão no local, sentindo-o com cuidado e ofegando ao perceber um rasgo na saia. A ferroada foi terrível e eu temia pensar nos danos que havia sofrido.

— O quê? — Barbara parecia chocada. — Ouvi a arma. Está mal? Pode andar?

— Eu posso andar. — Gemi enquanto meus dedos sondavam a ferida. — Vamos.

Mancando e com uma das mãos atrás de mim, apressei-me o quanto pude, ouvindo os gritos de triunfo dos vigias.

— Atingi um. — gritava alguém. — Eu o vi claramente como vejo você. Era um sujeito grande e rústico, de barba e manto comprido. Deixei-o com um furo, também. Ele não viverá muito, aposto!

— Eu também os vi. — afirmou outra voz. — Um grande número deles, meia dúzia pelo menos, mas eles correram muito rápido quando me viram. Não vão se meter com Wee Wullie Black de novo.

As vozes foram sumindo à medida que nos afastávamos. Eu arquejava a cada passo, com visões de uma grande ferida aberta, que vazava sangue e deixava um rastro para os vigias seguirem. Grata pela chuva que havia começado, parei para verificar o chão atrás de nós.

— Qual é o problema? Você deixou cair o broche? — Barbara parecia preocupada.

— Não. Eu ainda o tenho comigo. — Não consegui ver

sangue no chão. *Talvez*, pensei, *talvez meus ferimentos fossem todos internos.* — Vamos. Vamos para minha casa.

— Eu poderia pegar o broche agora. — ofereceu Barbara.

Ignorando a sugestão dela, pois senti que merecia o broche depois de todo o meu trabalho e dor, manquei as poucas centenas de metros até Milne's Close, pois Dundee não passa de uma cidade pequena e compacta, e, felizmente, isso facilitou chegarmos até minha casa. Fiquei surpresa ao ver minha mãe acordada e duas velas iluminando o interior.

— O que se passa? — Vi mamãe considerar minha aparência um tanto suja e enlameada. — Onde vocês duas estavam a esta hora da noite? — Ela parecia estar como era antes, enquanto assumia instantaneamente o controle da situação. — Fiquei muito preocupada com você!

— Estávamos procurando um broche. — Tentei esconder meu ferimento, mas minha mãe soube de imediato.

— Conte-me sobre isso mais tarde. — Ela se aproximou de mim. — Qual o problema com você?

— Alguém atirou nela. — disse Barbara, antes que eu pudesse sinalizar para ela ficar em silêncio.

— O quê? — Minha mãe reagiu com a maior emoção que eu já havia visto nela desde a morte de meu pai. — Quem atirou em você? Não importa agora. Mostre-me.

Foi a coisa mais embaraçosa ter de me deitar de bruços sobre a mesa enquanto minha mãe e Barbara levantavam minha saia para examinar aquela parte mais proeminente de minha pessoa.

— Estou vendo. — disse mamãe, calmamente. — Quase nem chega a ser um arranhão, não sei por que tanto rebuliço. Você está com um único projétil de chumbo no lado direito. Em breve vamos tirar isso.

— Mãe! — Encolhi-me quando ela me cutucou e espetou, e

dei um grito alto quando ela espremeu para fora o projétil agressor.

— Cá estamos nós. — anunciou mamãe, triunfante, dando-me a mais forte das palmadas no lugar exposto, então gritei de novo. — Agora, Catriona Sheila, você permanece exatamente onde está até que eu limpe a ferida.

Sem escolha, pulei como uma criança enquanto minha mãe despejava um pouco de nosso precioso estoque de uísque em minha ferida já ardente.

— Oh, não seja um bebê. — Mamãe acrescentou outra palmada, para meu desconforto significativo e, sem dúvida, para a diversão de Barbara, e, depois, ajudou-me a ficar de pé. — Agora, diga-me do que se trata.

Começando do início, expliquei a história do broche e minhas falsas ideias sobre Kenny e Barbara.

— Percebo. — disse mamãe, enquanto eu gaguejava até parar de falar, ainda inconscientemente esfregando meu traseiro. — Você confundiu as coisas e pensou que Kenneth Fairweather estava saindo com outra mulher pelas suas costas. — Com um olhar para Barbara, mamãe me disse, em termos inequívocos, o que ela pensava do meu comportamento e o que ela teria feito se eu fosse alguns anos mais jovem.

Escutei, com o rosto vermelho e decididamente desconfortável.

— Tudo bem, já disse o que acho, e não vou mencioná-lo novamente. — Mamãe assentiu para mim, para indicar que o assunto estava encerrado, um fato pelo qual eu estava extremamente grata. Sei que já passei da infância, mas as melhores mães têm esse efeito nos filhos. Não é causado pelo medo da correção, mas pelo medo de decepcionar a pessoa que sempre mais amou.

— Mais importante — continuou mamãe —, é como você vai se redimir com aquele jovem.

— A senhora quer dizer, me redimir com Kenny?

— Não estou falando de outro.

— Há também o Sr. MacGillivray a considerar. — disse eu.

— Você não precisa considerar o Sr. MacGillivray ou uma centena de Srs. MacGillivrays. — disse a mãe, com severidade. — Aquele homem não tinha o direito de impor uma competição tão ridícula ao Sr. Fairweather e menos ainda o direito de manipulá-la com seus jogos infantis. — O olhar de mamãe envolveu Barbara como se ela tivesse influenciado a decisão de Baird. Barbara, apesar de toda sua pose e elegância, permaneceu em silêncio enquanto mamãe assumia o comando. — Não, Catriona, você tem que se desculpar com aquele jovem antes de perdê-lo para sempre. Podemos pagar ao Sr. MacGillivray o dinheiro que lhe devemos quando o tivermos.

— Meu irmão nem vai notar o dinheiro. — disse Barbara. — Ele gasta mais do que isso em roupas todas as semanas.

— Ótimo. — Mamãe assentiu, encerrando o assunto.

— Como posso me desculpar com Kenny? — perguntei. — Provavelmente ele está agora na metade do Mar do Norte, amaldiçoando o dia em que me conheceu.

Mamãe balançou a cabeça.

— Oh, você é uma mulher tão tola às vezes, Catriona! Lembre-se de que você é filha de um marinheiro. Não sente o vento?

— O vento? — Eu estava bem ciente do vento, que aumentava desde o final da tarde e agora soprava quase como um vendaval, sacudindo as venezianas de nossa única janela.

— Está soprando do nordeste. — explicou mamãe, com pouca paciência. — É um vento que sopra para o litoral, Catriona, então o Almirante Duncan está preso pelo vento no Roads, e permanecerá lá até que o tempo melhore. Ele só pode estar a um quilômetro de onde você está sentada agora.

Encarei mamãe, ainda sem compreender totalmente o que

ela queria dizer. Vento soprando para o litoral, ventos marítimos, o que isso importaria? Kenny estava no mar, eu estava em terra e isso, para mim, era o fim da história. Minha mãe suspirou e se inclinou do outro lado da mesa, aproximando-se de mim.

— Pegue um barco e vá até ele, mulher! Se ama seu homem, deve estar preparada para se esforçar por mantê-lo.

Olhei para minha roupa manchada de lama e senti a ferida ainda dolorida em minhas regiões inferiores. Esforçar-me para mantê-lo? O que mamãe achava que eu estava fazendo, para ficar naquele estado?

— Pegar um barco? — Ouvi a descrença em minha própria voz. — Se um navio como o Almirante Duncan não pode ir para o mar, como vou chegar até ele em um pequeno barco?

Mamãe suspirou.

— O Almirante Duncan está enfrentando a tempestade. Está ancorado em Dundee Roads, a cerca de quatrocentos metros de Dundee, mas só permanecerá ali até que o capitão Jackman considere seguro partir. — Ela me olhou de cima a baixo. — Troque de roupa para algo mais adequado e vá procurar o seu homem.

— Não vou para o mar. — disse eu.

— Vá até ele. — ordenou mamãe. — Você não vai para o mar. Apenas lhe mostre o seu amor, entregue-lhe o broche dele, explique o que aconteceu e volte. — Seu sorriso era uma lembrança do quanto ela foi bela quando jovem. — Você quer ficar com ele?

Pensei em Kenny, como quando era um menino, com seu rosto sério, e como um jovem, quando o mar o chamou, e pensei no charme e nos modos educados de Baird. Ambos tinham sua atração, mas eu sempre conheci Kenny, enquanto Baird era um completo desconhecido, que vivia em um mundo ao qual eu não pertencia.

— Posso já tê-lo perdido. — disse eu. — Ele quase não fala comigo.

— Você quer ficar com ele? — repetiu mamãe.

Olhando para Barbara, balancei a cabeça.

— Sim.

— Então vá até ele. — disse mamãe.

— Mas meu trabalho... — disse eu. — Vou me atrasar...

— Existem outros empregos. — disse mamãe. — Seu homem é mais importante do que um trabalho na Blackwood's Mill.

Considerei tudo o que ela falou por apenas um momento e, de repente, percebi que minha mãe estava absolutamente certa. Respirei fundo.

— Tudo bem. — falei.

Com a decisão tomada, eu já estava agitada e apressando-me, trocando minhas roupas sujas de lama por algo quente e decente, com meu outro par de botas adequadas, um casaco Fearnought, que era tudo menos feminino, e um chapéu firmemente puxado para baixo, para me proteger do clima. Quando a ferida me incomodou, arquejei e mamãe apenas bufou.

— Você vai viver. — Essa foi toda a solidariedade que ela ofereceu e, então, quando eu já me encontrava vestida de forma adequada para explorar o Polo Norte, ela me deu um empurrão na direção da porta. — Vá. — disse ela. — Vá e reivindique seu homem.

— Vá em frente. — encorajou Barbara, com um sorriso que poderia até ser sincero, e então eu estava do lado fora, com o vento assobiando ao meu redor e a lua apenas uma memória desbotada.

— Espere. — disse Barbara. — Vou acompanhá-la até o porto.

Era pequena a distância de Milne's Close até o cais, onde o cordame de uma dúzia de navios chacoalhava e tilintava, e dois ou três marinheiros atrasados cambaleavam ao longo do cais em perigo iminente de cair na água. Uma vintena de barcaças e botes balançava ao lado, alguns com remos, outros sem qualquer meio de propulsão.

Ouvi alguém cantando da parte dianteira do convés de um navio carvoeiro; eram palavras obscenas demais para meus ouvidos sensíveis, então as ouvi, distraída, enquanto selecionava o melhor barco para os meus propósitos. Um pequeno bote limpo flutuava longe dos demais, e a luz da cabine do navio carvoeiro refletia em sua pintura.

Emily Kate, li o seu nome, uma denominação caseira para uma pequena embarcação pintada de azul e branco.

— Ela servirá. — disse eu.

— Boa sorte. — disse Barbara, enquanto eu tratava de descer os degraus escorregadios de algas marinhas em direção a Emily Kate.

— Obrigada. — sussurrei. Descobri que, depois de todas as minhas dúvidas anteriores, estava começando a gostar de Barbara.

Emily Kate balançava diante de mim, subindo e descendo sobre as ondas suaves dentro do cais. Segurando meu manto Fearnought com força, sentei-me, arquejei novamente quando minha parte prejudicada fez contato com a superfície dura da madeira, desamarrei o cabo de atracação e impulsionei-me para longe. Por um momento, lembrei-me dos dias felizes em que Kenny e eu remávamos em barcos quando crianças, com vozes estridentes, e a vida inteira era um jogo; porém, a realidade voltou, e eu transpus os navios fundeados. Vi um marinheiro parado na popa de um navio costeiro, ignorei sua saudação e segui em frente, contornando a almeida[1] de uma embarcação holandesa, rumo à entrada do Tay. Sei que as mulheres não deveriam ter a habilidade de fazer algo tão masculino como remar um pequeno barco, mas isso é tudo tolice e absurdo. As mulheres remam em barcos desde que Naamah, a esposa de Noé, o aconselhou a navegar na Arca e, de qualquer forma, eu cresci perto do Tay.

O vento aumentou no momento em que ultrapassei a murada do porto, e as ondas que mal levantavam Emily Kate agora a jogavam, e cobriam minhas costas com uma grande quantidade de névoa produzida pelas ondas. Ignorando a dor persistente onde me sentava, olhei por cima do ombro para ver os navios em Dundee Roads. Todos estavam com suas luzes de navegação para alertar os outros a se manterem afastados, e eu identifiquei o Almirante Duncan de imediato. Conhecia a forma de seus mastros, com aquela mezena encurtada que Kenny sempre alegou que a tornava mais manobrável.

O mar estava agitado, com o vento levantando respingos do alto das ondas e jogando Emily Kate de um lado para o outro, como se ela fosse uma folha. Rangendo os dentes, mergulhei os remos e impulsionei rumo ao Almirante Duncan. Em um momento, eu estava no fundo do vale entre duas ondas, e, no seguinte, estava sendo elevada, com o vento batendo nas minhas orelhas e chicoteando meu rosto. Pus força nos remos, agora determinada a alcançar meu objetivo e mal pensando no que diria quando encontrasse Kenny.

— Barco, olá! — O rugido de advertência veio do Almirante Duncan. — Fique longe!

— Olá. — Minha voz mal atravessou o gemido do vento e os estalos do mar.

— É uma noite bravia ir para o mar. — A voz soou de novo.

— Sim. — Parei ao lado, grata pelo abrigo que o volume do Almirante Duncan me proporcionava contra a rajada do vento.

— Quem é você? — perguntou o marinheiro. — E o que quer?

— Catriona Easson — gritei —, procurando Kenneth Fairweather.

— Você é uma mulher! — gritou o marinheiro. — Pensei que fosse um rapaz!

— Posso subir a bordo?

— Catriona! — Essa era a voz de Kenny, clara como o dia, quando ele se juntou ao homem em vigia. — Que diabos está fazendo aqui?

Não foi bem a recepção que eu esperava.

— Vim vê-lo.

— Para quê, em nome de Deus? — Kenny não parecia tão satisfeito quanto eu esperava que ele ficasse. — Estamos nos preparando para seguir para o mar.

— Quero falar com você. — berrei, com a voz falhando pelo esforço de gritar contra o vento e o mar.

— É melhor você embarcar então. — disse Kenny.

Embarcar em um brigue, em um mar agitado, vestindo uma saia longa e um manto Fearnought, está longe de ser fácil. Apesar de ser de madrugada, meia dúzia de marinheiros se reuniram para assistir a original visão de uma mulher em seu navio, com um homem idoso reclamando que eu traria azar e outro sorrindo, enquanto me oferecia um pouco de tabaco, e isto às três da manhã. Recusei sua gentil oferta com um sorriso.

— Bem, Catriona? — Kenny empurrou a multidão de marinheiros para me colocar a bordo. Ele não estava sorrindo.

— Preciso falar com você. — disse eu.

— Vamos partir em breve. — disse Kenny. — Fale rápido.

Mais uma vez, perguntei-me se havia feito a escolha certa. O que havia acontecido com o velho Kenny, o garoto amigável com quem cresci? Senti o broche em meu bolso quando meu ferimento de espingarda começou a latejar insuportavelmente.

— Vou falar rápido. — disse, baixinho, perguntando-me por onde começar.

— Toda a tripulação! — A voz do capitão Jackman soou da popa do brigue. — Toda a tripulação! Sr. Fairweather! Pare de fofocar com essa maldita mulher. Precisamos fazer este navio abrir caminho! A maré está mudando e o vento está moderando.

— Tenho que ir. — disse Kenny. — É melhor você voltar para terra.

— Não. — falei com sua sombra, enquanto Kenny se afastava, dando uma série de ordens que fizeram os marinheiros correrem por todo o navio, puxando cordas e levantando âncora. Parecia ser moda no Almirante Duncan, que os marinheiros usassem jaquetas curtas ou nenhuma jaqueta, com calças largas abaixo dos joelhos e notavelmente apertadas nos quadris, o que era muito divertido. Eu estava tão concentrada observando Kenny no trabalho que me esqueci de onde estava.

— Ei! Saia do caminho!

Pulei para trás quando uma onda de marinheiros passou correndo para executar um procedimento náutico. Eu podia ver Kenny escalando os enfrechates do mastro principal, gesticulando e gritando ao mesmo tempo. Ele me pareceu tão capaz que senti uma onda de orgulho, como se ele fosse meu, e, então, um sentimento de intenso arrependimento tomou conta de mim, e eu me perguntei como nosso relacionamento havia azedado.

Gostaria de poder falar com aquele homem. Gostaria que ele falasse comigo. Empurrando o broche mais fundo no bolso, eu o segurei entre o indicador e o polegar, confortando-me com o fato de Kenny tê-lo encomendado para mim. *Isso deve significar alguma coisa*, disse a mim mesma.

— Ei, senhorita! — O marinheiro que me ofereceu tabaco deu-me uma cutucada amigável. — Aquele é o seu barco? — Ele apontou para o lado, onde Emily Kate balançava a uma boa distância de uns quinhentos metros.

Enquanto eu olhava para Emily Kate, fiquei mais surpresa do que desapontada. Meus nós deviam ter se mostrado inadequados para a tarefa e, sem o bote, eu parecia condenada a permanecer no Almirante Duncan, pois já era longe demais para nadar até Dundee.

— O capitão Jackman terá que voltar para me deixar em terra. — falei.

— Estamos na vazante. — respondeu meu marinheiro mascador de tabaco. — Ele não conseguiria, mesmo que quisesse. Não, minha garota, você ficará conosco para a viagem, goste ou não. — Ele sorriu com meu evidente desconforto. — Anime-se, moça, a brisa do mar fará maravilhas para a sua pele, e pense nas histórias que poderá contar aos seus netos! — Por estranho que pareça, suas palavras foram de pouco conforto para mim.

<h1 style="text-align:center">CAPÍTULO 13</h1>

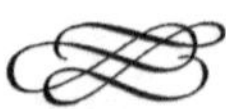

Mar do Norte, maio de 1827

Fiquei olhando para a frente, onde uma linha feia de ondas marcava os bancos de areia mutáveis que definiam a entrada para o Firth of Tay, através dos quais o navegador local esforçava-se para nos conduzir. O Almirante Duncan mergulhou o nariz, trazendo uma boa porção de água verde que lavou toda a extensão do convés, encharcando meus pés e tornozelos, e que depois escoou, sibilando, através dos embornais, e então subiu novamente quando nos aproximamos do mar aberto. À nossa frente, o navegador remava como um louco, gritando ordens para o capitão Jackman, que traduzia para o timoneiro barbudo.

Levantei-me, sentindo-me muito só e deslocada, enquanto o Almirante Duncan saía do Firth of Tay e entrava no Mar do Norte. Eu sabia que não tinha o direito de estar ali, sabia que estava no caminho e temia o que Kenny pudesse ter a dizer sobre tudo isso.

No caso, Kenny não teve tempo de dizer nada nas horas

seguintes, enquanto o Almirante Duncan forçava o seu caminho para o Mar do Norte, diante de uma brisa forte que levantava respingos e uivava através dos cordames como cem *banshees*.

— Não pode ficar aí parada, senhorita. — disse meu amigo mascador de tabaco. — Pode ser levada ao mar se o tempo ficar turbulento. É melhor descer.

Assenti, sentindo-me extremamente infeliz e desejando que, pelo menos, Kenny notasse a minha presença.

— Para onde irei?

— Não posso dizer exatamente, senhorita. Não somos um navio de passageiros, então não há espaço reservado para mulheres. — Ele coçou a cabeça para ajudar no processo de pensamento. — Talvez seja melhor dizer ao capitão que a senhorita está a bordo. Ele vai descobrir em breve, de qualquer maneira. — Ele tocou meu ombro. — Deveria ter saído enquanto estávamos nas Roads, garota, mas não fique tão melancólica. O capitão não vai devorá-la.

Balancei a cabeça, em sinal afirmativo, e olhei para a popa, onde o capitão Jackman estava parado ao lado do timoneiro. Respirando fundo, caminhei até ele.

— Quem diabos é você e o que ainda está fazendo no meu navio? — exigiu ele, com raiva.

Senti-me como se estivesse encarando a personificação do mau humor. O rosto do capitão Jackman estava vermelho de raiva, sua boca contraída, formando uma linha reta.

— Sou Catriona Easson, senhor. — Fui o mais educada que pude. — Vim conversar com Kenneth Fairweather, e meu bote deve ter se desamarrado.

— Sr. Fairweather! — O berro do capitão Jackman deve ter sido ouvido em Dundee. — Venha para a popa, Sr. Fairweather!

Fiquei parada, enquanto Kenneth corria em nossa direção. Ele parou quando me viu.

— Achei que você tivesse partido do navio.

— Não. — disse eu. — Meu bote ficou à deriva.

— Sr. Fairweather — a voz do capitão Jackman era como o gelo se desprendendo de um iceberg do Ártico —, acredito que essa mulher é sua.

Endireitei minhas costas, meio que esperando uma negação.

— Sim, senhor. — disse Kenny, para meu alívio. — Esta jovem é a Srta. Easson, minha noiva.

Obrigada, Kenny, por essas palavras. Eu poderia tê-lo beijado.

— Faça algo com ela. — ordenou o capitão Jackman. — Não quero vê-la no meu convés novamente. Nem mesmo quero vê-la nunca mais nesta viagem, senhor.

— Sim, capitão. — Kenny se virou para mim. — Vamos, Catriona, e encontraremos um lugar seguro para acomodá-la.

— Desculpe-me se estou causando problemas. — disse-lhe, com toda a sinceridade.

— Sua pequena idiota! — Kenny não foi tão diplomático quando estávamos longe dos ouvidos do capitão. — Você deveria ter ido embora quando falei!

— Eu tentei. — respondi. — Meu barco ficou à deriva.

Kenny olhou-me, balançando a cabeça. Senti-me mal com sua desaprovação.

— Vamos. — disse ele, abrindo uma escotilha e descendo por uma escada de tombadilho que levava ao convés abaixo. Estava escuro, abafado e fedia a uma centena de cheiros diferentes, o que não era bem a vida marítima romântica que outras pessoas poderiam imaginar.

— Há uma cabine aqui. — Kenny teve que se abaixar para se movimentar ali. Ele balançou um pequeno lampião que refletia uma luz fraca à frente, mostrando um convés de tábuas rústicas no piso e teto baixo. Abrindo uma pequena porta, ele me conduziu a um espaço minúsculo, meio cheio de rolos de lona. — É um depósito de velas. — disse Kenny. — Você estará segura aqui, e vou deixar o lampião com você.

— Obrigada. — Quase não pude dizer mais nada, embora a perspectiva de ficar sentada, sozinha, naquela minúscula cela escura não fosse atraente.

— Vou ter que deixá-la. — disse Kenny. E então ele fez algo que fez toda a minha expedição valer a pena. Inclinando-se para se aproximar de mim, ele tocou meu braço. — Obrigado por vir.

Foi apenas isso. Apenas um único toque e três pequenas palavras, mas fizeram muita diferença. Oh, eu li livros onde o herói expressa seu amor eterno pela heroína e é pródigo em cortesias, flores e elogios. Bem, isso não acontece no mundo dos marinheiros de Dundee. São diretos, praticamente sem palavras e tão românticos quanto uma tempestade de novembro no Mar do Norte. No meu caso, depois de semanas de trocas monossilábicas, essa única frase de Kenny me disse que, embora eu tivesse obviamente causado problemas, ainda assim ele gostou. Quando você ama o seu homem, isso é o suficiente, e, então, parada do lado de fora daquele depósito de velas, no mundo louco, barulhento e agitado de um brigue de Dundee, percebi que ainda amava Kenny Fairweather e que sempre o amei.

Com essa feliz certeza em minha mente, abaixei-me para entrar no depósito de velas, coloquei o lampião em uma prateleira, empoleirei minhas partes inferiores, ainda queixosas, em um fardo de lona e esperei. Não sabia quanto tempo teria que esperar e nem para quê, só sabia que tudo ia dar certo. Há uma lição nisso, pois embora eu estivesse bem ciente do velho ditado que diz que sempre é mais escuro antes do amanhecer, eu havia me esquecido do contrário, que quando o amanhecer está iluminando o horizonte, uma tempestade pode atrapalhar todos os planos. Eu deveria ter ouvido a velha Mãe Faa.

Depois de minha longa noite no cemitério, seguida por minhas aventuras matinais no Almirante Duncan, não foi nenhuma surpresa que eu viesse a adormecer. Não conseguiria me lembrar de realmente ter dormido, apenas de ter acordado com o barulho mais terrível e a pior sensação de rolar e de ser arremessada que já havia sentido em minha vida.

— O que está acontecendo? — Quase sem conseguir me manter em pé, deixei o depósito de velas e subi a escada do tombadilho até o convés acima. Assim que abri a escotilha, uma cascata de água fria me encharcou.

Olhei para uma cena de caos total. O que parecia ser toda a tripulação do brigue corria de um lado para outro, e o convés era uma bagunça de vergas, linhas, blocos e uma infinidade de outras parafernálias náuticas que eu não conseguiria nem nomear.

— O que aconteceu? — perguntei a quem quisesse ouvir. Mas os tripulantes estavam ocupados demais para se preocupar comigo.

— O mastro da mezena caiu. Coloque-se debaixo de um lugar seguro! — Meu mascador de tabaco parou o tempo suficiente para me informar e então continuou correndo com uma machadinha na mão.

— Onde está o capitão? — Era a voz de Kenny, alta e clara acima do barulho terrível. — Onde está o capitão Jackman?

Não pude ouvir uma resposta quando o Almirante Duncan se inclinou para o lado, com o mastro da mezena, completo e quebrado, com velas e cabos, arrastando-o para o cinzento aterrorizante do mar.

— Cortem esse emaranhado de cordas! — Kenny apontou para uma confusão de linhas. Então, ele estava em toda parte, dando ordens, enviando homens por todo o navio, cortando uma linha aqui, organizando um grupo para mover uma verga ali, arrastando um homem para fora do perigo em algum outro lugar. Sem saber o que fazer, eu só pude assistir, até que vi outro emaranhado de cordas caindo em cima do grumete, um menino de cabelos despenteados, que não poderia ter mais de dez anos. Ele gritou, contorcendo-se, mas indefeso sob o peso. Quando o Almirante Duncan se inclinou ainda mais para o lado, a amurada mergulhou na água ainda agitada, e a massa de cordas escorregou, levando o menino com ela.

Segurando o mastro principal em busca de apoio, gritei:

— Kenny! — E apontei para o menino, mas o vento varreu minha voz. Olhei em volta, desesperada para chamar a atenção de alguém. O emaranhado de cabos estava na amurada agora com o menino lutando desesperadamente para se libertar. Vi o lampejo de uma faca e percebi, por um segundo, o medo terrível nos olhos dele.

Oh, Deus, envie ajuda para aquele pobre rapaz!

Não me lembro de relaxar o aperto que minha mão dava no mastro principal. Apenas me lembro de escorregar por aquele convés, inclinado de modo íngreme, com o coração na boca e as mãos arranhando as pranchas lavadas para me apoiar. O menino havia parado de gritar e segurava a amurada com uma das mãos, enquanto serrava a corda com a outra.

— Aguente! — gritei, como se o rapaz tivesse alguma intenção de se soltar e mergulhar no mar.

Cheguei à amurada, lutei contra meu medo nauseante e inclinei-me na direção do garoto. Agarrando a amurada com a mão esquerda, tentei desfazer o emaranhado de linhas que enredava o menino, ofegando e sufocando a cada onda que passava por nós.

— Continue trabalhando. — insisti, enquanto o garoto serrava desesperadamente as cordas molhadas.

Ele não disse nada, grunhindo enquanto trabalhava e eu

consegui soltar um dos emaranhados de cordas em volta de sua perna esquerda. Outra onda enorme nos encharcou e, quando acalmou, cuspi água do mar e continuei, lutando contra as linhas. Com esforço conjunto, removemos outro, mas o terceiro e último estava enrolado na coxa do menino e parecia ser feito de ferro. Nem minhas unhas quebradas nem a faca do garoto causaram qualquer modificação.

— Não posso cortar isso. — lamentou o garoto, mostrando que sua resolução finalmente vacilou.

— Tire suas calças! — gritei quando uma ideia me surgiu. — Pode afrouxar a corda!

O menino olhou-me em estado de choque e, tolamente, balançou a cabeça. Exasperada com a estupidez da espécie masculina, estendi a mão, afastei a mão dele e comecei a desafivelar seu cinto.

— Se você tirar as calças — gritei —, a corda também poderá deslizar!

Vi uma luz em seus olhos quando percebeu a lógica de minhas palavras, e ele agarrou febrilmente o seu cinto. Com a fivela desatada, ele tentou mover a lona encharcada de seus quadris, gritando quando o Almirante Duncan se inclinava ainda mais, nos levando cada vez mais para perto do mar. Eu o ajudei, puxando levemente as pernas de sua calça, não me importando se levaria a pele com ela, desde que o rapaz estivesse livre. Por fim, quando outro mar cinzento se ergueu, as calças do menino escorregaram, e, por um momento agonizante, a corda enrolada ficou enrolada em seus pés, antes de eu puxá-la. O menino arquejou e ergueu as pernas, olhando-me.

— Vamos! — Com o convés quase vertical, tudo o que pude fazer era permanecer a bordo do brigue. Vi-me escorregando e tentei envolver meu pé ao redor da amurada, que estava debaixo da água. O menino estava ao meu lado, engolindo uma mistura de ar e água, enquanto a mezena quebrada que havia nos jogado de lado sobre o mar, ameaçava virar o brigue.

— Segure a minha mão! — gritei. Embora não esperasse ajudar o menino, achei que ele poderia se sentir confortado por alguma companhia humana.

— Não estou com medo. — gritou ele, com os olhos bem fechados.

— Claro que não. — gritei. — Você é um rapaz corajoso! — A mão do menino estava fria e pequena dentro da minha enquanto o Almirante Duncan se inclinava em um ângulo impossível. Era evidente que estávamos virando, e todas as minhas esperanças e sonhos terminariam nas águas geladas do Mar do Norte. Segurando o menino, lutei contra o meu medo. Eu pertencia a uma família de navegantes; meu pai se afogou no mar, e meu avô também. O afogamento era um fim natural para um Easson.

— Peguei você! — Ouvi a voz de Kenny quando uma mão firme apertou meu ombro. — Permaneça firme, minha garota.

Apesar de nossa situação desesperadora, saber que Kenny estava ali deu-me forças. Eu o senti me puxando e agarrei o garoto com mais força do que nunca.

O Almirante Duncan guinou e saltou, voltando à posição horizontal. Ela se endireitou em uma exibição maciça de água subindo e de queda de vergas estilhaçadas. Embora eu não soubesse na ocasião, Kenny havia ordenado a um grupo de marinheiros que cortasse o mastro de mezena lascado que arrastava o almirante Duncan para o mar. Ele salvou o navio e agora estava me protegendo.

— Vamos, Catty! — Não consigo me lembrar de Kenny chamando-me assim alguma vez, enquanto me puxava para longe da amurada, para a segurança relativa do mastro principal, onde me colocou de pé.

O rosto de Kenny pressionou-se ao meu, pingando água, e

seus olhos, embora mostrassem uma preocupação que eu jamais percebera neles, estavam vivos com uma luz que eu nunca vira antes. Mantive a mão do menino bem segura na minha, quase esmagando seus ossos jovens em meus esforços para salvá-lo.

— Você está segura agora, Catty. — disse Kenny, e, empurrando-me com força contra o mastro, enrolou uma corda em volta da minha cintura e amarrou-a bem. — Você também, jovem Davie! Cuide da minha garota, agora.

— Sim, Sr. Fairweather! — O jovem Davie deu um salto. — Não estou com medo, senhor!

— Nunca pensei nisso por um segundo. — disse Kenny, piscando para mim. Inclinando-se, ele me deu um beijo rápido, o primeiro que trocamos. — Nós superamos o pior agora, Catty. — Ele teve que gritar acima do rugido contínuo do vento. — Estarei de volta para buscá-la em breve.

Ao cortar os restos do mastro da mezena, os homens conseguiram reequilibrar o Almirante Duncan, mas a perda do mastro tornou-o pesado e de difícil controle. Cada arremesso empurrava seu gurupés ou popa para o mar, e cada encrespamento das ondas mergulhava suas amuradas na água. Amarrada ao mastro, eu só podia observar Kenny supervisionando os marinheiros trabalhando apressados.

Com a liberação do emaranhado no convés, Kenny mandou que os homens subissem para verificar o cordame restante no mastro principal, enquanto ele trazia uma longarina sobressalente do andar de baixo e a manobrava até o toco estilhaçado da mezena. Não pude deixar de admirar a habilidade dos marinheiros enquanto içavam a nova longarina em posição e a amarravam firmemente com cabos e os mais intrincados nós, tudo com um mar agitado que nos jogava como uma cortiça bêbada.

Eu havia perdido a noção da passagem do tempo, mas já nos encontrávamos no meio da tarde quando Kenny terminou o trabalho essencial e ordenou que os homens anexassem um novo amantilho[1] à mezena, criando uma confusão de cordames como eu nunca vira antes. De vez em quando, Kenny se aproximava de mim para garantir que eu estava bem, tocando meu ombro e conversando com o jovem Davie, até mesmo trazendo alguns pedaços de lona para nos proteger do pior do clima.

— Não vai demorar muito agora. — disse Kenny, com o suor secando no rosto e a barba por fazer no queixo normalmente barbeado.

Eu estava perto do colapso quando Kenny decidiu que estava seguro o suficiente para nos soltar do mastro. Ele havia colocado uma vela grande no mastro principal e uma menor na mezena danificada, como a chamava, de modo que o movimento do Almirante Duncan estava muito mais equilibrado.

— Vamos. — Kenny me segurou enquanto eu desfalecia, pois, ficar amarrada ao mastro de um navio girando, é uma experiência exaustiva. — Vamos levá-la para um lugar mais confortável. A cabine do capitão está vazia agora.

— Capitão Jackman? — perguntei.

— Ele se foi. — Kenny não deu mais explicações e não insisti, pois sabia que o mar é assim; dá com uma das mãos e exige o que lhe é devido com ambas. Não me opus quando Kenny me ajudou até a popa.

A cabine do capitão não era muito maior do que o comprimento de um homem, com um único beliche, uma escrivaninha e uma minúscula janela com venezianas.

— Eu teria colocado você aqui antes — disse Kenny —, se não houvesse meio metro de água esguichando por aqui.

Pelo menos o beliche estava seco, com umas seis lonas colocadas por cima.

— Cuide de Davie primeiro. — disse eu.

— Vamos levá-lo para o castelo de proa. — disse Kenny. — O beliche dele está lá. Deixe-me vê-la. Está machucada?

Nunca soube que Kenny poderia ser tão atencioso.

— Nada importante. — disse eu.

— Vamos ver.

— Não. — respondi, de repente embaraçada. — Não. — Balancei a cabeça violentamente.

Kenny olhou-me com a cabeça inclinada para o lado e um leve sorriso nos lábios.

— Você está segura, Catriona. — disse ele. — Eu lhe prometo que você estará sempre segura comigo.

Quando o olhei, percebi que ele estava falando a verdade.

— Sim. — capitulei. Quanta confiança eu poderia lhe mostrar? — As cordas irritaram a minha cintura. — falei. — Não é sério.

— Você estava mancando ao cruzar o convés. — Kenny me surpreendeu ao dizer isso. Não pensei que ele fosse tão observador.

Enrubesci.

— É apenas uma coisa pequena.

— Onde você está machucada?

A ideia de Kenny examinando aquela parte do meu corpo onde o vigia do cemitério acertou um tiro era desconcertante, para dizer o mínimo.

— Não é importante.

— Tudo bem. — Kenny não me pressionou, felizmente, porque a ideia de ele ver meu ferimento era estranhamente desconfortável.

— Estou esfolada aqui. — falei, indicando minha cintura, onde as cordas estiveram.

— Gordura de ganso — disse Kenny, de imediato. — Estarei de volta em um minuto.

Kenny cumpriu sua palavra. Minha parte central doía

abominavelmente enquanto a água salgada penetrava nas áreas arranhadas, onde as cordas haviam raspado a pele. Kenny olhou-me por um minuto significativo.

— Não posso fazer nada se você estiver encoberta. — disse, irônico.

— Não posso tirar nada com você parado aí.

— Não. — disse Kenny. — Não pode. — Uma ideia pareceu lhe ocorrer. — Você está encharcada. — acrescentou. — Isso não pode lhe fazer bem. — Afastando-se, ele voltou em alguns momentos com uma pequena pilha de roupas. — Vista estas. Não vou demorar. Há coisas no convés que requerem minha atenção.

Despi-me rapidamente, tirando minhas roupas molhadas, arquejando com o desconforto. Não havia espelho na cabine, então tive que me examinar o melhor que pude sem esse benefício. As cordas haviam deixado vergões inflamados em volta da minha cintura, rompendo a pele em meia dúzia de lugares, enquanto meu outro ferimento alfinetava abominavelmente. Ouvindo passos do lado de fora, olhei para as roupas que Kenny havia trazido.

Eram roupas de marinheiro, masculinas, compostas por calças de lona branca e uma camisa de lona solta. Não havia roupa íntima, é claro, então coloquei o que estava ali um segundo antes de Kenny bater na porta.

— Você está composta?

— Sim. — respondi. — Entre.

Ele entrou com cautela, como se tivesse medo de que eu estivesse nua, e pareceu aliviado ao me ver vestida.

— Você parece encantadora assim. — Ele me admirou por um momento, percorrendo o olhar da confusão que estava o meu cabelo até os pés descalços.

— Ora, obrigada, senhor. — Fiz uma reverência, ofegando

quando todas as minhas feridas protestaram naquele estiramento repentino do meu corpo danificado.

— Certo. — Kenny agia de forma bem profissional de novo. — Trouxe a gordura de ganso. Deixe-me ver onde está ferida.

— Posso colocar em mim mesma. — falei.

— Eu sei, mas eu quero, droga. — falou Kenny, baixinho, mas com certa intensidade atraente na voz.

— Oh. — Eu nunca o vira assim antes. Acho que sorri. — Sim, Kenny.

— Deite-se no beliche — ordenou Kenny —, se assim lhe agrada.

— Assim me agrada. — respondi, deitando-me de costas no beliche. Hesitei por apenas um momento antes de levantar a barra da minha camisa de lona.

O rosto de Kenny era uma imagem de concentração enquanto ele me examinava.

— Deve estar doendo. — disse ele, e, muito gentilmente, espalhou três dedos cheios de gordura de ganso onde a corda havia arranhado minha pele.

Pulei ao primeiro toque.

— Está frio!

— Sim, desculpe-me. — Kenny estava sinceramente se desculpando, enquanto esfregava a gordura na minha cintura e nas laterais. — Você poderia se virar?

Eu me virei, estremecendo, e fiquei o mais imóvel que pude, enquanto Kenny aplicava a gordura de ganso. Até aquele momento, eu não sabia que estar ferida tinha um lado tão prazeroso.

— Você não tem um navio para navegar? — perguntei, enquanto Kenny gastava uma quantidade excessiva de tempo cuidando de minhas pequenas feridas.

— Sim. — disse ele, por fim.

— Então vá e navegue. — falei. — O que você está fazendo, Kenneth Fairweather?

Kenny hesitou antes de falar.

— Estava pensando que as roupas masculinas lhe caem bem. Talvez você deva usar calças com mais frequência.

Fiquei feliz por estar de bruços, para que Kenny não pudesse me ver corar. Não esperava que ele se abaixasse rápido e beijasse o alto da minha cabeça.

— Devo deixá-la agora, Catty. Mas voltarei em breve e verei se você está bem.

— Kenny. — disse eu, mas falei com uma porta fechada. Toquei o alto da minha cabeça. Aquele beijo fez com que todo o meu desconforto se reduzisse a nada.

Só pude permanecer deitada na cama por um curto período, ouvindo Kenny vociferar ordens no convés acima e sentindo os rangidos e movimentos do Almirante Duncan. Depois de um tempo, levantei-me, esfreguei as partes sensíveis que não mostrara a Kenny e cambaleei para o convés. Estávamos navegando lentamente em um mar cinza, com o vento uivando no cordame e num conjunto de velas, como roupas recém-lavadas por minha mãe. Kenny estava na popa, ao lado do timoneiro barbudo, e a tripulação corria de um lado para o outro, puxando cordas e ajustando as velas de acordo com a mudança do vento.

— Como está Davie? — Tentei chamar a atenção de Kenny.

— Não o vi. O velho John estava cuidando dele.

— Onde é o castelo de proa?

— Na proa. — Kenny fez um movimento com a cabeça indicando a proa. — Abaixo a escotilha.

A tripulação assentiu com a cabeça para mim enquanto eu passava cambaleando, e um homem tocou sua testa. Encontrei a escotilha fechada, mas abri-a com cuidado e manquei pela escada. O castelo de proa era apenas duas vezes maior que a cabine do capitão, mas comportava oito homens em uma atmosfera que um machado teria dificuldade para cortar. Davie estava deitado de bruços em cima de um beliche úmido, ainda vestido como eu o havia deixado.

— Tudo bem, Davie. — Ajoelhei-me ao seu lado, quase engasgando com o ar fétido. Não admira que tantos marinheiros sofram de tuberculose. — Como você está?

O pobrezinho estava meio congelado, e a corda o havia machucado muito mais do que a mim. Pegando a gordura de ganso da cabine que acabara de desocupar, tirei Davie de suas roupas encharcadas e esfreguei a gordura em cada parte que estava em carne viva.

— Alguém já deveria ter feito isso. — disse eu. — Você tem roupas secas?

Davie balançou a cabeça, com olhos arregalados.

— Não, os grumetes não trazem mais do que um conjunto de roupas. — Perguntei-me o que poderia fazer para diminuir esse problema no futuro. — Tudo bem, Davie, vá para baixo das cobertas e mantenha-se aquecido. — Parecia quase natural cobrir o garotinho e depois voltar para o convés, estremecendo enquanto minhas feridas me incomodavam.

Kenny estava onde eu o havia deixado, com o vento soprando em seu cabelo castanho e seu rosto atento.

— Como está o jovem?

— Frio, molhado e exausto — respondi —, mas não muito machucado.

Kenny assentiu com a cabeça.

— Ele é um garoto forte.

— Ele é muito jovem para estar no mar. — repreendi.

— Não mais jovem do que eu era quando comecei no mar. — respondeu Kenny, e eu concordei, lembrando-me da primeira viagem de Kenny com seu tio Jim como comandante do navio.

— Ele ainda é muito jovem.

Kenny deu um leve sorriso enquanto olhava para cima e gritava algo, que fez os homens correrem para puxar cordas que alteravam o ângulo das vergas.

— Não posso permitir muita pressão nas velas, caso ela derrube os dois mastros. — explicou.

— Para onde vamos?

— Estamos voltando para Dundee. Além de nos tirar o capitão e a mezena, aquela rajada nos desviou bastante do curso e para o mar. O velho Duncan não sobreviverá à travessia, portanto, é voltar para Dundee para consertos.

— Você parece cansado. — disse eu. — É melhor descansar um pouco.

Kenny balançou a cabeça.

— Não. Ninguém mais pode conduzir o navio agora que o capitão Jackman se foi. — Ele deu um sorriso cansado. — Chegaremos amanhã se o vento continuar.

De repente, percebi que estava com fome.

— Quando você comeu pela última vez? — perguntei.
Kenny deu de ombros.

— A tempestade levou o cozinheiro.

— Vou preparar algo. Onde fica a cozinha?

— Obrigado, Catriona. — Kenny parecia sinceramente grato. — Na popa, perto da cabine do capitão.

A cozinha era pouco mais que um armário e demorei um pouco para acender o fogo e lavar algumas das panelas, pois o ocupante anterior obviamente tinha uma ideia um tanto vaga de limpeza. Fiquei surpresa com a quantidade e qualidade da comida, então preparei uma sopa de ervilha quente e acrescentei biscoito e queijo para todos, com café quente e bastante açúcar. Com sinceridade, mimei aqueles marinheiros!

Quando Davie entrou, dez minutos depois de eu começar,

ele estava vestido com sua velha camisa ainda úmida, com as extremidades amarradas entre as pernas.

— Onde estão suas calças, Davie? — perguntei.

— Eu as perdi na amurada, senhorita. — Ele se dirigia a mim como se eu fosse uma professora de escola, o que me fez sentir muito velha.

— Eu havia esquecido. Bem, você não pode andar por aí se exibindo desse jeito; vai assustar as gaivotas. Espere aqui.

Correndo para a cabine do capitão, troquei de roupa, vestindo as minhas próprias e levei minhas calças de marinheiro para ele.

— Aqui, vista essas roupas. São muito grandes, mas é muito melhor do que nada. — Eu o ajudei, claro, enrolando as pernas da calça e envolvendo um pedaço de corda na cintura de Davie, para que funcionasse como um cinto improvisado. Sorri com o resultado final. — Que tal?

Ele olhou para si mesmo com um pequeno sorriso.

— Bom, senhorita, obrigado.

— Sua camisa ainda está úmida. — falei. Fiz com que ele a removesse, sequei-a ao fogo da cozinha, depois o recrutei como meu ajudante e o enviei para alimentar as tropas, ou a tripulação, neste caso. Davie provou ser um ajudante com muito boa vontade, correndo de um lado para o outro sob o meu comando com um grande sorriso no rosto.

— Agora você assume aqui — falei —, e esfregue essas panelas. — Levei o jantar para Kenny em um recipiente de metal e o observei beber seu café. É muito gratificante observar um homem comer uma refeição que você preparou. Parece criar um vínculo.

— Obrigado. — Kenny bebeu o café sem se mover de sua posição ao lado do leme. — Não percebi que precisava disso.

— Você precisava. — falei, ostentando um ar afetado.

Ficamos em silêncio, enquanto Kenny terminava sua refeição.

— Você é uma boa mulher, Catriona. — disse ele por fim, o que foi o maior elogio que já o ouvira dar.

— Estava me perguntando se você gostava de mim. — Abordei o assunto que me incomodava há algumas semanas.

Kenny franziu a testa para mim.

— Por que você pensaria isso?

Respirei fundo. A tempestade à qual sobrevivemos havia destruído parte de minhas reservas. Kenny e eu havíamos passado por uma experiência significativa juntos, então confessar meus medos foi menos doloroso do que teria sido apenas um ou dois dias antes.

— Em primeiro lugar, vi você com Barbara MacGillivray algumas vezes. Achei que você estava transferindo suas afeições para ela.

Kenny se endireitou, olhando-me.

— Como pôde pensar isso?

— Estava enganada. — respondi.

— *Aye.* — Kenny voltou a relaxar. — Estava enganada, com certeza. Eu a procurei por causa de um outro assunto, o qual não vou contar ainda.

Toquei o broche em meu bolso, sorri por dentro e não disse nada.

— Você disse "em primeiro lugar". — Os olhos de Kenny não paravam enquanto ele verificava seu posto. — Havia mais alguma coisa?

— Sim. — disse eu. — Você mal fala comigo.

Kenny pareceu ainda mais surpreso ao ouvir essas palavras.

— Estou falando agora. — Ele olhou para cima de novo, verificando as velas. Esperei, sabendo que ele tinha mais a dizer. — Nunca sei o que dizer para uma mulher.

— Até para mim? — perguntei. — Conhecemo-nos a vida toda.

Kenny olhou para todos os lugares, menos para mim.

— Especialmente para você.

— E por que isso?

Eu esperava um longo silêncio.

— Porque você é importante e eu não tenho nada de interessante para dizer. Só vou aborrecê-la.

Senti como se Kenny estivesse permitindo que eu visse uma parte dele que era mantida oculta, e eu não estava certa sobre como lidar com essa nova vulnerabilidade. Foi a minha vez de desviar o olhar quando algo saltou da água e caiu, respingando para os lados.

— Aquilo era um golfinho?

— Um boto. — disse Kenny imediatamente. — Costumamos encontrá-los aqui.

— Com que frequência? — Fiquei feliz em passar para um tópico de conversa mais seguro.

— Em quase todas as viagens. — disse Kenny. — Existem três cardumes deles nesta parte do Mar do Norte.

— Como você pode saber que não é o mesmo cardume?

— Eles têm personalidades próprias. — Kenny apontou quando o boto seguinte saltou. — Vê aquele? É um macho, e eu o chamo de Charlie.

— Por quê?

— Porque ele se parece com um Charlie. — Os olhos de Kenny não paravam, enquanto ele verificava o cordame e as velas, e então olhava ao redor, para o mar e o clima. — Vê aquela marca branca acima dos olhos dele?

Esperando até que os botos voltassem à superfície, vi uma leve marca.

— Sim, vejo.

— Tem o formato da letra C, então essa é a razão do nome dele.

Observei os botos, enquanto eles nos faziam companhia por um tempo, emergindo do mar, saltando no ar e submergindo de novo. Eram criaturas encantadoras, até brincalhonas, e comecei a gostar muito deles antes de desaparecerem. Não comentei sobre o sorriso que suavizava o contorno da boca de Kenny cada vez que os botos apareciam.

— Você tem mais amigos animais aqui? — perguntei.

— Muitos. — Kenny parecia satisfeito por eu estar interessada.

— Conte-me. — Fiquei mais satisfeita por Kenny estar falando comigo do que propriamente interessada no assunto. — Que tal aquele pássaro ali. — Fiz um sinal com a cabeça para mostrar uma gaivota de cabeça preta, empoleirada na amurada, a alguns metros de distância. — Qual é o nome dele?

Kenny sorriu.

— Não conheço aquele pássaro em particular. — respondeu.

— O que é uma surpresa. — provoquei com gentileza. — É uma gaivota de cabeça preta, não?

— *Aye*. — disse Kenny. — Você sabe por que esses pássaros têm cabeça preta? — Ele parecia um pouco hesitante, como se estivesse com medo de que eu zombasse dele.

— Não, na verdade. — Toquei o braço dele, sentindo a saliência lisa de músculos rígidos.

— São marinheiros que se afogaram no mar. — falou Kenny, sem o menor sinal de ironia. — O tom escuro são os pecados que cometeram na vida e, à medida que sobrevivem como uma gaivota, pagam por seus pecados e a escuridão desaparece. Quando ela não existe mais, eles vão para o céu.

— Isso é certamente reconfortante. — Perguntei-me se meu pai era uma gaivota de cabeça preta, purificando-se dos pecados antes de voar para o céu. Talvez ele fosse aquele pássaro na amurada, cuidando de sua filha errante, e perguntando-se que diabos ela estava fazendo a bordo de um brigue, no meio do Mar do Norte. Eu mesma fiquei imaginando o motivo, até que olhei novamente para Kenny e soube que não havia outro lugar onde eu preferisse estar.

— Outros marinheiros se transformam em albatrozes. — Agora que Kenny havia começado, ele parecia não querer parar. — Você já ouviu falar do albatroz?

— Eu li "O Poema do Velho Marujo", de Samuel Taylor Coleridge[2]. — Eu estava um pouco nervosa por admitir o meu conhecimento, pois muitos homens não ficam satisfeitos com mulheres com um cérebro.

— É um poema estranho. — disse Kenny de imediato. — Eu o tenho em minha cabine. — Ele desviou o olhar e falou baixinho:

"Por fim, atravessando a cerração
Vimos um albatroz se aproximar;
Como se fosse um ser cristão,
Decidimos, por Deus, o saudar."[3]

Olhando-me, Kenny calou-se depois, como se eu fosse lhe ter menos consideração por ele ler poesia, e, então, eu soube que ele me permitira acesso a outra parte de sua alma.

Toquei o braço de Kenny de novo, apertando-o.

— Temos gostos semelhantes. — disse eu. — Você gosta de outras poesias?

— Algumas. — disse Kenny, quando percebeu que eu não escarneceria dele por suas escolhas literárias. — Gosto de "A Dama do Lago" e "A Canção do Último Menestrel" de Walter Scott[4].

Era minha vez de citar poesia, recitando as estrofes de abertura do "Último Menestrel":

— *"O caminho era longo; o vento, gelado,*
O menestrel seguia, enfermo e acabado;
Suas faces, murchas, e cabelos cinzentos,
Pareciam ter visto melhores momentos;
A harpa, única alegria que lhe restava,
Era um menino órfão quem a carregava."[5]

Kenny aderiu, com sua voz audível apenas para mim, enquanto guiava o Almirante Duncan através do Mar do Norte, com o vento fornecendo acompanhamento musical às nossas palavras:

— *"De todos os bardos, foi o único que restou*
Os cavaleiros das fronteiras, sobre eles cantou;
Mas ai de nós! A era dos bravos havia passado.
Seus pares na música já haviam expirado."[6]

Olhamos um para o outro, com nossas vozes se tornando mais fortes, à medida que percebíamos que pensávamos e falávamos como um só. Acho que foi a primeira vez que sorrimos um para o outro, como adultos.

— *"E ele, sentindo-se oprimido e desprezado,*
Quis juntar-se lhes, descansar do tempo acabado.
Nunca mais, no altivo palafrém que ostentava,
Ele cantou, como feliz cotovia que acordava;
Nunca, nunca mais, cortejado e acarinhado."[7]

Nós dois paramos no mesmo verso, e ficamos em silêncio por um minuto enquanto o vento mudava, e então Kenny ordenou que as velas fossem redirecionadas. Após inicialmente balançar, o Almirante Duncan navegou suavemente em direção a Dundee, invisível além do horizonte.

Até marinheiros resistentes precisam descansar, e pude ver que Kenny estava ficando cansado; porém, quando ele sorriu para mim, eu soube que havíamos compartilhado alguns segundos de algo precioso.

— Tem certeza de que outra pessoa não pode assumir por algum tempo?

— Não. — disse Kenny, com firmeza. — É o meu dever.

Isso estava bastante claro. Resolvi ficar ao lado de Kenny e mantê-lo acordado. Pelo menos, o tempo estava moderado, tornando o movimento do Almirante Duncan muito mais fácil.

— E aqueles pássaros? — Apontei para um par de ostraceiros pretos e brancos, que circulavam acima de nós. — Você tem nomes para eles?

— Não os conheço em particular — disse Kenny de imediato —, embora saiba que eles só têm um companheiro para a vida toda. — Nós sorrimos um para o outro. — Tive um marinheiro das Hébridas[8] que disse que esses pássaros eram os servos de Santa Brígida[9].

— Oh?

— Esse camarada, Roderic MacNeil de Gigha, disse que os ostraceiros costumavam guiar Santa Brígida pelas ilhas Hébridas. — Kenny olhou-me. — Se você olhar para um ostraceiro de uma certa maneira, poderá ver uma cruz branca em um fundo preto, ou talvez seja uma cruz preta em um fundo branco, não me lembro bem.

— Talvez esses ostraceiros estejam nos guiando para Dundee. — falei.

— Pode ser. — disse Kenny. — Os animais, os pássaros têm mais bom senso do que as pessoas geralmente imaginam.

Se os ostraceiros estavam nos guiando ou não, eles nos

fizeram companhia enquanto a luz desvanecia-se e a noite avançava pelo mar. Kenny ordenou que as luzes marítimas fossem acesas e observamos enquanto o sol se punha no horizonte. A luz era estranha, uma faixa vermelho-prateada paralela ao mar, encimada por um brilho que lentamente se dissipava na escuridão acima.

— Nunca vi um pôr do sol no mar. — Perdida na imensa beleza da cena, aproximei-me de Kenny. Ele reagiu, de modo que ficamos pressionados um contra o outro, quadril contra quadril, enquanto o céu resplandecia de laranja, depois desbotava para roxo-lilás, em um espetáculo tão melancólico que desejei entrar nele e permanecer ali para sempre, com Kenny ao meu lado.

Kenny. Não seria Baird. Eu queria Kenny.

Minha decisão surpreendeu-me. Ali, Kenny estava em seu elemento. Ele sabia o que fazer e o que dizer. Ele era uma versão mais velha do garotinho confiante com quem cresci. Ali, no mar, ele podia conversar e trocar ideias; ali, ele estava relaxado. Respirei fundo, enquanto as cores gradualmente se apagavam e a escuridão aveludada descia, sendo substituída por um céu brilhante de estrelas, mais do que qualquer outro que eu já havia visto.

— É lindo. — suspirei.

— Sim, é. — concordou Kenny, com certo entusiasmo. — Espere até ver a aurora boreal sobre o mar. Esqueça Walter Scott, Byron e Coleridge; as luzes dançantes são a poesia de Deus escrita no céu. — Ele parou, como se estivesse com medo de ter falado demais.

— Continue. — Apertei-me mais para perto dele. — Não pare.

— Você as adoraria. — disse Kenny. — Eu gostaria de poder mostrá-las a você, e todas as outras maravilhas do mar.

— Por que não pode? — perguntei.

— Estaremos de volta a Dundee amanhã. — respondeu Kenny. — Duvido que você volte ao mar comigo de novo.

Engoli em seco. Senti como se tivesse acabado de encontrar o verdadeiro Kenny e, assim que estivéssemos de volta a Dundee, eu o perderia de novo. Ele estaria no mar, enquanto eu estaria em terra, lugar onde Kenny não conseguia falar com eloquência e eu não poderia me aproximar dele.

— Por que não? — Tentei lutar contra minha queda no desespero.

— Você só está a bordo por causa das circunstâncias. Um marujo não pode levar sua garota a bordo. Apenas um comandante de navio pode levar sua esposa, e, mesmo assim, geralmente ocorre em viagens mais longas do que para o Báltico.

— Oh. — Embora eu soubesse que Kenny falava a verdade, ainda assim as palavras doeram. Afastei-me ligeiramente. Falei sem pensar. — Você poderia trabalhar em terra?

— Fazendo o quê? — perguntou Kenny, com um pequeno e quase triste sorriso. — Não tenho nenhuma habilidade além de saber navegar no mar. Não poderia trabalhar em uma usina ou fábrica, ou mesmo no estaleiro.

Tentei imaginar Kenny dentro dos limites empoeirados e barulhentos de uma fábrica, trabalhando com pessoas como Anne, e olhei para o imenso abismo do céu, de onde um milhão de estrelas brilhavam sobre nós, cada uma sendo um olho de Deus cuidando de seu povo.

— Não. — concordei. — Você nunca poderia trabalhar em uma fábrica.

Ficamos em silêncio por um tempo enquanto o mar batia no casco do Almirante Duncan e alguns animais marinhos espalhavam água nas proximidades.

— Uma baleia — informou-me Kenny —, vindo nos prestar homenagens.

— Irá nos atacar?

— Não. São criaturas inofensivas, a menos que as ataquemos. — Estendendo a mão esquerda, Kenny puxou-me para perto mais uma vez. — Não consigo entender por que as pessoas desejam caçá-las.

— Nem eu. — concordei, com sinceridade. Naquele momento, quando tinha toda a atenção que Kenny poderia desviar do navio, estava em paz com o mundo inteiro.

Permaneci ali, feliz, segura dentro da proteção dos braços de Kenny, enquanto o almirante Duncan seguia com seu mastro temporário através do Mar do Norte. Embora eu tenha permanecido acordada durante as horas de escuridão, quase não dissemos uma palavra, e eu senti que nunca havia passado uma noite melhor. Queria que aquela viagem continuasse para sempre, com Kenny e eu juntos no navio, com o mar e nas maravilhas da natureza ao nosso redor.

— Não quero que isso acabe. — falei.

— Nem eu. — disse-me Kenny, e eu poderia ter chorado de felicidade ou por saber que logo estaríamos de volta a Dundee, e a vida real começaria de novo. Virando-me em seus braços, beijei-o intensamente nos lábios e ele correspondeu ao beijo com vontade. Nunca estive mais feliz.

Bem, Mãe Faa, eu disse a mim mesma, *você disse que uma tempestade estava chegando, e estava certa. Agora saí do outro lado e a vida será perfeita.*

CAPÍTULO 14

Dundee, maio de 1827

— Terra à vista! — gritou um vigia nos vaus dos joanetes. — Terra adiante.

Em segundos, Kenny já estava escalando os enfrechates, todo profissional e cheio de autoridade.

— Vire para leste-sudeste, um quarto para o leste. — rugiu ele, e o Almirante Duncan alterou ligeiramente o curso, com respingos subindo da proa e os ostraceiros acima de nós. Eu ansiava por me juntar a Kenny lá em cima, mas o timoneiro, agora um jovem de olhos sérios, balançou a cabeça.

— Melhor não, senhorita. — aconselhou ele. — O cordame não está tão seguro quanto deveria estar após o desastre. A senhorita pode escorregar a mão e o capitão não vai gostar disso.

— O capitão? — pensei no capitão Jackman.

— O Sr. Fairweather é o capitão interino agora, senhorita, até que os proprietários designem outro.

Olhando para o mar agitado, concordei.

— Obrigada, timoneiro. Não gostaria de fazer algo que o capitão possa não gostar.

Em vinte minutos, pude ver a mancha cinza da costa escocesa. Não queria voltar a Dundee, pois sabia que algo bom estava chegando ao fim. Aquele último dia havia sido uma revelação — eu vira outros lados de Kenny. Eu o vira como o comandante do navio, dando ordens que nos mantinham na superfície, e vivos. Eu havia visto seu lado tenro com a vida selvagem e tive uma ideia de seu lado intelectual, através de seu conhecimento de poesia. Meu Kenny era mais do que apenas um marinheiro, e eu havia me apaixonado mais uma vez. Senti o broche, sólido em meu bolso, e perguntei-me se deveria entregá-lo a Kenny, ou se ele poderia pensar que eu o estava pressionando muito. Acontece que não tive a oportunidade de entregá-lo, já que um comandante raramente está mais ocupado do que quando em comando de ancoragem.

Uma grande multidão se reuniu nas docas para ver o Almirante Duncan avançar com dificuldade, com pessoas remando em pequenos botes para observar nossa aparência danificada e um grupo apertado de esposas esperando ansiosamente no cais, desesperadas para ver se seus homens estavam vivos. Como sempre acontecia quando um navio chegava de partes estrangeiras, os funcionários da alfândega e dos impostos foram os primeiros a ir a bordo, com uma centena de perguntas para Kenny, com um representante dos proprietários não muito atrás deles. No meio de toda essa agitação e confusão, encontrei-me sozinha mais uma vez. Toquei o broche no meu bolso, perguntando-me quando eu poderia ter uma melhor ocasião para mencioná-lo para Kenny, e decidi que ele ficaria muito ocupado nas horas seguintes e esgueirei-me para terra. Minha mãe gostaria de saber o que aconteceu.

Assim que saí das docas, ondas de cansaço tomaram conta

de mim, de forma que eu oscilava enquanto seguia o meu caminho, o que dificultava o meu andar ao longo da Dock Street. Sabendo que minha mãe já estaria trabalhando, entrei na loja de tecidos para lhe contar o que havia acontecido.

— Você está a salvo, e de volta com o Sr. Fairweather. — Minha mãe parecia bastante alegre. — Isso é o que importa. Agora, vá para casa e durma um pouco; você está exausta.

Concordei, saí da loja e segui pela Nethergate, quase cambaleando.

— Srta. Easson!

Levantei o olhar, confusa, imaginando se as pessoas conheciam outro nome além do meu, e vi Baird sorrindo para mim.

— Estive procurando-a. — falou.

— Sinto muito, Baird. — respondi. — Preciso dormir um pouco.

— Você parece exausta. — concordou Baird. — Vou levá-la para casa. — Ele indicou sua carruagem a alguns metros de distância.

Naquele segundo, o convite foi o mais bem-vindo que poderia conceber, pois duvido que pudesse ter caminhado mais uma dúzia de metros.

— Fico muito agradecida. — respondi. Entrei cambaleante na carruagem, fechei os olhos e adormeci antes mesmo de o cocheiro bater com as rédeas nas ancas dos cavalos.

Acordei com a mais incrível sensação de bem-estar. Meu primeiro pensamento foi que o Almirante Duncan estava em segurança no porto e eu estava dormindo na cama do capitão. Meu segundo pensamento foi para Kenny, e o terceiro foi que os pássaros cantavam docemente naquela manhã. Então, sentei-me e perguntei-me onde estava.

Lembrei-me de Baird gentilmente me oferecendo uma carona para casa, e tive uma vaga lembrança de entrar na carruagem dele. Não me lembrava de ter partido, mas ali estava eu, vestida com uma camisola muito ornamentada, em uma grande cama macia, que certamente não era a minha.

O quarto grande e arejado, com um sol de fim de tarde enviando raios oblíquos que refletiam nos ornamentos em bronze na parede oposta. Sentei-me de um salto. Eu estava em Mysore House, cercada por exóticas mobílias e ornamentações indianas.

— Olá. — gritei, levantando-me da cama. — Olá!

Imediatamente, uma criada entrou no quarto, fazendo uma reverência profunda.

— Boa noite, Srta. Easson.

— Boa noite. — respondi, atônita. — Você poderia chamar a Sra. MacGillivray, por favor?

— Certamente, senhorita. — Fazendo outra reverência, a empregada retirou-se tão graciosamente quanto havia entrado.

Olhando ao redor do quarto, não consegui ver minhas roupas, então voltei para a cama. Eu estava sentada ali, perplexa, quando alguém bateu na porta.

— Entre.

A Sra. MacGillivray entrou, sorrindo.

— Nossa, você parece muito melhor agora, Catriona. Você parecia tão mal, enquanto Baird a carregava, que temi por sua saúde.

— Baird me carregou?

— Carregou. — A Sra. MacGillivray empoleirou-se na beira da cama e deu um tapinha no meu braço. — Ele estava preocupado demais com você.

— Ele deveria ter me levando para casa. — falei.

— Ele a levou para casa. — A Sra. MacGillivray surpreendeu-me ao dizer isso. — Ele achou melhor vir para cá, onde podemos cuidar de você, do que na sua casa em Milne's Close, onde você ficaria sozinha.

Pude ver algum sentido nessa declaração, embora preferisse estar em casa.

— Por favor, agradeça a Baird por sua consideração. — falei. — Estou muito grata a ele.

— Você sempre será bem-vinda aqui. — disse a Sra. MacGillivray. — Afinal, esta será sua casa em breve.

Com meus pensamentos voltados totalmente para Kenny, eu havia empurrado as esperanças de Baird e o resultado daquela competição boba para o fundo da minha mente. Agora, ambas as lembranças voltaram, e percebi que a Sra. MacGillivray ainda esperava que eu me casasse com seu filho.

— Não estou formalmente noiva de Baird. — lembrei, com o máximo de tato que pude.

— Isso pode ser remediado em breve. — disse a Sra. MacGillivray, com feições brilhantes. — Ora, todos sabemos que vocês têm um acordo. Tudo o que precisa fazer é informar educadamente àquele marinheiro que não está mais interessada nele e que vai aceitar a mão de Baird. — Seu sorriso era tão caloroso que não pude deixar de gostar daquela mulher.

Tentei ser diplomática, imaginando como havia me metido naquela confusão.

— O Sr. Fairweather é um bom homem. Não gostaria de magoá-lo.

A Sra. MacGillivray deu um tapinha no meu braço mais uma vez.

— Que bom que você pensa nos sentimentos do Sr. Fairweather, Catriona. Não esperaria menos de você. — Ela sorriu carinhosamente para mim e aproximou-se. — Ele vai se recuperar, Catriona. Claro, ficará desapontado em perdê-la.

Isso é natural, mas ele logo encontrará outra garota, uma mais adequada para a classe e ocupação dele do que você.

Franzi um pouco a testa.

— Não tenho certeza do que quer dizer, Sra. MacGillivray. De que maneira sou inadequada para a classe e ocupação do Sr. Kenneth Fairweather?

— Oh, minha querida! Você é a mais doce das criaturas, não? — Por um segundo, pensei que a Sra. MacGillivray estava prestes a me beijar, à medida que ela se aproximava cada vez mais. — Não há necessidade de fingir para mim, minha querida, nós sabemos tudo sobre você. De que maneira sou inadequada, ora veja! — A Sra. MacGillivray balançou a cabeça, rindo para si mesma de alguma piada particular.

— O que a senhora sabe? — perguntei.

— Tudo, Catriona. Nós sabemos tudo.

— Isso não seria difícil. — argumentei. — Não há muito o que saber.

A Sra. MacGillivray riu de novo.

— Você é a mais modesta das garotas, não? Estou tão feliz que Baird tenha encontrado você.

— Não sou nem um pouco modesta. — disse eu. — Falo apenas a verdade quando digo que não há muito para saber.

— Claro que não, minha querida Srta. Easson. — A Sra. MacGillivray levantou-se da cabeceira. — Vou mandar uma criada com algumas roupas para você.

— Obrigada. Sra. MacGillivray, quem me despiu?

— Oh, minha querida, as criadas, claro. — Eu vi uma expressão de riso nos olhos da Sra. MacGillivray. — Você achou que eu permitiria que Baird fizesse uma coisa dessas?

— Esperava que não. — falei.

— Não, de fato. Haverá muito tempo para esses jogos depois que vocês se casarem. Agora — a expressão da Sra.

MacGillivray mudou —, você vai precisar de ajuda para se vestir?

— Não, obrigada, Sra. MacGillivray. É muito gentil da sua parte, mas sou capaz de me vestir sozinha desde os dois anos de idade.

— Vou mandar que tragam as suas roupas. — A Sra. MacGillivray deu um tapinha no meu braço mais uma vez e saiu.

A empregada chegou em um minuto, trazendo uma variedade de roupas para eu usar. A primeira seleção foi as minhas próprias roupas, quase irreconhecíveis depois de escovadas, lavadas e passadas com perfeição, com uma costureira experiente tendo reparado todos os sinais de desgaste do navio. A segunda era muito mais ornamentada, com um toque quase oriental que eu sabia que vinha da época dos MacGillivrays na Índia.

— A Sra. MacGillivray envia seu afeto, senhorita — disse a criada —, e pergunta se prefere o vestido que ela escolheu.

Embora as exóticas roupas indianas me tentassem, optei por minhas próprias roupas deselegantes, mas familiares.

— Por favor, agradeça à Sra. MacGillivray em meu nome e informe-a de que continuarei a usar minhas próprias roupas que ela lavou tão gentilmente. — Por um momento frenético, pensei ter perdido o broche até que o senti seguro, dentro do meu bolso.

Quando a empregada se inclinou novamente, balancei a cabeça.

— Não há necessidade de me reverenciar toda vez que me vê. Não tenho nada de especial. Meu nome é Catriona.

Tenho certeza de que a criada pensou que eu era digna de um hospício.

— Oh, senhorita. — ela arquejou. — Eu não poderia chamá-la assim. — Ela fez uma reverência de novo, talvez para se desculpar por ter feito uma reverência antes, ou para se dar alguns segundos para pensar. — A senhorita é a jovem do Sr. Baird.

Não querendo embaraçar ainda mais a criada, não disse mais nada quando ela se retirou, e vesti minhas roupas rapidamente antes de me apressar para procurar a Sra. MacGillivray.

— Ah, aí está você! — Baird cumprimentou-me assim que deixei o quarto. Um pouco desorientada, já que estava em uma parte da casa que não conhecia, apenas sorri para ele.

— Sim. — respondi. — Obrigada por cuidar de mim. Foi muito atencioso da sua parte.

— Eu não poderia fazer menos. — Baird estava charmoso como sempre, fazendo uma pequena reverência. — Estou um pouco desapontado por não ter preferido usar o vestido que mamãe escolheu para você.

— Vocês já fizeram muito. — falei. — Não posso me impor à sua hospitalidade por muito mais tempo. É melhor eu voltar para casa, ou minha mãe ficará fora de si de preocupação.

— Não há necessidade. — O sorriso de Baird se abriu ainda mais. — Mandamos comunicar à Sra. Easson onde você está. Você pode ficar conosco o tempo que desejar e o jantar será servido em breve, Catriona.

Eu queria ir para casa, mas como poderia recusar tal gentileza, especialmente quando Baird ainda nutria esperanças de um vínculo mais profundo comigo? Precisava desapontar o pobre e generoso sujeito gentilmente. Fiz uma reverência.

— Obrigada, Baird. Não desejo abusar de sua hospitalidade.

— Não está abusando de nossa hospitalidade. — disse Baird. — Tenho algo para fazer, Catriona, então devo deixá-la explorando a casa sozinha. Quando ouvir o gongo, dirija-se à sala de jantar. Você sabe onde ela fica.

Fiz outra reverência e observei-o se afastar com elegância. Baird era realmente um homem polido e cortês, e perguntei-me novamente por que ele se interessaria por uma moça da Milne's Close, filha de um marinheiro. Ele se virou enquanto eu o observava, concedeu-me a mais profunda das reverências e ergueu a mão em saudação.

— Preste atenção ao gongo. — lembrou Baird.

— Prestarei. — prometi.

Perguntei-me se deveria fugir e voltar para casa, mas essa seria uma maneira terrível de tratar aquelas pessoas que só me ofereceram gentilezas. Não, decidi, precisava dizer a Baird que ele precisava eliminar suas esperanças de casamento, pois eu havia superado minhas diferenças com Kenny. Mexendo no broche em meu bolso, senti pavor ao pensar em magoar Baird daquela maneira. Não, balancei a cabeça. Não tinha escolha. Kenny era o meu homem e, de qualquer maneira, Baird poderia encontrar uma garota muito mais adequada entre os mais ricos de Dundee. Ele poderia conseguir uma amada, muito mais acostumada com casas elegantes, bailes e carruagens, do que eu poderia vir a ser. Foi uma experiência emocionante e agradável, mas foi só isso.

Com a decisão tomada, resolvi aproveitar minha última visita a Mysore House, pois tinha certeza de que Baird nunca mais me convidaria. No entanto, determinar um resultado e executá-lo são duas coisas diferentes, especialmente em um lugar tão complexo como a casa dos MacGillivray.

O gongo deve ter alertado toda a casa. Embora eu estivesse prestando atenção, o estrondo agudo pegou-me de surpresa; era muito alto e ecoou pela casa. Assustei-me, para grande consternação de uma criada que passava.

— Está tudo bem, senhorita. — Ela estendeu a mão, de forma cordial, para me firmar, mas rapidamente a retirou, não desejando cometer o crime hediondo de tocar em alguém tão importante quanto eu. — É apenas o gongo do jantar.

Agradecendo à empregada, dirigi-me à sala de jantar, com o coração martelando pela desagradável perspectiva de decepcionar Baird.

Respirando fundo, entrei na sala e em um mundo diferente. Servos ocupados haviam reorganizado a decoração, transformando o aposento em um palácio indiano, com uma profusão de cores em sedas penduradas, enquanto um dossel pendia do teto. A mesa estava posta de forma diferente de tudo o que eu havia visto antes, com pratos e talheres de bronze, enquanto o cheiro de jasmim e especiarias enchia o ar. Senti-me como se tivesse deixado a velha e cinzenta Escócia e viajado para o Hindustão.

— Entre, entre! — A Sra. MacGillivray conduziu-me para dentro, com braços abertos e um grande sorriso. — Sei que não é aquilo com o que você está acostumada, mas fizemos o nosso melhor.

Pensei em nossa pequena mesa em Milne's Close, onde caldo e pão compunham nossas refeições típicas.

— É lindo. — falei.

— Espero que a comida esteja de acordo com seu padrão usual. — acrescentou a Sra. MacGillivray.

Mexi-me desconfortavelmente, perguntando-me se a Sra. MacGillivray estava escarnecendo de nossa pobreza, e sentei-me no meu lugar.

O Sr. e a Sra. MacGillivray estavam lá, com Baird e, alguns momentos depois, como que para enfatizar sua independência, Barbara juntou-se a nós. Ela me olhou de modo estranho antes de se sentar. Com uma palavra da Sra. MacGillivray, aquela música indiana começou de novo. Percebi que todos usavam os trajes mais finos e exóticos, como se estivéssemos realmente no Hindustão, e não em uma enfadonha cidade escocesa.

Todos me olhavam e sorriam. Tentei retribuir os sorrisos, sabendo que precisava dizer a Baird que estava comprometida com Kenny.

— Bem, agora, Catriona. — disse a Sra. MacGillivray. — Estamos todos juntos de novo.

— Sim. — falei. Quando percebi que era esperado que dissesse mais, acrescentei: — É muito bom.

— Você deseja que continuemos a chamá-la de Catriona? — perguntou a Sra. MacGillivray.

— Esse é o meu nome. — respondi. — A menos que a senhora prefira Srta. Easson. — Perguntei-me, inquieta, por que meus anfitriões trocaram olhares e sorrisos de cumplicidade ao ouvirem as minhas palavras. — Vocês têm sido muito gentis comigo. — falei. — Não consigo imaginar o que fiz para merecer tal consideração.

— É o mínimo que podemos fazer por uma dama. — As palavras de Baird provocaram risadas em torno da mesa, e apenas Barbara não participou. Mais uma vez, ela me lançou um olhar curioso, como se me encorajasse a fazer algo, embora eu não conseguisse imaginar o quê.

— Nós sabemos, veja bem. — disse a Sra. MacGillivray. Perguntei-me se eu havia deixado Dundee e entrado em um hospício, com aquela música estranha ao fundo e a tal família, com seus comentários incompreensíveis. Dei um sorriso fraco e fiquei imaginando como poderia dizer a Baird que estava decidida a me casar com Kenny.

— Quando Baird a buscou ontem — disse o Sr. MacGillivray —, a senhorita estava vindo do leste.

Houve mais risadas, como se o Sr. MacGillivray tivesse dito algo muito espirituoso.

— Aquela vela está derretendo. — Baird apontou para uma vela perfeitamente acesa perto da uma das extremidades da mesa. — Deve ser o pavio.[1]

Essa estranha declaração fez com que todos à mesa uivassem de alegria, exceto Barbara, que estava sentada com sua expressão tensa normal no rosto. Permaneci sentada, confusa, agradecida quando a sopa chegou e pude me concentrar em algo que não fosse aquelas diversões precárias.

— Espero que possa se adaptar aos nossos hábitos — disse a Sra. MacGillivray —, a menos que deseje levar Baird para a sua casa de família.

Acalmei o martelar do meu coração.

— Devo lembrar que ainda estou noiva do Sr. Fairweather. — Tive de forçar as palavras, esperando não ter magoado Baird de modo muito profundo.

— Que ideia! — A Sra. MacGillivray liderou a risada subsequente. — Uma mulher como você, casando-se com um marinheiro. — Ela olhou para o marido e riu de novo. — Nós sabemos, veja bem. Você deve ter entendido nossas alusões anteriores.

— O que vocês sabem? — perguntei, perplexa.

— Tudo. — disse Baird. — Você não pode ter segredos para nós, Srta. Easson. — Inclinando-se para a frente, ele apagou uma vela. — Oh, que coisa, quase queimei meus dedos no pavio.

Por alguma razão, aquela segunda declaração sobre uma vela levou a uma nova onda de risadas.

Suspirando, concentrei-me na minha sopa, imaginando como poderia convencê-los sobre Kenny.

— Todos vocês foram mais do que generosos comigo — falei —, mas estou comprometida com o Sr. Fairweather.

Ouviu-se uma batida na porta, que veio como um alívio para o silêncio constrangedor que se seguiu às minhas palavras. Todos levantamos o olhar quando Henry, o mordomo, entrou na sala com um cartão em uma bandeja de prata.

— Há um cavalheiro para ver o Sr. Baird MacGillivray.

— Oh? — O Sr. MacGillivray franziu a testa, olhando para Baird. — Que tipo de cavalheiro?

Baird olhou para o cartão e ergueu as sobrancelhas.

— É um senhor Abraham Anderson, representante da propriedade dos Pitlunie.

Franzi a testa, pois o nome Pitlunie me era vagamente familiar.

— Você tem algum interesse comercial lá? — perguntou o Sr. MacGillivray.

— Nenhum que eu saiba. — respondeu Baird. — Com licença; irei falar com este sujeito. Não me demorarei.

— Devem ser negócios. — disse-me a Sra. MacGillivray quando Baird saiu da sala. — São sempre negócios, quando se trata do Sr. MacGillivray. Você vai se acostumar com isso quando estiver casada. Todas as esposas se acostumam.

— Não acho que será a mesma coisa com o Sr. Fairweather. — percebi que Barbara observava-me, estreitando os olhos. De todos, era a mais silenciosa da família. Mesmo depois das experiências que vivemos no cemitério de Howff, eu ainda não tinha certeza se gostava dela ou não.

Baird voltou em dez minutos com um sorrisinho enviesado no rosto.

— Isso foi interessante. — disse ele, sentando-se com um olhar significativo para mim. — Aquele senhor estava representando a Srta. Ogilvy de Pitlunie. Ela deseja me encontrar para tratar de algum assunto. O Sr. Anderson não foi claro sobre o quê.

Assenti. Lembrava-me de uma Srta. Ogilvy de Pitlunie do baile do prefeito. Ela havia sido desagradável comigo até que Baird insinuou que eu era uma dama de posição, em vez de uma simples operária.

— Você já conhece toda Mysore House, Catriona? — perguntou a Sra. MacGillivray.

— Creio que sim, Sra. MacGillivray. — Fiquei aliviada por ninguém me perguntar sobre Kenny, e esperava que eles tivessem aceitado minhas palavras.

— Você viu a ala leste? — A Sra. MacGillivray acompanhou sua pergunta com uma sobrancelha levantada e um sorriso.

— Acho que sim. — respondi.

— Instalamos uma capela simples ali. — disse a Sra. MacGillivray. — Você a verá em breve.

Barbara olhava-me de forma muito estranha naquele momento, balançando levemente a cabeça, o que não entendi.

— Não sabia que vocês tinham uma capela. — falei.

— Vou lhe mostrar assim que terminarmos a refeição. — disse a Sra. MacGillivray.

Eu não havia visto a ala leste da casa e, no mínimo, ela era ainda mais ornamentada do que o resto da construção, com intrincados trabalhos de gesso no teto, enquanto a luz de velas refletia em uma centena de peças de bronze.

— Venha, Catriona. — Baird estava obviamente orgulhoso de sua casa. — Você deve ver tudo.

Os MacGillivrays haviam decorado a ala em uma mistura de estilos britânico e indiano, com tapeçarias ornamentais e tapetes pendurados, da aparência mais linda, fundindo-se aos painéis de madeira maciça e paisagens românticas que poderiam ter enfeitado o Abbotsford, a residência de Walter Scott.

A Sra. MacGillivray guiou-me até uma sala grande e arejada forrada com armas exóticas, do tipo que eu nunca vira antes. Espadas curvas e estranhas e longos mosquetes competiam por atenção contra cotas de malha e os mais bonitos elmos pontiagudos.

— Esta é a sala de armas. — disse a Sra. MacGillivray. — O Sr. MacGillivray desempenhou um pequeno papel no final da Guerra Pindari.

— Eu não sabia que o Sr. MacGillivray foi um soldado. — disse eu, com respeito renovado, pois as obras de Sir Walter Scott há muito haviam despertado meu interesse nas tradições marciais da Escócia.

— Oh, céus, não. — disse a Sra. MacGillivray. — O Sr. MacGillivray é um comerciante. Ele forneceu os cavalos para uma boa parte do exército e obteve um lucro substancial, posso lhe garantir.

— Um lucro substancial. — repetiu Baird, com aprovação, como se o amor ao dinheiro devesse ser venerado, em vez de abominado, como a raiz de todo o mal.

— E aqui — disse a Sra. MacGillivray, abrindo outra porta —, temos um tipo diferente de quarto. — Ela olhou-me de soslaio. — Espero que goste deste lugar, Catherine.

— Catriona. — lembrei-a. — Meu nome é Catriona.

Eu ouvi a risada abafada de Baird quando a Sra. MacGillivray concordou.

— Claro, que tolice da minha parte, Catriona, de fato. Chamamos isso de "Ninho de Amor". — disse a Sra. MacGillivray ao abrir a porta.

Eu não conseguia pensar no que dizer. A maior e mais ornamentada cama com quatro colunas que eu já tinha visto dominava o quarto, com um dossel de seda fina. Além da cama, os quadros na parede fariam um marinheiro enrubescer, e as estatuetas que decoravam os nichos ao lado da janela em arco ogival eram ainda piores. Desviei o olhar com certo constrangimento.

— Você gosta do nosso quarto? — A Sra. MacGillivray parou ao lado da estátua de um homem nu e muito masculino.

— Nunca vi nada assim antes. — Eu não tinha certeza de onde era seguro olhar.

— Não neste país, de qualquer maneira. — disse Baird.

Resolvi partir assim que pudesse e nunca mais retornar.

Como poderia ter nutrido sentimentos de amizade por aquelas pessoas, com sua falta de decoro?

A Sra. MacGillivray olhava-me com um sorriso no rosto.

— A próxima é a capela. Venha por aqui, Catherine.

— Catriona. — repeti. Eu estava fora de mim depois de ver aquele último quarto.

— Por aqui.

Eu a segui, sentindo-me cada vez mais desconfortável, enquanto Baird se pressionava cada vez mais para perto de mim, de forma que sua perna estava tocando meu quadril. Afastei-me, apenas para pressionar a Sra. MacGillivray.

— Aqui estamos! — A Sra. MacGillivray parou em frente a uma porta de teca, na qual algum artesão habilidoso havia entalhado uma cruz celta. Mal tive tempo de admirar a impressionante arte, quando Baird empurrou a porta e conduziu-me para dentro.

Não sei o que esperava, talvez algo tão estranho como o "Ninho de Amor". Fiquei agradavelmente surpresa ao ver um aposento pequeno e arrumado, com uma única janela em arco, através da qual o sol da tarde destacava a imagem de um anjo no vitral. Duas fileiras curtas de bancos ficavam diante de um púlpito simples.

— É adorável. — Falei sem pensar. Educada como presbiteriana, eu preferia igrejas modestas e simples, sem qualquer decoração fantasiosa para desviar a atenção da mensagem do ministro.

A Sra. MacGillivray assentiu.

— Espero que esta capela se torne parte do legado MacGillivray. — Ela ergueu a voz. — Quero que geração após geração da minha família se case aqui. — A Sra. MacGillivray me encarou, com olhos brilhantes. — Vou começar uma dinastia, Catherine, e você será a progenitora de nomes que viverão através dos tempos.

— Oh? — Eu não queria dizer mais nada. Queria apenas deixar Mysore House e todas as pessoas que moravam nela.

— Com licença, Sr. Baird. — O mordomo parecia agitado ao vir ao nosso encontro. — Lamento muito incomodá-lo, mas agora há uma jovem à porta, perguntando pelo senhor.

— Uma jovem? — Senti logo a desaprovação da Sra. MacGillivray. — Que tipo de jovem, Henry? O Sr. Baird não conhece nenhuma jovem. Mande-a embora. Mande-a embora imediatamente, sem mais questionamentos!

— Eu tentei, senhora. — Henry curvou-se para adocicar suas palavras. — Disse à jovem que o Sr. Baird não devia ser incomodado, mas ela insistiu, senhora. Disse que o Sr. Baird a conhece e que ela tem informações que serão de grande interesse.

— Quem é essa pessoa insistente? — perguntou a Sra. MacGillivray.

De alguma forma, eu já sabia a resposta.

— A jovem se autodenomina Srta. Clarissa Ogilvy de Pitlunie. — disse Henry.

Pensei naquela mulher elegante e de nariz comprido do baile e perguntei-me que problema ela estava tentando criar.

— Irei vê-la. — disse Baird. — Por favor, com licença, Catriona. — Ele fez uma breve reverência, à qual respondi com uma reverência igualmente breve.

— Você conhece essa mulher, Baird? — A voz da Sra. MacGillivray poderia ter perfurado vidro.

— Nós nos conhecemos no baile do prefeito. — falou Baird, olhando por cima do ombro. — Está tudo bem, mamãe. Vou me livrar dela.

A Sra. MacGillivray franziu a testa.

— Diga-lhe que você já tem uma jovem. Diga-lhe para não nos incomodar de novo. — Ela seguiu Baird passo a passo para fora da ala leste, entrando na parte principal da casa, dando-lhe conselhos a cada metro do caminho. Eu os segui, esperando poder oferecer minhas desculpas e sair, enquanto a Srta. Clarissa do nariz comprido ocupava o tempo de Baird.

— Não há necessidade de você se preocupar, minha querida. — Por fim, a Sra. MacGillivray acabou interrompendo seu fluxo de conselhos para Baird e, em vez disso, dirigiu-se a mim. — Baird e eu logo iremos nos livrar dessa tal de Ogilvy. — Ela deu um tapinha no meu braço. — Agora, não se preocupe. Vou garantir que Baird lhe permaneça fiel.

— Sra. MacGillivray. — Com esforço, controlei minha raiva, pois o "Ninho de Amor" havia me abalado. — Sou comprometida.

— Eu sei disso, minha querida. — A Sra. MacGillivray deu um sorriso conspiratório. — Você só precisa esperar nos meus aposentos enquanto lidamos com tudo isso. — Ela me conduziu a uma sala muito agradável, iluminada e arejada, com grandes janelas com vista para o Tay. Sentei-me em uma cadeira com assento de junco, levantei um dos livros que estavam espalhados sobre uma eventual mesa e fingi folhear as páginas enquanto ouvia atentamente o que estava acontecendo. Confesso que pensei em seguir a Sra. MacGillivray para ouvir do lado de fora da porta da sala, mas, com tantos criados na casa, isso era impossível.

Ouvi vozes altas, com a da Sra. MacGillivray acima das demais.

— Como ousa! Como ousa dizer uma coisa dessas?

Ouvi então Baird falar com seu timbre melodioso, gentil e cheio de humor.

— Acho melhor nos deixar, Srta. Ogilvy.

— Eu lhe digo. — Era uma voz feminina, claramente da Srta. Ogilvy. — Ela é apenas uma moça operária! Não é lady Eastwick, mas uma impostora.

Assustei-me ao ouvir isso. Suspeitava que a conversa me

dizia respeito, e a Srta. Clarissa Ogilvy não gostava de mim, depois de nosso encontro no baile. Bem, agora ela estava certa, eu era apenas uma operária, embora não uma impostora. Eu teria escapulido, se a sala de estar não fosse bem ao lado da porta da frente.

— Henry! — A Sra. MacGillivray ergueu a voz mais uma vez. — Vá buscar os cachorros, Henry, e o meu chicote! Vou expulsar esta mulher atrevida de nossa propriedade!

Incapaz de resistir à tentação, desci para assistir à cena divertida. Eu não gostava da Srta. Clarissa Ogilvy, então, eu não estava nada relutante em ver a Sra. MacGillivray expulsá-la de casa. No caso, a Srta. Ogilvy foi embora antes da chegada dos cães ou do chicote, embora eu tivesse esperanças de ver a Sra. MacGillivray atacá-la. Ainda assim, foi agradável ver a alta e poderosa Clarissa humilhar-se, levantando as saias acima dos tornozelos elegantemente torneados e quase, mas não exatamente, sair correndo pela porta aberta e descer os degraus até a carruagem que a esperava.

— Agora, Catriona. — A Sra. MacGillivray me encarou. — Temos assuntos para discutir.

— Sim, Sra. MacGillivray. — De repente senti-me feliz porque a Sra. MacGillivray não estava segurando seu chicote, e encarei-a diretamente, a uma distância de metade da largura do corredor. Eu estava determinada a não ser intimidada ou a recuar diante daquela mulher ou de qualquer outra pessoa.

— Você vai passar a noite aqui. — A Sra. MacGillivray respirava pesadamente. — Agora que nos livramos daquela mulher e de suas ideias idiotas, vou protegê-la do perigo. — Ela sorriu de novo. — Está tudo bem, Catherine, você está segura aqui.

— Estou segura em casa. — Tentei passar por ela. — Gostaria de sair agora, Sra. MacGillivray.

— Não, não. Estamos tentando ajudá-la, Catherine. —

Percebi Henry atrás de mim, com algumas das criadas mais velhas chegando para dar apoio. — Você não está segura, andando por aí, com criaturas como aquela tal de Ogilvy espalhando seus boatos maliciosos.

Apesar dos meus protestos, os MacGillivray e seus servos me empurraram para o quarto que eu havia ocupado anteriormente. A Sra. MacGillivray continuou a sorrir.

— Está tudo bem. Nós cuidaremos de você.

Com essas palavras de despedida, ela fechou a porta. Ouvi a chave girar na fechadura e caí na cama, frustrada. Que diabos deveria fazer então?

CAPÍTULO 15

Mysore House, maio de 1827

Depois da minha surpresa inicial, comecei a planejar minha fuga, pois, por mais amigáveis que os MacGillivray pudessem ser e por mais confortáveis que fossem meus aposentos, eu era, sem dúvida, uma prisioneira em Mysore House. Ao me lembrar daquele estranho "Ninho de Amor" da Sra. MacGillivray, estremeci, pois não duvidei do uso que ela pretendia fazer dele. Por um momento, empalideci, imaginando-a parada, ao meu lado e ao lado de Baird, dando-nos conselhos de graça, enquanto estávamos deitados, juntos naquela cama. Não, oh, querido Deus, não. Bani aquele pesadelo de meus pensamentos e concentrei-me em um resultado mais positivo.

Rapidamente, abri a janela do quarto e olhei para fora, mas eu estava a uma altura de dois andares e nunca gostei de altura ou tive qualquer inclinação para me tornar um assaltante. Medi a distância até o chão, estremeci e fechei a janela de novo. Descer doze metros, por uma parede lisa de cantaria, não era uma opção que eu pudesse considerar. Voltei minha atenção para a porta. Estava bem trancada e, quando me ajoelhei e espiei pelo buraco da fechadura, pude ver que a ponta da chave ainda estava no lugar.

Aquilo me deu alguma esperança. Eu havia lido em alguns livros que era possível destrancar a porta segurando a ponta de uma chave com uma pinça comprida ou algum outro instrumento, e girando-a na direção necessária. Como eu não tinha uma pinça, procurei no quarto alguma coisa que pudesse usar.

Quando não encontrei nada, minha frustração aumentou. Tentei a maçaneta novamente, sacudindo-a sem sucesso. A porta permaneceu fechada, tão fortemente quanto eu permanecia presa dentro daquele quarto muito confortável. Sentando-me na cama, fechei minhas mãos em punhos e as bati em meus joelhos. Depois de alguns instantes, percebi que estava apenas me cansando sem conseguir nada e parei.

Ouvi gargalhadas da Sra. MacGillivray e Baird, comparei a diversão deles com a minha situação e comecei a andar de um lado para outro ao longo do quarto. Por mais duas vezes, verifiquei a janela, perguntando-me se poderia realmente tentar descer a parede até o chão. Não: balancei minha cabeça, não podia. Não era a heroína de algum romance barato, mas uma operária comum de Dundee. Conforme a luz do dia diminuía, encontrei uma vela, raspei uma faísca da caixa de fósforos e observei até que a chama se firmasse.

Não sei como, nem quando, dormi. Só sei que não me despi e ninguém me ofereceu água quente para me lavar. Devo ter desabado na cama, desesperada, e permitido que o cansaço tomasse conta de mim. Ou talvez tenha sido atingida pelo excesso de exaustão nervosa.

Minha porta abriu sem nem mesmo o aviso de uma batida e Barbara se esgueirou para dentro dele.

— Catriona. — disse, fechando a porta atrás de si. — Precisamos conversar.

Notei que a vela estava derretendo, lançando apenas uma luz mínima no quarto, o que me disse que deveria dormido por algum tempo.

— Também tenho perguntas a lhe fazer. — falei. — Qual o motivo de todos aqueles risos e gracejos na refeição de ontem? Seus parentes me acham engraçada? Eles não entendem que não irei me casar com Baird?

— Não importa agora. — disse Barbara. — Vou fazer uma pergunta simples e, por favor, responda-me honestamente.

— Sou sempre honesta. — respondi.

— Sente-se — disse Barbara —, e olhe para mim.

Nunca tinha visto Barbara parecer tão séria enquanto eu me sentava em uma cadeira luxuosamente estofada.

— Qual é o problema, Barbara?

Barbara se agachou na minha frente e segurou minhas mãos.

— Agora, Catriona, querida Catriona, por favor, diga-me: qual é o seu nome verdadeiro?

— Ora, Barbara, meu nome verdadeiro é Catriona Easson.

— É esse o nome que lhe deram quando você nasceu?

— Sim. — respondi, perplexa.

— Qual o nome da sua mãe?

Franzi a testa.

— Fiona Easson. Seu nome de solteira era Fiona Armstrong. Por que todas essas perguntas, Barbara?

Barbara parecia relaxar a cada resposta que eu dava.

— Algum dia você já foi Catherine Eastwick?

Balancei a cabeça.

— Não. Mas esse nome me é familiar. Acho que aquela tal de Ogilvy o mencionou.

— Lady Catherine Eastwick é a herdeira de Eastwick Hall.

— Oh. — Dei de ombros, confusa.

— Você não lê as colunas sociais e de escândalos no jornal? — perguntou Barbara.

Balancei a cabeça.

— Não.

— Oh. — Barbara parecia surpresa. — Você está perdendo alguns deliciosos lampejos de inteligência. — Franzindo a testa, ela acrescentou: — Lady Catherine Eastwick está desaparecida desde que o pai dela, o conde, se afogou em um acidente de navio, e ela herdou Eastwick Hall e a fortuna da família. Houve relatos de que ela se sentiu oprimida pelos pretendentes que esperavam se casar com ela e se apoderar de sua herança, e minha mãe e o idiota do meu irmão pensam que você é Lady Eastwick.

— Bom Deus! — Lembrei-me das piadas fracas do "pavio" e do "leste", e da maneira frequente com que a Sra. MacGillivray se dirigia a mim como "Catherine". — Que diabos os fez pensar que sou Lady Eastwick?

— Todos os jornais noticiaram que Lady Eastwick estava desaparecida um dia antes de Baird encontrá-la, caminhando na estrada para Dundee. Alguns relatos diziam que ela iria se esconder em Dundee, com uma de suas servas mais idosas.

— Acho que vi algumas referências a ela nos jornais. — falei.

— Foi o que despertou o interesse dele em você, Catriona. — disse Barbara. — É por isso que ele quer se casar com você.

— Baird esteve na minha casa. — Balancei a cabeça, pela estupidez das pessoas que só acreditavam no que queriam pensar, ao invés das evidências diante de seus olhos. — Conheceu a minha mãe. Sabe onde eu trabalho.

— Eu sei. — disse Barbara. — Baird e minha mãe acreditam que sua mãe é a velha serva mencionada na reportagem do jornal, e que você trabalha na fábrica para esconder sua verdadeira identidade.

— Bom Deus. — Balancei a cabeça, confusa. — Isso é um total absurdo.

— Meu Deus mesmo. — disse Barbara. — Baird também viu suas atividades intelectuais, os livros e o tabuleiro de xadrez.

— Meu pai era oficial de um navio mercante. — falei. — Ele insistia que nós, suas filhas, deveríamos nos esforçar para melhorar.

Barbara assentiu com a cabeça.

— Acredito em você. — disse ela, sorrindo. — Nenhuma *lady* tentaria falar com os criados como você tentou.

Eu não sabia o que pensar. Parte de mim se sentia muito insultada por Baird ter desejado se casar com uma dama com título em vez de mim, e outra parte ficou aliviada.

— Oh. — falei, por fim. — Bem, você, mais do que ninguém, sabe que estou comprometida com Kenny. Tudo o que preciso fazer é dizer a Baird que não sou Lady Eastwick e, se você me ajudar, toda a confusão acabará.

— Espero que sim. — disse Barbara. — De verdade, espero que sim.

— Eu lhe contarei agora. — acrescentei. — Onde ele está? Ainda está acordado?

— Oh, ele ainda permanecerá acordado por horas. Os MacGillivrays nunca se deitam cedo.

Baird estava com a Sra. MacGillivray na sala de estar, examinando a seção financeira do jornal e bebendo uma taça de vinho do Porto. Ambos levantaram os olhos quando entrei.

— Ora, entre, Catriona. — Baird era todo sorrisos, como sempre, enquanto a Sra. MacGillivray agia como se fosse perfeitamente normal trancar um hóspede em seu quarto.

— Obrigada. — Permaneci ao lado da porta fechada, sentindo-me enervada pela declaração que eu tinha que fazer.

— Baird, Sra. MacGillivray, acho que está havendo um equívoco sobre minha identidade.

A Sra. MacGillivray largou o bordado intrincado em que estivera trabalhando.

— Ora, não, querida. — disse ela. — Nós sabemos exatamente quem você é, não é, Baird?

— Sim, sabemos. — disse Baird.

— Está tudo resolvido. — disse a Sra. MacGillivray. — Combinei com um ministro da igreja para vir até aqui amanhã e nós os casaremos em nossa capela particular. Após isso, você estará perfeitamente segura.

— Não sou Lady Catherine Eastwick. — falei.

Lady MacGillivray riu.

— Claro que não, querida. — Ela sorriu. — Está tudo bem, Lady Catherine. Seu segredo está seguro. Assim que você se casar com nosso Baird, podemos anunciar a verdade para o mundo.

— Sou Catriona Easson. — Mantive a paciência porque, apesar de tudo o que havia acontecido, ainda nutria certa consideração pela Sra. MacGillivray.

— Assim que você se casar com Baird, ele assumirá o título de Baird MacGillivray, Lorde Eastwick, então nossa família irá protegê-la de qualquer problema, e os MacGillivrays ascenderão à sua devida posição, com um título. — A Sra. MacGillivray sorriu como se eu não tivesse falado. — Já observei que você tem ótimos quadris para procriar, Catherine. Você garantirá que a linhagem da família continue.

Encarei a Sra. MacGillivray. Eu sabia, através de minhas leituras, que um homem não passa a ser um nobre ao se casar com uma esposa que o seja, mas eu estava mais preocupada com os planos físicos dela para mim.

— Não sou uma vaca para ser usada para procriação.

— Claro que não, querida. — respondeu a Sra. MacGillivray. — Você é Lady Eastwick.

— Sou Catriona Easson — falei —, e agora estou indo para casa.

Saí daquela sala muito mais rápido do que entrei, com a cabeça erguida e minha raiva aumentando rapidamente. Ouvi a porta se abrir com um estrondo e Baird surgiu.

— Catriona! Catherine! Espere!

Eu não me sentia inclinada a esperar. Afastando a mão de Baird, caminhei para a porta da frente com a respiração entrecortada e as canelas batendo nas saias a cada passo que dava.

— Catriona, por favor! — Baird parou na minha frente, bloqueando minha passagem. Pela primeira vez, senti medo. — Deixe-me falar com você.

— Já disse tudo o que tinha a dizer, Sr. MacGillivray. Por favor, saia do meu caminho.

— Precisamos conversar.

— Sr. MacGillivray. — Recuei, na esperança de encontrar algum espaço. — Eu disse tudo o que tinha a dizer. Estou prometida ao Sr. Fairweather e vou me casar com ele. Estou imensamente grata pela bondade que você me mostrou no passado, mas isso não é motivo para que eu me case com você.

— Eu amo você, Catriona. — disse Baird.

Eu o encarei.

— Não, Baird. Por favor, afaste-se.

— Sei que você não é lady Não-sei-das-quantas. — disse Baird. — Já sabia disso há algum tempo.

— Estou comprometida. — Ainda não desgostava de Baird, que sempre agiu como um perfeito cavalheiro comigo. — Baird, você é um homem bonito e agradável. Poderá encontrar uma mulher muito mais adequada do que eu.

— Não quero outra mulher, Catriona. Quero você.

Talvez tenha sido a maneira como ele as pronunciou, mas as palavras de Baird me perturbaram. Eu acreditei que elas eram verdadeiras.

— Lamento, Baird, mas não pode ser. Estou comprometida e vou me casar com Kenny Fairweather.

— Não, minha querida. Você vai se casar com Baird. — Ouvi a voz da Sra. MacGillivray atrás de mim e seus braços se fecharam em volta dos meus ombros.

Baird interrompeu minha tentativa de gritar com a mão cobrindo minha boca.

— Está tudo bem, Catriona, está tudo bem. Estou aqui e amo você.

— Não! — Tentei lutar, mas com a Sra. MacGillivray me segurando, Baird agarrou minhas pernas agitadas e eles me carregaram para o quarto que eu acabara de desocupar e me colocaram, com muito cuidado, na cama.

— Está tudo bem. — apaziguou a Sra. MacGillivray. — Só mais uma noite e você fará parte da família. Você também será uma MacGillivray, uma de nós. — Inclinando-se, ela beijou suavemente o alto da minha cabeça. — Você vai ficar bem, Catherine. Você vai ver.

Afastando com força a mão de Baird de minha boca, gritei.

— Você não pode fazer isso.

— Está tudo arranjado. — disse a Sra. MacGillivray. — Lembra-se? Nosso Bairdie a conseguiu de forma justa.

— Não conseguiu. — falei. — Baird trapaceou. Ele serrou o remo do Sr. Fairweather, para que ele não pudesse remar seu barco adequadamente.

— Oh, não, querida. — A Sra. MacGillivray balançou a cabeça impecável. — Baird não teve nada a ver com isso.

Eu acreditei nela.

— Quem foi, então?

— Fui eu, querida Catherine. — A Sra. MacGillivray sorriu para mim. — Vale tudo no amor e na guerra.

— Mamãe! — Percebi a hostilidade na voz de Baird. — Você não deveria ter feito isso.

— Claro que deveria. — argumentou a Sra. MacGillivray. — Olhe que lindo prêmio que obtive para você. — Ela olhou para mim. — E você, Catherine, olhe para o meu Bairdie. Você vai se casar com ele amanhã. — Seu sorriso era tão amplo como sempre. — Arrumei o mais encantador dos vestidos de noiva para você, Catherine. Você vai adorar.

— Não vou me casar com Baird. — disse eu.

Os dois riram, como se rissem das birras de uma criança.

— Que temperamento o seu amor tem. — A Sra. MacGillivray dirigiu-se a Baird. — Mas você vai se divertir bastante controlando-a.

Quase vomitei ao ouvir as palavras.

— Divertir? Vou mostrar-lhe o que é diversão!

— É melhor garantirmos que ela não se machuque. — disse a Sra. MacGillivray. — Nunca vi tal demonstração de mau humor!

— Ela vai ficar bem. — disse Baird. — Não vai, Catriona?

— Solte-me, e logo lhes mostrarei! — gritei.

— Que natureza apaixonada sua garota tem! — maravilhou-se a Sra. MacGillivray. — Ela, sem dúvida, nos manterá bem entretidos nas longas noites de inverno.

— Fique quieta, Catriona, por favor, seja sensata. — implorou Baird, com preocupação nos olhos.

Em vez de ficar imóvel, continuei a chutar e a lutar, o que não foi uma boa ideia.

— Ela vai se machucar, em sua cólera. — observou a Sra. MacGillivray.

— O que podemos fazer? — Baird pediu ajuda à mãe.

— Temos que mantê-la segura. — disse a Sra. MacGillivray.

— Você entende, Catherine, não é? Estamos fazendo isso para o seu próprio bem.

Eu a olhei, com minha mente prometendo coisas que minhas mãos não poderiam realizar. Não vi de onde Baird tirou a corda. Só soube que ele a enrolou em volta dos meus tornozelos, sorrindo e balbuciando palavras suaves, enquanto me amarrava com força. Meus pulsos foram os próximos, com a Sra. MacGillivray dando conselhos maternais enquanto acariciava meu cabelo e beijava minha cabeça de novo.

— É melhor assim, Catherine, você vai ver. Estamos fazendo isso para o seu bem. Em breve, você estará segura, em família, e cuidaremos de você pelo resto de sua vida.

Como era de se esperar, Baird teve que tirar a mão da minha boca para me amarrar, então dei vazão total aos meus sentimentos, dizendo-lhes de maneira inequívoca o que pensava deles e de suas ações.

— Você não pode se casar comigo contra a minha vontade — concluí —, e não pode me manter aqui para sempre.

— Oh, que temperamento! — A Sra. MacGillivray parecia encantada com minha explosão. — Oh, que esposa animada você será! — Ela riu novamente. — Não vamos mantê-la aqui, Catherine, querida. Ah, não. O Sr. MacGillivray já providenciou tudo. Assim que você e Bairdie se casarem, vocês dois embarcarão em um navio para a Índia. Baird será nosso agente em Hughli, e você ficará ao lado dele, como uma boa esposa deve fazer.

Quando abri minha boca para responder, Baird enfiou algo sobre meus dentes e amarrando-o com uma fita para que eu pudesse apenas olhar para os dois, contorcendo-me na cama.

— Pronto, agora. — A Sra. MacGillivray olhou carinhosamente para mim. — Nunca vi tamanha demonstração de paixão. — Ela balançou a cabeça. — Você pode dormir agora, querida Catherine. Terá um dia agitado amanhã e, depois, sua noite de núpcias. — Ela olhou para Baird com um sorriso. — Depois disso, partirá para a Índia e para sua nova vida com seu marido. — Ela deu um tapinha no meu quadril com carinho. — Vamos orar para que venham muitos bebês para vocês dois.

Baird ainda estava sorrindo quando fechou a porta atrás de si. Ouvi a chave girar na fechadura e juro que, se minha fúria pudesse partir as amarras, eu teria transformado Mysore House em pó e escombros antes que cinco minutos se passassem. Do jeito que as coisas estavam, eu me contorci, lutei e murmurei terríveis insultos, mas toda a minha atividade serviu apenas para me cansar, sem sequer afrouxar minhas amarras ou minha mordaça. Por fim, exausta e furiosa, deitei-me naquela cama desarrumada com o coração martelando e o cérebro repleto de imagens terríveis do destino que a Sra. MacGillivray me prometera.

Era difícil acreditar que, enquanto eu estaria passando pelo horror do casamento forçado no dia seguinte, Dundee continuaria com suas atividades normais. Anne e suas colegas trabalhariam em seus teares, estivadores carregariam e descarregariam navios, transportadores praguejariam e gritariam enquanto dirigiam suas carroças e, em algum lugar, o pobre Kenny se perguntaria onde eu poderia estar.

Depois de lutas infrutíferas, permaneci imóvel por um tempo para avaliar minha situação. Não tinha dúvidas de que a Sra. MacGillivray estava sendo sincera em cada palavra que disse. Ela trataria de me casar com Baird no dia seguinte, em sua capela particular, então viria a noite de núpcias, e estremeci com tal perspectiva. Tive novamente aquela visão aterradora, da Sra. MacGillivray supervisionando os procedimentos, de pé no quarto, aconselhando seu filho sorridente. Afastei o pensamento, embora a sequência dos fatos fosse um pouco menos convidativa, um navio para a Índia e a vida de uma esposa e máquina de reprodução em Hughli, ou onde quer que fosse.

Não. Balancei a cabeça. Não poderia e não iria me submeter a isso. O casamento seria uma farsa, pois os casamentos forçados eram ilegais, então eu poderia escapar a qualquer momento; mas então, quem iria me querer depois da noite de núpcias? Que homem respeitável gostaria de assumir algo comigo?

O horror da minha situação retornou, e eu permaneci deitada, frustrada, lutando para me livrar das amarras e conseguindo apenas torná-las mais apertadas.

Eu havia lido em alguns livros nos quais "de um salto, Jack se libertou" ou nos quais a vítima conseguia se livrar de suas amarras, espremia-se por uma janela convenientemente aberta e se libertava com a ajuda de um belo homem à mão. Infelizmente, a realidade é um pouco diferente. Não me chamo Jack, não conseguia desatar as amarras, a queda da janela era considerável demais para ser contemplada e não havia nenhum homem belo à mão. E ficar deitada, amarrada, era totalmente desconfortável. A pessoa fica com cãibras, o sangue não atinge adequadamente as mãos e os pés, que ficam inchados, a pessoa sente a coceira mais incômoda na região lombar e a bexiga parece saber que não pode ser aliviada. É a condição mais abominavelmente cansativa, e, quando a mordaça também se avoluma, a pessoa sente como se estivesse sufocando, ou pelo menos, essa pessoa estava. Eu não era uma Catriona feliz, ali deitada, naquela cama macia, contemplando meu futuro.

Cedi às lágrimas que não me ajudaram em nada e só serviram para adicionar outro desconforto ao meu cativeiro.

Ouvi o som da chave girando na fechadura. Temi que pudesse ser a manhã do meu casamento.

A luz de velas me envolveu. Olhei para cima e vi o rosto de Barbara, meio na penumbra.

— O que fizeram com você? — perguntou ela, admirada, enquanto me olhava.

Não pude responder até que Barbara afrouxasse minha mordaça e trabalhasse para soltar minhas amarras.

— Fique parada. — disse Barbara. — Eles não têm o direito de amarrá-la assim.

— Eles vão fazer com que eu me case com Baird amanhã. — disse-lhe. Por um momento, pensei em passar por Barbara em disparada e correr pela casa.

— Eu ouvi. — respondeu Barbara, séria. — Vou tirá-la daqui.

— Por quê? Nunca achei que você gostasse de mim.

— Não gosto de você. — disse Barbara. — Mas Kenneth Fairweather gosta.

— E você gosta de Kenny. — afirmei.

— Gosto. — Barbara esfregou minhas pernas para ajudar a restaurar minha circulação, pois eu mal conseguia andar depois de ficar amarrada. — Venha comigo.

O ferimento de espingarda provocou-me uma súbita pontada de dor; então, esfregando o traseiro, segui Barbara para fora do quarto, enquanto sua vela lançava uma luz amarelada à nossa frente e sombras estranhas nas grotescas esculturas indianas que decoravam as paredes. Preparei-me para perguntar para onde seguíamos, mas mantive minha boca fechada, com medo de acordar as outras pessoas na casa.

Barbara conduziu-me até os fundos da casa, atravessando uma porta pesada e descendo um lance de escadas de pedra nua.

— A escada de serviço. — explicou Barbara, em voz baixa. — A porta da frente está trancada e com barras. Não há saída ali e há venezianas e grades em todas as janelas do andar térreo.

Balancei a cabeça, lembrando-me de ver as barras quando visitei Mysore House pela primeira vez.

— Você terá que sair pelas comportas. — informou-me Barbara. — É o melhor que posso fazer por você.

— Comportas? Existe um caminho?

— Não. — Quando Barbara parou, fiquei imaginando o que ela havia planejado. — Vou lhe mostrar algo primeiro. Pode ser que você passe a ver o nosso Bairdie de forma diferente depois disso.

Mais uma vez, segui Barbara enquanto ela deslizava por uma pequena porta e entrava em uma câmara — eu hesitaria em chamá-la de quarto — com lajes de pedra no chão e paredes de pedra nua e sem revestimento. Com espaço suficiente apenas para que nós duas ficássemos de pé, Barbara apertou-me contra a parede oposta.

— Olhe através dessa fresta — instruiu-me ela —, e diga-me o que você pode ver.

Não vi nada até que meus olhos se acostumaram com a escuridão, e então percebi que olhava para a cozinha onde a Sra. MacGillivray me levou naquele primeiro dia em Mysore House.

— Está entendendo? — A voz de Barbara tinha um leve toque de zombaria.

— Não. — admiti.

— Quando minha mãe tão carinhosa a trouxe aqui para lavar suas roupas, ela estava se certificando de que você era o material adequado para se tornar esposa de Baird.

Lembrei-me da Sra. MacGillivray comentando sobre minhas habilidades reprodutivas enquanto eu estava naquela cozinha.

— Oh. — falei.

— Baird estava onde você está agora.

As seis palavras de Barbara me gelaram.

— O quê?

— Baird estava observando-a.

A ideia de qualquer homem me espionando enquanto eu estava nua era aterrorizante, mas a ideia de que a Sra. MacGillivray conspirou com seu filho para me ver naquele estado me deixou tonta.

— Onde ficam as comportas? — Eu precisava fugir. Não suportava ficar nem mais um minuto em Mysore House, com sua gente manipuladora, sorridente e diabólica.

— Por aqui.

Adiantei-me mais rápido agora, quase empurrando Barbara na minha frente, na minha pressa de fugir daquele lugar. Não havendo mais escadas para descer, emergimos no jardim que circundava a casa, onde uma brisa fresca soprava do Tay, uivando nas árvores delicadas. Evitando o caminho de cascalho, Barbara levou-me até o muro de pedra que delimitava o terreno da propriedade e parou em um portão de três metros de largura. Eu podia ouvir o rio correndo por ali, urgente, na noite.

— As comportas. — disse ela. — Vou deixá-la aqui.

— O que faço? — perguntei.

— Reme. — disse Barbara simplesmente, retornando e desaparecendo na escuridão. Eu vi a luz bruxuleante de sua vela por alguns segundos, e, então, ela se foi. Eu estava sozinha com a escuridão e as ondas do rio.

Remar? Abri o portão de madeira e sorri de alívio. O bote de Baird, Nabob of Mysore, estava atracado a um pequeno cais, com os remos dentro dele e o rio batendo no casco. Levantando minha saia, agachei-me para desamarrá-lo, subi a bordo e afastei-me. Flutuei, livre, por alguns momentos, antes de deslizar os remos para dentro da água e puxá-los com firmeza. Fechei meus olhos; já havia feito isso. Agora, tudo que eu tinha que fazer era remar uma curta distância, voltar para a terra e ir para casa.

Kenny e meu futuro me esperavam.

CAPÍTULO 16

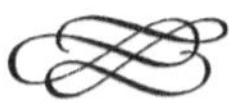

Ou assim pensei, mas os deuses do infortúnio ainda não haviam terminado de brincar com minhas esperanças e sonhos. No mesmo instante em que mergulhei meus remos no rio, o vento aumentou. O Tay pode ser assim, em um momento, sua superfície está totalmente prateada e acetinada, lisa como creme, e sussurrando doce inocência; no momento seguinte, o vento sopra, vindo do Mar do Norte ou do outro lado das colinas de Fife. Foi o que me aconteceu; enquanto eu guiava os remos do Nabob para o Firth, o vento aumentou do leste. Isso me pegou de surpresa, quase virando o bote, então tive que lutar freneticamente para recuperar o equilíbrio.

Enfiando os remos bem fundo na água, remei, com a corrente tomando conta do Nabob e impulsionando-me rio abaixo mais rápido do que eu imaginava. Eu podia ver as luzes de Dundee à minha esquerda e as de Fife à minha direita, e sabia que, se mantivesse o rumo entre elas, seria capaz de achar

221

o meu caminho, mesmo à noite. Infelizmente, nuvens densas escondiam a lua e as estrelas; então, embora as luzes das casas iluminassem as costas, a própria água estava escura; eu não conseguia ver as imediações. Com o vento vindo do leste e a corrente forte do oeste, o rio ficou agitado, com as ondas batendo na proa e no casco do meu bote, e a água afluindo para dentro. Em minutos, minhas pernas estavam encharcadas e, quando puxava com força, os remos mergulhavam, trazendo mais água.

Olhei em volta, preparando-me para me dirigir para a costa norte, onde as luzes de Dundee piscavam, convidativas. Eu podia sentir o vento nas minhas costas e sabia que ele me empurrava inexoravelmente para o oeste, de volta para Mysore House, então remei com mais força. Se tivesse saído da casa apenas dez minutos antes, antes que o vento aumentasse, estaria então em terra firme, e segura. Impulsionei de novo, forçando os remos, e gritei quando Nabob of Mysore colidiu com algo sólido. O impacto me jogou para trás, para o fundo do bote.

— Mas que diabos? — Peguei emprestado algumas das palavras do vocabulário de marinheiro de Kenny, esparramando-me no fundo do bote, sem nada compreender, enquanto a proa de Nabob subia e o nível do rio aumentava em volta da popa. Obrigando-me a ficar de pé, olhei para a escuridão.

Eu havia encalhado. O Firth of Tay é famoso por seus bancos de areia, desde a foz até quase Perth. Agora, na minha pressa para chegar a Dundee, eu havia deslizado de encontro a um deles, possivelmente o *My Lady*. Quando ouvi o barulho de algo na areia, soube que não estava sozinha. Havia algo além do Nabob naquele banco de areia.

Meu primeiro pensamento foi para Baird; ele havia me seguido até o Tay? Não; ele não poderia, pois eu estava com o bote dele. Quando minha companhia emitiu uma tosse forte, eu soube que era uma foca, pois há dezenas delas dentro e ao redor do Tay. Perguntei-me se as focas eram perigosas, decidi que era melhor manter-me afastada e desembarquei para poder empurrar o barco para a água. No entanto, no segundo em que comecei a empurrar, percebi que Nabob era muito mais pesado do que eu pensava; estava preso na areia que o puxava, e eu não consegui movê-lo um centímetro. A água também estava baixando com a vazante da maré; no curto espaço de tempo desde que eu havia remado até a terra, a água havia baixado consideravelmente. Permaneci naquele banco de areia, sentindo-me infeliz e sabendo que estava presa ali até que a maré voltasse, ou até que alguém visse minha situação e viesse me resgatar.

Foi então que percebi toda a extensão do meu dilema: o vento havia me empurrado para trás por toda a distância que eu havia remado, e agora eu estava em frente à Mysore House. Mesmo enquanto eu estava lá, podia ver as luzes piscando nas janelas superiores da casa, enquanto os criados acordavam para seu dia de trabalho.

Praguejei então; confesso, com toda a sinceridade, que usei todas as palavras que já tinha ouvido, de forma que qualquer um dos marinheiros do Almirante Duncan ficaria impressionado com meu repertório. O que eu havia feito para ofender os deuses do amor? Só queria uma vida simples com um homem decente, e ali estava eu, presa no banco de areia *My Lady*, no meio do Tay, a apenas algumas centenas de metros de uma mulher louca, que desejava me casar com seu filho igualmente demente.

Quase me machuquei ao tentar empurrar aquele maldito bote para a água, com o mesmo resultado de antes. Eu não tinha força para movê-lo uma fração, e a água do rio ainda estava retrocedendo, enquanto a maré baixava. As focas faziam um barulho infernal então, enquanto mais delas se juntavam às suas companheiras, grunhindo e roncando como se fossem assustar os franceses. Eu não fazia ideia de que eram criaturas tão barulhentas ou tão grandes, até quando fiquei perto delas. Quando as luzes de Dundee começaram a se apagar, percebi que o amanhecer se aproximava rapidamente e que em breve metade do mundo me veria ali, desamparada, no meu banco de areia. Eu seria o alvo de chacota de Dundee e do Fife, meu nome e posição estariam nos jornais e Kenny teria vergonha de ser visto com uma mulher tão tola. Praguejei de modo chocante e tentei, mais uma vez, empurrar o barco para fora do banco de areia, sem sucesso.

As luzes brilhavam em Mysore House à medida que as criadas abriram as venezianas. Eu havia visto o leve tremular das velas das empregadas nas janelas do sótão, mas agora a casa estava acordada e eu não precisava perguntar o motivo. Alguém descobriu minha ausência, e Baird e a Sra. MacGillivray estariam revistando a casa, interrogando as criadas e verificando cada canto para descobrir onde eu estaria escondida. Era apenas uma questão de tempo até que alguém pensasse em verificar as comportas ou olhar pela janela e me ver, parada no banco de areia, como uma sereia náufraga.

Será que eu poderia nadar até a costa?

Talvez. Felizmente, o vento diminuíra tão repentinamente quanto havia surgido. Ele concluíra suas travessuras e agora recuava para onde quer que vivesse, quando os deuses o enviaram para atormentar minhas esperanças. Com o aumento da luz, observei a distância até a costa norte do Tay — talvez trezentos metros. Neste momento, essa distância não parece muito grande, e sou perfeitamente capaz de nadar trezentos metros em águas calmas e amenas quando estou adequadamente vestida, ou melhor, apropriadamente despida. No entanto, o Tay tem uma corrente muito poderosa e, sem dúvida, eu seria arrastada para longe de onde queria chegar, e a presença de manadas de focas era inquietante. Eu não tinha o menor desejo de senti-las mordiscando meus pés ou qualquer outra parte minha.

Ainda indecisa, esperei enquanto a luz aumentava e o dia amanhecia. Tentei abrigar-me no lado norte de Nabob, na vã esperança de que os habitantes de Mysore House não me vissem.

Eu vi a figura na janela mais alta de Mysore House e soube, sem dúvida, que era Baird. Eu também sabia que ele veria seu bote e a figura ao lado dele. Baird foi inteligente o suficiente para descobrir que eu havia roubado seu barco. Agora, era apenas uma questão de tempo até que ele viesse até mim, e todo o jogo estúpido começasse de novo.

Já estava quase totalmente claro naquele momento, com um sol pálido brilhando no alto das ondas. Meu banco de areia tinha cerca de cinquenta metros de comprimento e dez de largura e estava quase cheio de focas gritando, e seria difícil alguém deixar de notar, caso estivesse olhando por cima do estuário. Então, quando vi o sol refletir em algo que se projetava da janela de Baird, imaginei que ele havia buscado um telescópio. Fiquei ereta, determinada a não me encolher de Baird MacGillivray. Aqui estou, Baird, pensei, venha buscar-me, *gin ye daur* — se tiver coragem.

Àquela altura, as embarcações navegavam no Tay, barcaças trazendo pedras da pedreira Kingoodie, um grupo de barcos pesqueiros e um ou dois navios costeiros navegando para Perth, mas ninguém arriscaria seus navios aproximando-os de um banco de areia. Apesar de minhas reservas anteriores, resolvi nadar até a costa antes que Baird localizasse outro barco e fosse me capturar. Não tinha escolha.

Tentando evitar as focas, atravessei o banco de areia até o ponto mais próximo da costa norte, enfiei minha saia entre as pernas e medi a distância. Dundee estava despertando, tentadoramente perto. Respirando fundo, pisei o mais longe que pude na água e bati os pés para alcançar a margem. Eu era uma boa nadadora, ou até particularmente rápida, mas minhas saias compridas logo se desalinharam e me atrapalharam, retardando o meu progresso até um doloroso arrastar. A corrente estava ainda mais forte do que eu esperava, levando-me para longe do meu ponto de chegada pretendido, rio abaixo, em direção às docas. Ofeguei quando minhas forças começaram a diminuir e, então, vi o cavaleiro galopando à minha esquerda, vindo de Mysore House.

Baird MacGillivray. Ele havia montado em Zeus e iria me interceptar no segundo que eu chegasse em Dundee. Eu sabia que não poderia nadar mais rápido do que um cavalo poderia galopar, e nem tinha força suficiente para nadar de volta ao banco de areia. Estava encurralada, literalmente, entre o azul profundo do Firth of Tay e o maldito Baird MacGillivray.

Baird cavalgou Zeus até chegar bem na minha frente, separado apenas por alguns metros de água fria.

— Catriona! — gritou ele. — Catriona; tudo ficará bem. Vamos conversar sobre isso.

Eu não tinha intenção de conversar sobre o que quer que fosse com Baird. Procurei manter minha cabeça fora da água, sem sair do lugar, com minhas forças falhando e o peso de minhas roupas ameaçando me arrastar para baixo.

— Irei buscá-la. — gritou Baird. Eu o vi incitar Zeus na direção do rio, avançando até que o cavalo estivesse com água na altura da barriga, e então Baird tirou lentamente o casaco e o chapéu, depois as botas de montar e o colete. Por um momento, pensei que também fosse tirar os calções, mas pelo menos fui poupada desse desprazer quando ele deslizou para dentro da água e começou a nadar na minha direção. Recuei, sem saber para onde ir e achando mais difícil me movimentar a cada segundo.

Acho que foi um dos momentos mais desagradáveis da minha vida, afundar devagar no Tay, com Baird nadando, decidido, aproximando-se cada vez mais, e a perspectiva de uma vida inteira de servidão reprodutiva diante de mim. No entanto, o destino às vezes pode ser tão bom quanto cruel, e a ajuda pode vir das fontes mais inesperadas.

— Lá está ela! — Uma voz jovem ecoou através da manhã cinzenta. — Lá adiante.

Embaixo da água, com as ondas quebrando sobre a minha cabeça, eu não conseguia ver muito, exceto a proa de um bote vindo do leste. Eu havia perdido Baird de vista, embora soubesse que ele estava se aproximando. Baird não era homem de desistir.

Algo caiu na água perto de mim, uma corda de algum tipo, e aquela voz estridente soou novamente.

— Segure-se, senhorita!

Ansiosa por qualquer saída, procurei agarrar a corda, não consegui e me debati, tentando desesperadamente manter-me à tona, mas sem sucesso quando o peso das minhas roupas por fim superou minhas forças. Senti-me escorregar para dentro da água, ouvi o rugido e o borbulhar mais infernal em meus ouvidos, e uma dor terrível e ardente na garganta e nos pulmões.

Então era assim que as pessoas sentiam quando se afogavam. Foi assim que meu pai morreu, e milhares de marinheiros antes dele. Mexi minhas pernas para tentar voltar à superfície; abri a boca para gritar e engoli a água que parecia queimar meu peito. Senti-me sufocando, e então algo duro raspou em meus quadris e prendeu-se em mim. Era a morte? Não senti dor, apenas a sensação de ser puxada para cima e então havia ar, luz e vozes que pareciam muito altas para que eu pudesse suportar.

— Peguei-a! — rugiu a voz de um homem. — Abra espaço, Davie!

A luz era dolorosa e alguém parecia estar me batendo por trás, pressionando fortemente minhas costas. Vomitei água, engasguei-me e gemi.

— Essa é a minha garota! Livre-se disso!

Eu conhecia aquela voz. Eu conhecia aquela voz muito bem.

— Mais ainda, Catty!

Senti a pressão de novo, forçando a saída da água de meus pulmões e deixando-me tão mole como uma boneca de pano, com o rosto para baixo, em um amontoado no fundo do bote que me resgatou.

— Que diabos você estava fazendo, nadando a essa hora da manhã? — A voz era alegre, embora preocupada.

Braços fortes me colocaram em uma posição sentada e me abraçaram forte. Lutei para escapar, temendo que Baird tivesse me capturado.

— Está tudo bem. — assegurou-me Kenny. — Está segura agora. Eu a peguei.

Olhei para cima, encharcada, com minhas roupas totalmente desarrumadas e um novo ferimento começando a aparecer no lado oposto ao meu ferimento de tiro de espingarda; eu devia estar parecendo uma náufraga de uma tempestade, uma bagunça imunda que nenhum homem gostaria de ver. E, de repente, soube que não era verdade. Aquele homem, Kenny Fairweather, não se importava com minha aparência ou com o que eu vestia ou deixava de vestir. Soube disso pela expressão em seus olhos enquanto ele me embalava.

— Ela está viva? — O jovem Davie, do Almirante Duncan,

estava sorrindo por cima do ombro de Kenny. — Olá, senhorita! Sou eu! Davie!

Consegui dar um sorriso fraco que deve ter parecido a careta de um homem condenado.

— Olá, Davie. De onde você surgiu?

— Vi a senhorita em pé no banco de areia. — disse Davie, feliz. — O capitão nos enviou para encontrá-la e eu a vi, então corri para contar a ele.

— Certo. — falei. — Estou feliz que você lhe contou. — Fechei os olhos, quando me lembrei das desventuras dos últimos dias. Eu só queria ficar onde estava, a salvo, nos braços de Kenny.

— Então, contei ao capitão. — Eu ouvia a voz de Davie através de uma névoa, penetrante, mas não indesejada. — E o capitão disse, 'tem certeza de que era a Srta. Easson?' Então eu lhe disse que tinha certeza e ele pegou o barco e veio, como se o demônio estivesse cutucando um forcado no traseiro dele.

— Obrigada, Davie. — falei. — Isso foi bem explícito.

— Quem era aquele homem na água? — perguntou Davie. — Ele não queria nada de bom. Eu soube assim que o vi. Eu disse isso para o capitão. Disse, 'veja aquele homem ali, capitão', eu disse, é um canalha, um sujeito malvado, se é que já vi um.

Em meu alívio por ter sido resgatada, havia me esquecido completamente de Baird. Abri os olhos e me sentei tão abruptamente, que minha cabeça começou a latejar, e Kenny me amparou.

— Qual é o problema, Catty?

— Ele ainda está ali? Aquele homem ainda está ali?

— Nós o deixamos na água. — disse Kenny. — Aquele era Baird MacGillivray, não?

— Sim. — respondi.

— *Aye*. Vou conversar com o Sr. Mac mais tarde, quando você estiver a salvo.

— Não. — Fiquei surpresa com meus modos decididos, dadas as circunstâncias. — Não, Kenny. Deixe as coisas como estão agora. Você ganhou, se ainda me quiser, e eu não quero mais competições idiotas.

Ele sorriu para mim, com o amor brilhando nos olhos.

— Eu sempre vou querer você. Vejo que, daqui em diante, vou ter que ficar de olho em você. Se eu a deixar sozinha, você terá todos os tipos de problemas.

— Para onde estamos indo? — perguntei.

— Para casa. Minha casa. — disse Kenny. — Fique quieta agora. Você passou por um susto desagradável ali.

Agora que estava me recuperando, não conseguia mais ficar quieta. Ignorando a dor latejante na cabeça, sentei-me. Baird era apenas uma figura desamparada a distância, ao lado de Zeus, e observando enquanto movíamos correnteza abaixo.

— Por que estava em um banco de areia ao amanhecer, senhorita? — perguntou Davie.

Eu lhes contei. Suprimindo algumas partes, por causa dos jovens ouvidos de Davie, contei minha história, com o rosto de Kenny ficando mais sombrio a cada frase.

— Vou matá-lo. — disse ele, quando terminei.

— Não. — Coloquei minha mão no braço dele. — Não. Que isso termine aqui, Kenny. Temos coisas mais importantes para discutir do que Baird MacGillivray.

Olhando-me, Kenny assentiu.

— Ele pode esperar. — concordou ele. — Sua segurança é mais importante do que vingança.

— Não, Kenny. — insisti. — Não é uma questão de esperar. Esse episódio acabou. Prometa-me isso.

Kenny sustentou meu olhar por um longo momento antes de concordar.

— Está acabado. — disse ele.

— Obrigada. — Sei que a decisão de Kenny deve ter lhe

custado muito e tinha certeza de que podia confiar em sua palavra.

Kenny deu ordens em voz baixa para Davie enquanto nos aproximávamos das docas. Davie provou ser muito hábil ao encostar o barco, e eu pisei em terra, totalmente encharcada e trêmula. Kenny estava ali para me apoiar.

— Não é longe. Davie cuidará do barco.

— Para onde ele irá? — Olhei para o garoto, sozinho nas docas.

— Ele mora a bordo do Almirante Duncan. — disse Kenny. — É a única casa que tem.

Cambaleei um pouco quando meus diversos ferimentos começaram a doer, e não fiz objeções quando Kenny me levantou como se eu fosse uma criança.

— Você está muito fraca para andar. — disse-me ele, acrescentando, baixinho: — Além disso, eu quero abraçá-la.

A casa de Kenny ficava perto da Dock Street; um lugar de cinco cômodos que ele dividia com seus pais.

— Estamos em casa! — gritou ele, enquanto nos aproximávamos da porta da frente, que se abriu como que por mágica.

— Aqui está ela! — Kenny me carregou para dentro de casa. — Sã e salva, embora um tanto molhada. Acendam a lareira e coloquem a chaleira no fogo!

Em segundos, rostos sorridentes me cercaram, o Sr. e a Sra. Fairweather estenderam as mãos para ajudar, mas o mais surpreendente era a terceira pessoa na sala. O sorriso de minha mãe não poderia ser maior.

— Mamãe!

— Kenny e eu conversamos sobre você. — A tentativa de mamãe em parecer severa falhou completamente. — Ele enviou sua tripulação para vasculhar a cidade, procurando-a.

— Ele me encontrou. — Expliquei por onde havia andado

desde meu desembarque do Almirante Duncan. — Não sabia que Kenny andava tão ocupado.

— Ele tentou entrar na Mysore House três vezes. — disse mamãe.

— É uma fortaleza, aquele lugar. — Kenny estava ocupado, acendendo o fogo. — É melhor você colocar algumas roupas secas.

— Todos os cavalheiros, por favor, deixem a sala. — ordenou a Sra. Fairweather. — Saiam! — A Sra. Fairweather era uma daquelas mulheres rechonchudas, sempre alegres e felizes, que mantêm as coisas funcionando quando todos os demais falham. Entendi como Kenny podia ser tão inarticulado com a Sra. Fairweather em casa; ela não se importava com quem falava ou não falava, desde que fizessem o que ela ordenava.

Mais uma vez, encontrei-me no centro das atrações enquanto mamãe e a Sra. Fairweather me secavam com a toalha, trocando comentários o tempo todo.

— Olhe para o seu estado! — Mamãe examinou meu ferimento de espingarda e o pequeno corte feito quando Kenny me laçou para fora da água. — Está curando bem, mas você terá uma covinha adorável aqui! — Ela me deu sua palmada de costume, que arrancou risadas da Sra. Fairweather, e alguns comentários que não vou descrever.

— Vou lavar isso. — A Sra. Fairweather levantou minhas roupas molhadas.

— Ainda não. — Eu as peguei de volta. — Tenho algo aí.

— Oh, segredos, segredos, sempre há segredos. — disse a Sra. Fairweather, sorrindo. — Vamos, Catriona, vista-se antes que algum homem curioso apareça.

Vestida com as roupas da Sra. Fairweather, aquecida pelo fogo e muito feliz com a vida, cumprimentei Kenny com um sorriso.

— Obrigada por me resgatar. — falei.

Kenny assentiu, com um movimento de cabeça.

— *Aye.* — Ele se sentou do outro lado da sala, sorrindo para mim.

Meu velho e monossilábico Kenny estava de volta. Não me importei, porque havia visto o homem sob o silêncio.

— Kenny... — comecei, e parei, ciente do silêncio expectante.

— Devemos deixá-los sozinhos? — Mamãe mostrou um tato surpreendente.

— Ah, não. Quero ouvir o que Catriona tem a dizer. — disse a Sra. Fairweather. — Vá em frente, Catriona, finja que não estamos aqui.

Escondi meu sorriso. Queria beijar Kenny com muita paixão, e, sem dúvida, não o faria com tantas pessoas presentes.

— Kenny, você se lembra de toda aquela confusão sobre o broche que Barbara fez para você?

— Sim. — O vocabulário limitado que Kenny usava quando estava em terra não tornava as coisas mais fáceis. Ele me olhou. — Eu o perdi em algum lugar. — Ele parou para pensar. — Gostaria de não o ter perdido.

— Estou com ele aqui. — entreguei-lhe o broche de Luckenbooth.

Eu nunca havia visto Kenny tão surpreso.

— Bom Deus. Como você o conseguiu?

Eu estava prestes a dizer: "no caixão do seu tio". Mas decidi deixar essa história para uma data posterior.

— Já faz algum tempo. — falei, em vez disso. — Eu segui o Almirante Duncan para lhe entregar.

Kenny parecia confuso.

— Bem, isso tudo já passou. Já lhe perguntei isso antes, mas vou perguntar de novo. Quer se casar comigo?

— Sim. — respondi. — Oh, sim, irei me casar com você.

— Fique quieta. — ordenou Kenny, prendendo o broche no

meu peito. Conforme a luz do fogo refletia no rubi central, eu soube que tudo ficaria bem. Com aquele símbolo simples e tradicional, Kenny confirmou seu compromisso e não restava nenhuma dúvida. Eu seria a Sra. Kenneth Fairweather, e isso era o fim e o começo.

CAPÍTULO 17

Casamo-nos na St. Mary's Church, ao lado do Old Steeple, o velho campanário, onde minha mãe e eu éramos membros regulares da congregação. O Sr. Grieve fez o que era necessário, com sua voz enchendo os grandes espaços ressonantes da igreja, de forma estrondosa, capaz de assustar os franceses, embora não possa lhe dizer o que os franceses têm a ver com meu casamento.

Claro, como qualquer coisa que tem a ver com os Fairweathers ou os Eassons, a igreja estava cheia a ponto de estourar, com marinheiros castigados pelo tempo parecendo desconfortáveis em suas melhores roupas de domingo, e esposas empertigadas mantendo-os sob controle.

Eu havia passado um bom tempo cuidando de minha aparência, e usava um delicado vestido azul, que minha mãe e eu costuramos arduamente para se adequar ao meu formato roliço. Enquanto estava no altar, com uma igreja repleta de mulheres e homens solidários atrás de mim, olhei para Kenny, que mantinha a boca fechada no rosto calmo, e perguntei-me como diabos eu poderia fazê-lo falar, e balancei a cabeça. Isso já não era tão importante quanto o homem ao meu lado. No entanto, eu sentiria falta dele quando ele estivesse no mar. Sentiria muita falta dele.

Eu estava tão ocupada, pensando no futuro, que quase perdi as palavras cruciais do Sr. Grieve:

— Repita comigo: 'Eu, Catriona Sheila Easson...'

— Eu, Catriona Sheila Easson... — Segui o Sr. Grieve, ciente do silêncio expectante na igreja atrás de mim. — Aceito este homem, Kenneth James Fairweather, como meu marido legítimo. — Quase gaguejei as palavras, com medo de alguém decidir interromper a cerimônia. Eu tinha medo de que Baird MacGillivray aparecesse ali, para estragar meu dia.

O Sr. Grieve assentiu brevemente com a cabeça, em sinal de encorajamento, antes de se virar para Kenny, que permanecia ereto, olhando para a frente.

— Agora, você, Kenny. — A voz do ministro era suave.

— Eu, Kenneth James Fairweather, aceito esta mulher, Catriona Easson, para ser minha esposa, para tê-la e mantê-la a partir de hoje, no melhor ou no pior, na riqueza ou na pobreza, na doença ou na saúde, para amar e cuidar, até que a morte nos separe, de acordo com a santa lei de Deus. — Kenny bradou as palavras como se desafiasse o Senhor a tentar impedi-lo.

No caso, o Senhor decidiu permitir que o casamento continuasse.

— Pode beijar a noiva. — disse o Sr. Grieve, sorrindo com os olhos.

Fiquei parada, sabendo que Kenny ficaria embaraçado demais para me beijar na frente de tantas pessoas, e achei que teria que tomar a iniciativa. Virei-me para ele, apenas para ser tomada em seus braços e beijada com tanta força, tão profundamente, que a congregação sufocou uma ovação e até o

Sr. Grieve deu uma pequena risada quando Kenny finalmente me soltou. Fiquei sem fôlego e corada, enquanto Kenny tomava a minha mão e me conduzia por um mar de rostos sorridentes em direção à entrada da igreja. Por pouco, não vi a mulher que estava sentada ao lado da porta, até que ela olhou para cima e chamou minha atenção.

Mãe Faa me deu um sorriso enviesado e piscou.

— Vejo que sobreviveu à sua tempestade. — disse ela. — E Baird MacGillivray colocou Kenny em sua verdadeira perspectiva.

— Sim, Mãe Faa. — respondi, e ela riu.

— Você não precisa ter dúvidas agora. — disse Mãe Faa. — Você escolheu certo. — Quando ela enfiou o cachimbo de argila na boca, um fino raio de sol atingiu seu anel e, por um segundo, vi o padrão, com um círculo âmbar ao redor de um rubi central. Não tive tempo de comentar, pois Kenny empurrava-me para fora.

Não esperava ver Mãe Faa na igreja e estava ainda menos preparada para a multidão que esperava na rua. Parecia que a maior parte da população de marinheiros de Dundee havia se reunido para ver um Fairweather casando-se com uma Easson, ambos nomes famosos entre os marujos.

— Então, é você. — Mamãe apareceu ao meu lado. — Minha última filha, casada e feliz com um bom homem. — Vi as lágrimas em seus olhos e perguntei-me como ela ficaria sem mim. Esse pensamento corroeu uma fração da minha felicidade.

Kenny apertou meu braço.

— Ela vai ficar bem. — disse ele.

— Como você sabia o que eu estava pensando?

— Sou seu marido. — disse ele. — Eu a compreendo. Você viu a maneira como o ministro olhou para sua mãe após a cerimônia?

Balancei a cabeça.

— Alguém estava me beijando nessa hora.

— Então, alguém estava. O Sr. Grieve se encantou por sua mãe, Catriona. Ela não ficará sozinha por muito tempo.

Por algum motivo, olhei por cima do ombro. Mamãe e o ministro estavam lado a lado e vi o Sr. Grieve estender a mão e segurar o braço de mamãe. Desviei o olhar rapidamente, enquanto Kenny me guiava para a carruagem que nos esperava.

O café da manhã do casamento foi na casa dos Fairweathers, onde o funeral fora realizado. Olhei para o broche de Luckenbooth no meu peito quando entrei, e sentei-me à mesa, ainda entorpecida com os eventos do dia. Tudo parecia irreal e senti-me como se estivesse olhando de cima para mim mesma. Não merecia tanta felicidade.

A Sra. Fairweather se colocou ao meu lado, mantendo três conversas diferentes ao mesmo tempo. Ela bebeu de uma vez o seu copo de vinho e sorriu para mim.

— Você ouviu as novidades sobre Kenneth?

— Não. — respondi, e a Sra. Fairweather continuou, feliz por ter uma audiência cativa.

— Ele foi nomeado capitão. — anunciou, e eu podia sentir o orgulho explodindo através dela. — Depois que ele trouxe o Almirante Duncan de volta, em segurança, os proprietários lhe deram o comando do Almirante Nelson.

— Oh, isso é realmente uma boa notícia. — falei, lembrando-me do navio maior que Kenny havia me mostrado, embora ainda não tivesse me apercebido de todas as implicações.

— Os proprietários estão tentando novas rotas. — disse a Sra. Fairweather. — Querem que Kenny leve o Almirante Nelson para a Austrália.

Minha alegria desabou.

— Austrália. — repeti. — Será uma viagem terrivelmente longa.

— Meses e meses. — disse a Sra. Fairweather. — Ele pode ficar fora por um ano inteiro ou mais.

Senti-me mal só em pensar em ser uma recém-casada e passar um ano sem Kenny. Eu o vi sorrindo para mim.

— Estou feliz que tenha sido promovido. — falei, tentando esconder minha decepção, mas tive que acrescentar: — Vou sentir sua falta.

— Não, não vai. — disse Kenny.

— Sim, vou. — Eu esperava que não estivéssemos seguindo para nosso primeiro desentendimento como casal.

— Você não vai sentir falta de mim nem um pouco. — Kenny estava sorrindo. — Eu serei o comandante do navio, lembre-se. Isso significa que posso levar minha esposa comigo.

— Oh. — falei, e, então, mais uma vez: — Oh. — quando percebi o significado daquilo. Eu estaria com Kenny em uma longa viagem, para um novo país, a bordo de um navio, o lugar onde ele ficava no seu melhor humor. Virei-me para minha mãe para vê-la em uma profunda conversa com o Sr. Grieve.

— O que eu lhe disse? — falou Kenny. — Ela vai ficar bem, e nós também.

— Sim. — Pensei nas longas conversas no convés enquanto navegávamos para o sul. — Vamos ficar bem. — E beijei meu marido.

FIM

NOTA HISTÓRICA

Embora esta história seja uma obra de ficção e nenhum dos personagens tenha existido, baseei o contexto histórico em fatos. Dundee possuía um comércio de longa data com o Báltico, e, naquela época, a cidade estava passando pela expansão industrial que faria com que fábricas e moinhos dominassem suas ruas. Muitos mercadores escoceses navegavam para a Índia, ou outras partes do Império, e voltavam donos de uma fortuna. Conhecidos como nababos, muitas vezes compravam casas grandes e viviam de forma luxuosa.

Na década de 1820, os ladrões de túmulos foram uma verdadeira praga na Escócia, desenterrando cadáveres recém-sepultados, para vendê-los aos anatomistas, que eram os médicos que ensinavam anatomia a estudantes universitários. Naturalmente, descontentes por verem os ladrões roubando seus mortos, as comunidades construíram torres de vigia e empregaram guardas armados para repeli-los. Os assassinatos em massa de Burke, MacDougall e Hare, em Edimburgo, forçaram por fim as autoridades a agir. Em 1832, o governo britânico aprovou a Lei de Anatomia, que permitia aos anatomistas acesso legal a mais cadáveres e acabou com o comércio ilegal.

O rio Tay era famoso por suas correntes rápidas e bancos de areia perigosos. Hoje em dia, é agradável ficar nas margens em Dundee e observar o jogo de luz sobre a água e a areia, onde as focas ainda se reúnem. Para os marinheiros antigos, tais obstáculos não eram tão bem-vindos.

Helen Susan Swift
 Dundee, Escócia, dezembro de 2019

Caro leitor,

Esperamos que você tenha gostado de ler **Tempestade de Amor.** Reserve um momento para deixar uma crítica, mesmo que curta. A sua opinião é importante para nós.

Atenciosamente,

Helen Susan Swift e Next Chapter Team

NOTAS

CAPÍTULO 8

1. Tent pegging - esporte originário da Índia, que consiste em montar um cavalo em ritmo acelerado e se esforçar para arrancar com a ponta de uma lança uma estaca no chão. (N.T.)

CAPÍTULO 9

1. Henry "Orator" Hunt (1773 - 1835) foi um orador radical e agitador britânico, lembrado como um pioneiro do radicalismo da classe trabalhadora e uma influência importante no movimento cartista posterior (fonte: Wikipedia). (N.T.)

CAPÍTULO 10

1. Davy Jones - lendário pirata que viveu no século XVIII (fonte: Wikipedia) (N.T.)

CAPÍTULO 12

1. almeida - parte curva do costado do navio, localizada na popa logo abaixo do painel, formando com este uma curvatura ou um ângulo obtuso (fonte: http://www.navioseportos.com.br/web/index.php/component/seoglossary/1-nautico-ingles-portugues) (N.T.)

CAPÍTULO 13

1. Amantilho - Aparelho do navio que serve para içar ou arriar o pau de carga ou ainda para sustentá-lo no alto na altura desejada. (fonte: http://www.navioseportos.com.br/web/index.php/component/seoglossary/1-nautico-ingles-portugues) (N.T.)
2. *"Rime of the Ancient Mariner"* de Samuel Taylor Coleridge (N.T.)
3. Tradução livre de:

"At length did cross an Albatross,
Thorough the fog it came;
As if it had been a Christian soul,
We hailed it in God's name." (N.T.)

4. *"Lady of the Lake"* e *"Lay of the Last Minstrel"* de Walter Scott (N.T.)
5. Tradução livre de:
    "The way was long; the wind was cold,
    The Minstrel was infirm and old;
    His withered cheek, and tresses grey,
    Seemed to have known a better day;
    The harp, his sole remaining joy
    Was carried by an orphan boy." (N.T.)
6. Tradução livre de:
    "The last of all the bards was he,
    Who sung of Border chivalry;
    For, welladay! Their date was fled.
    His tuneful brethren all were dead." (N.T.)
7. Tradução livre de:
    "And he, neglected and oppressed,
    Wished to be with them, and at rest.
    No more, on prancing palfrey borne,
    He carolled, light as lark at morn;
    No longer courted and caressed." (N.T.)
8. As Hébridas compreendem um largo arquipélago na costa oeste da Escócia, e, em termos geológicos, são compostas das mais antigas rochas das Ilhas Britânicas. (Wikipedia) (N.T.)
9. Na Escócia, os ostraceiros são conhecidos como *Gillebridean*, ou "Guia de Santa Brígida" (Brígida da Irlanda), pois era ela que deveria enviar os pássaros para guiar os marinheiros em segurança (fonte: http://www.irish-celticstudio.com/cc13-st-brigids-small-celtic-cross.html) (N.T.)

CAPÍTULO 14

1. Como se verá mais adiante, "leste" (*east*, em inglês), mencionado pelo Sr. MacGillivray, e "pavio" (*wick*, em inglês), mencionado por Baird, compõem o sobrenome "Eastwick", um jogo de palavras feito pela autora. (N.T.)

Tempestade De Amor
ISBN: 978-4-86747-660-4

Publicado por
Next Chapter
1-60-20 Minami-Otsuka
170-0005 Toshima-Ku, Tokyo
+818035793528

24 Maio 2021